MEMORY HOUSE

记忆坊文化

罪恶无声

Live with death

共生

郑守伟 著

江苏凤凰文艺出版社
JIANGSU PHOENIX LITERATURE AND
ART PUBLISHING

图书在版编目（CIP）数据

罪恶无声 . Ⅳ , 共生 / 郑守伟著 . — 南京 : 江苏
凤凰文艺出版社，2024.4
ISBN 978-7-5594-8157-3

Ⅰ . ①罪… Ⅱ . ①郑… Ⅲ . ①长篇小说 – 中国 – 当代
Ⅳ . ① I247.5

中国国家版本馆 CIP 数据核字 (2024) 第 003021 号

罪恶无声 . Ⅳ, 共生

郑守伟 著

选题策划	记忆坊 & 美读
责任编辑	白 涵
特约策划	水 格
特约编辑	暖 暖
装帧设计	小贾设计
排 版	天 缈
出版发行	江苏凤凰文艺出版社
	南京市中央路 165 号，邮编：210009
网 址	http://www.jswenyi.com
印 刷	环球东方 (北京) 印务有限公司
开 本	670 毫米 × 970 毫米 1/16
印 张	65.5
字 数	900 千字
版 次	2024 年 4 月第 1 版
印 次	2024 年 4 月第 1 次印刷
书 号	ISBN 978-7-5594-8157-3
定 价	178.00 元（全四册）

江苏凤凰文艺版图书凡印刷、装订错误，可向出版社调换，联系电话 025-83280257

目录
CONTENTS

CONTENTS

第 1 章
不安

腊月末的清晨，山丘上冰露凝结，冬雾弥漫，就连呼啸的寒风都没能轻易地将苍茫的浓霾吹散。

"犯罪嫌疑人挟持人质，情绪已经失控。目标位置居高临下，周围草木丛生，狙击手无法命中。"

经研究，警方决定派遣一名警员带着赎金进入目标位置与绑匪谈判，解救人质。

一大批警察悄然聚拢，将山坡上的一片空地团团围住。

"让我上！"朱晓听见对讲机里传来了指令，脱下身上碍事的冬服，只留下一件背心，顷刻间，裸露的臂膀上起了满满一层鸡皮疙瘩。

朱晓临危受命，将配枪插在腰间，从人质家属手里接过一箱子赎金后，深吸了两口气，正要蹿进草丛，人质的父亲突然跪下，抱着他的大腿，声泪俱下地哀求："警官，您一定要救下她！"

朱晓瞥了人质的父亲一眼，又瞄了瞄另外几名人质的亲属，拍着胸脯保证："你们放心，今儿是除夕，我会把你们的女儿救出来，和你们一道吃年夜饭！"

朱晓说完这句话，顿时觉得天旋地转，整个世界变成了猩红色。绑匪手里锋利的匕首在一个手无缚鸡之力的女人脖颈上划下一道触目惊心的大口子。世界仿佛变成了猩红色，女人就那样倒在了血泊里，还没来得及闭上眼睛，就没了呼吸。

朱晓的双眼蒙上了一层水雾，什么也看不清了。他头痛欲裂，痛苦地哀号着，再度睁开眼睛时，发现自己正满头大汗地躺在南港支队的休息室里，墙上的时钟指向夜里十一点。

他脱下上衣，出神地看着手臂上狭长的刀疤，那是在"腊月挟持案"里留下的疤痕。那年腊月，最终他还是没能救下女人，反而亲眼看见她被歹徒割了喉。如今"腊月挟持案"已经过去了许多年，他也终于从萎靡不振中走了出来，但在那起案子里惨死的女人依旧会时常出现在他的梦里折磨着他。

朱晓拿过毛巾擦干额头上的汗水，这时，手机收到了一则消息：可以出警。

第二天清晨，人们推开窗户，倏地发现南港的枫叶纷纷扬扬地落了一地，这才后知后觉地反应过来，又一个夏天过去了，初秋如约而至。

伴随着刺耳的警笛声，几辆满身泥泞的警车停在南港支队外，一辆救护车旋即停下。朱晓捂着滴血的手掌，踹开车门，从警车上踉跄着下来了。

赵彦辉早已久候多时，看见朱晓，迎了上去，却被朱晓掌心深可见骨的伤痕惊出了一身汗，立即招来两名急救员："去医院。"

朱晓龇着牙，忍住疼痛："甭急，等我讯问完这几个王八羔子再去。"

说话间，几个被上了手铐的犯罪嫌疑人被警察从警车上揪了下来。赵彦辉拦下他们，指着为首的鼻青脸肿的男人问朱晓："这家伙干的？"

朱晓咬牙切齿："可不，别看他这会儿老实巴交的，抓他那会儿，他比谁都豪横！"

"带进去！"赵彦辉严厉地吩咐手下将犯罪嫌疑人往里带，然后才强行拉着朱晓上了救护车，"怎么说你也是个副支队长，眼看马上要调回京市了，怎么还这么不要命？"

急救员给朱晓的手掌做了止血和临时包扎后，朱晓才攥着吹了一夜冷风的鼻子说："要逮得住人，总得有不要命的警察。甭说副支队长，就算我当上了支队长，也必须得在一线，让我坐在办公室里指挥着弟兄们去拼命，我感到不自在。"

赵彦辉听着觉得不对劲："嘿，你这小子，临走前还嘲讽我？"

"您别多想！"朱晓咧嘴一笑，又忽地严肃，"铁磊一会儿就到支队，我答应他，昨儿的行动一结束，就把他撤回来并恢复警籍。"

昨天夜里，南港支队对一个涉黑团伙动手了。那几个被逮捕到南港支队的犯罪嫌疑人正是这个犯罪团伙的头目。三年前，南港支队将卧底警察铁磊安插进了这个犯罪团伙，朱晓接任副支队长后，也接管了这起行动。昨夜，南港支队出动了几十号警察与犯罪团伙彻夜枪战，最后将他们一网打尽，为历时多年的任务画上了圆满的句号。

赵彦辉琢磨着，同意了："是该将其调回来了。不过，卧底三年，端了一个涉黑团伙，怕是得罪了不少人，先让他歇一阵子，避避风头。"

朱晓摇了摇头："别了，这哥们儿跟我一样，闲不住，想立马接点活。"

南港支队出于保护卧底警察的目的，会让结束任务的卧底警察休息一段时间，等确定与卧底任务有关系的所有犯罪嫌疑人全部被送进监狱后，才让卧底警察正式恢复警籍。原本朱晓的打算与赵彦辉一样，但是架不住铁磊再三要求，考虑到犯罪团伙已经被一锅端，便允诺了。

赵彦辉想了想，便答应了："回头我去见见他，给他安排点队里的任务，让他出警。"

朱晓倚坐在座位上，透过车窗望着街道上拥挤的人群，不自觉地叹了口气。

赵彦辉笑着问："怎么着，舍不得南港？"

朱晓摇头："有些不安，总觉得没那么容易回京市。"

半年前，辛芟落网，朱晓接到了命令，协助南港支队和南港检察机关搜集"暗光案"的犯罪证据，待完善证据链条后，便调回京市。"暗光案"牵连甚广，如此大型的刑事重案，从侦查阶段到公诉阶段往往耗时许久，甚至需要数年时间。几个月来，南港支队一直忙于最后阶段的侦查。

朱晓内心的不安源于辛芗的犯罪动机。尽管辛芗已经对组建暗光的犯罪事实供认不讳，但始终给不出令朱晓信服的犯罪动机。

劳累了一夜的朱晓想着想着，头倚着车窗，沉沉地睡了过去。

恭家大院比往年冷清得多。范雨希接手恭家大院后，辞退了恭临城雇的所有用人，只留下了没有生计的阿二，恭家大院名下的所有歌舞厅也都被她盘了出去。

曾经叱咤南港的恭家大院换了新主人，没了往日的风光，但是范雨希在南港街头仍然备受拥护，传闻，只要她有吩咐，南港街头的三教九流依旧愿意为其赴汤蹈火。

范雨希坐在恭家大院的厅堂里发着呆，直到阿二为她端上了热茶，才回过神来。她嗅了嗅茶香，道："这茶的气味有些熟悉。"

"希姐，您忘了？恭爷……"阿二说着，轻轻地给了自己一耳光，改了口，"这是恭临城收藏了许多年的茶叶，当初，孔末第一次来到恭家大院时，他吩咐我取出来过。我这就倒了去。"

"给我。"范雨希从阿二手里接过茶盏，抿了一口，"别糟践了。"

阿二站在一旁默不吭声，但脸上的表情瞒不过范雨希。

范雨希笑了笑："你是觉得奇怪吧？恭临城犯了滔天大罪，还是我的杀母仇人，为什么我还肯住在恭家大院里，喝他的茶？"

阿二轻声嘀咕："换作从前的您，一定不想和他再有任何瓜葛。"

范雨希放下茶杯："妈妈死了，再也回不来了。恭临城欠我的债无论如何也还不清。他人死了，留下这么些财产，就当收些利息吧。"

范雨希没有向阿二透露真正的原因。虽然她将恭家大院名下的产业全部盘了出去，但都是交给了曾经跟着恭临城一起打拼的叔伯。这些掌事人年纪不小，经历过范雨希没有经历过的年代，身上带着江湖气，倘若没有人从中周旋，难免不会为了吞并对方的产业而犯事。她不想管这些闲事，但仍旧坐镇恭家大院，目的是靠着自己的威望震慑那些人，让他们踏踏实实地经营好自己的产业，而不是为非作歹。

"今儿就去把你这头黄毛染成黑色，不三不四的。"范雨希白了阿二一眼。

阿二赶紧点头，一想到看上去和善的恭临城竟然瞒着所有人干了那么多胆大包天的事，便觉得一阵后怕。他又给范雨希续上热茶，感激道："希姐，以前我替恭临城办事，谢谢您还肯用我。"

范雨希自嘲地回答："被蒙在鼓里的不止你一个人，我也一样。"

"如今，您线人的身份已经人尽皆知，真的不需要差点人来保护您？"阿二不放心道。

"不必了。"范雨希摇头。

"暗光案"中的两大犯罪头目恭临城和辛芎一死一落网，他们的一众手下也都被逮捕，唯一漏网且构得成威胁的只有猎手榜排行第三的神秘猎手。但自恭临城死后，他便没有再露过面，警方推测，他早已经隐藏身份，闻风而逃，想要抓他难上加难，除非他自首。

"暗光案"破获后，除了范雨希，包括已经牺牲的"蜘蛛"周旱和反水的"鬼手"吴点点，以及最终弃暗投明的"声音"关闻泽，还有"影子"孔末、"轮胎"包一倩、"解药"齐佑光和卧底宣尚烨等人的身份也一并曝光了。宣尚烨的任务结束后，跟着方涵调回了京市，恢复了警籍。朱晓曾向每一个线人承诺过，只要他们愿意，在任务结束后，可以成为警方的辅警，喜欢自由自在的范雨希直截了当地拒绝了，包一倩则答应了，如今正式成为一名辅警，时常在一些任务里开车疾驰，听说立了不少大功。齐佑光也在半年的时间里，拿到了法医资格，正式为警队服务。

被朱晓重用的核心线人里，唯一没有向公众暴露的只剩下"机器"孔笙了，唯有警方少数几人和参与了"暗光案"的线人知道她的身份。为了不给孔笙带去危险，朱晓不再给孔笙布置任务，让她随着孔末去京市了。孔末接受了十分彻底的治疗，如今已经完全恢复正常。京市警方破格特招，只要孔末能够通过测试，便能进入京市市局刑侦总队，成为一名正式的警察。

范雨希一想到孔末，嘴角不自觉地露出了一抹久违的笑意，呢喃着算了算时间，再过两个月便是特招时间了："这会儿，他应该正在集训。"

又一天过去，朱晓进了审讯室，再一次讯问辛芐。朱晓看着辛芐脸上爬着的密密麻麻的陈年旧伤，忍不住打了一个寒战："哎哟喂，次次都能被你脸上的疤痕吓到。我很好奇，你一个女人究竟惹上了什么人，竟会弄得如此下场。"

辛芐镇定自若地冷笑了两声："这些年，我和恭临城斗得两败俱伤，脸上有这些刀疤很奇怪吗？"

"少忽悠我。你在建立暗光前，就因故意杀人而被公安部通缉。我查过通缉照片了，那时候，你已经满脸刀疤了。"朱晓坐了下来。

朱晓结合关闻泽和其他犯罪嫌疑人的口供，梳理了"暗光案"的时间线索：十多年前，恭临城的妹妹恭美琪死亡；十二年前，恭临城以"天叔"的身份，经孟萧介绍，与以"撒旦"之名掩盖身份的辛芐见面，至此，暗光初成；九年前，恭临城从辛芐手中夺权，接管暗光，辛芐假死，于暗中储备势力，开始调查恭临城的真实身份；同年，方涵被警校开除，被掳走进行所谓的"SP"试验，辛芐暗中帮助方涵，试图利用方涵；七年前，方涵结束第一次卧底任务，恢复警籍后，再度失踪，卧底至暗光，分别调查恭临城和辛芐的身份；六年前，关闻泽以"声音"的身份接近前副支队长余严春，在恭临城的指引下，向余严春提供情报；两年前，恭临城利用"声音"，终于从余严春口中探知当年涉及恭美琪之死的几名线人的身份，并将他们于一周之内杀死；同年，朱晓来到南港，正式接手"暗光案"。

"你被公安部通缉了十四年。"朱晓用没有受伤的那只手比画着，"据调查，那一年，你刚从M国回来。没想到，一踏上南港这片地界，就犯了一桩杀人案，一直在逃。你脸上的疤痕是在M国留下的。"

辛芐闭着眼睛，不屑地一笑。

"告诉我，猎手榜排行第三的人是谁？"朱晓取出纸笔，开始记录。

"你每一次来都问这些问题。你觉得能从我的回答里分析出新的线索吗？"

"姐们儿，别难为我，例行公事。"朱晓耸了耸肩，"你照实回答就成，能不能找到新线索是我的事。"

辛芎睁开了眼睛，很配合地回答："猎手榜是恭临城设置的，只有他知道榜上的猎手身份。"

朱晓又一次照实记录辛芎的口供。这几个月来，他也不止一次地提审关闻泽和白洋。白洋是辛芎安插进猎手榜的间谍，但是，他也从未见过这名神秘猎手，甚至连对方的名字和性别都不知道。按照关闻泽的说法，排行第三的神秘猎手从未露面，也不归"毒姐"井娅差遣，除了已死的恭临城，没人知晓他的身份。但是，关闻泽透露了一点信息：恐怕连恭临城也难以随意调动这名神秘猎手。

关闻泽记得，恭临城在杀害余严春的前几天，曾经与一个神秘人通话，要求对方与他同行，但似乎遭到了拒绝，而后，恭临城在电话里与对方发生了激烈的争吵，言语之中，恭临城怒斥对方既然跻身猎手榜第三，就该替他做事。那个神秘猎手的危险程度很可能是猎手榜里最高的。

朱晓百思不得其解，既然恭临城难以随意调用神秘猎手，神秘猎手又为什么会替恭临城卖命？

朱晓整理了思路，继续问："你为什么要创建暗光，你与警方有什么深仇大恨？"

"警方通缉了我十九年，难道这仇恨不够深吗？"

"扯淡！"朱晓站起身拍着桌子，"暗光专门猎杀线人和卧底，与警方通缉你有什么关系？你就算要编，也得编一个和恭临城相同的遭遇。大姐，您出不去了，死刑也是板上钉钉的事，我劝您别白费力气，还是老实交代吧！"

辛芎冷漠道："我说是为了好玩，你信吗？"

"白洋和你的手下招了，你被恭临城夺权后，恭临城几次想要杀死余严春，但你派人破坏了他的行动。告诉我，这是为什么？"朱晓忍着心头的怒气，沉声问。

"恭临城夺了我的权，我要破坏他的所有行动。只可惜当初没查出他的身份，否则我早就把他杀了。"辛芗轻描淡写道。

朱晓问话之际，赵彦辉推门进来了，丢给他一份文件："你要的东西，我给你找来了。"

朱晓挥了挥手，让人将辛芗带走了。

"铁磊归队了，今儿一早接了一起案子，我让他出去抓犯罪嫌疑人了。"赵彦辉说着，坐到了朱晓的对面，"怎么，还在审犯罪动机？"

"我实在找不到辛芗组建暗光，以及猎杀线人和卧底的动机。"朱晓翻开了那份文件，这是当年辛芗被公安部通缉前犯下的重案的卷宗。

"有些时候，一些仇视社会、藐视司法权威的犯罪嫌疑人的犯罪动机并不具备明显的因果逻辑关系。"赵彦辉提醒道，"'暗光案'的证据链条已经整理得差不多了，我建议尽快结束侦查，移交检方，提起公诉。"

朱晓像是没听见一样，念出了卷宗上的几个字："天使孤儿院？"

第 2 章
梳妆

澳区不比南港，虽然入了秋，但夏末的热气还未完全散去。

老街的尽头矗立着一座大院子，院子被高墙围起，若仔细看，能轻易地发现这座院子的围墙比其他院子的隔墙要高出一米有余。院子挺大，大门处站着两名安保员，守着两道金属大门。进门便是一块绿油油的草坪，穿过草丛，是一栋四层高的大房子。房子看上去一片崭新，但其实有些年头了，不过是去年刚刷了漆罢了。

这栋房子的每一扇窗子都安了防护网，防护网上的栏杆分布得十分密集，就连一个拳头都伸不出去。不知情的人经过这里时，看着异常的高墙和防护窗，总会误以为这是监狱。

中午，暖洋洋的阳光洒在院落里的草坪上，一群小朋友正在草坪上嬉戏，大多是七八岁的孩子，也有几个十一二岁的。

"你们看到许哲了吗？"一个穿着围兜的中年女人从房子里跑出来，焦急地询问。

女人没能从这群小朋友口中得到答案，更加着急地四处寻找，嘴里不断地唤着许哲的名字。几分钟后，她终于在房子后面的角落里找到了许哲。许哲正蹲在地上，面对着墙角，背对着女人。

"你这孩子怎么又乱跑！"女人长舒了一口气，"走，跟我回去。"

许哲蹲着一动不动，女人觉得有些不寻常，往前走近了几步。突然，许哲扭过头来，对着她傻笑。此刻，她觉得覆在身上的阳光变得阴冷无比，失声尖叫起来。

许哲满嘴猩红，嘴角咧开了一道大口子，鲜血顺着嘴角不断地往下淌。他站了起来，将手里最后一块玻璃碴子塞进嘴里，津津有味地咀嚼起来。锋利的玻璃碴子割破了他的舌头，但他像不知疼痛一样，将它咽了下去。

十几分钟后，一辆急救车停在了这座院落的门外。围观的人群指着大门议论纷纷："这孤儿院怎么又出事了？"

傍晚时分，铁磊追着一个抢劫犯进了一个工厂的员工宿舍楼。这是许多年来，他第一次穿着警服执行任务。

今天一早，铁磊跟着几名警察出警，逮捕一名抢劫惯犯。这名抢劫犯对附近的地形了如指掌，他和其他警察分头行动，追了一整个白天都难以得手。不久前，其他几名警察都被甩开了，只剩他将抢劫犯逼入了这个地方。

铁磊气喘吁吁地爬上楼道，冲着上方急促的脚步声大喊："小子，束手就擒吧，你跑不了了！"

抢劫犯没有停下脚步，声音回荡在楼道里："你再追我，我就劫一个人质，要死一块儿死！"

铁磊加快了步伐，自信地喊道："我早查过了，这家工厂放假，这会儿，员工宿舍里一个人都没有，我是故意把你追到这儿的！"

铁磊的话音刚落，突然听不到楼道里回荡着的脚步声了。他吆喝了几声抢劫犯的名字，见始终无人回答，立刻万分警惕，把手放在了腰间的配枪上，慢慢地往上走。

天色渐渐暗了下来，楼道里安静得吓人。铁磊掏出了枪，登上第三层楼的拐角时，竟看见抢劫犯倒在了地上。他立刻上前把手放在抢劫犯的鼻子前，查探到抢劫犯均匀的呼吸后，才放下心来，从兜里取出手铐，铐在了对方的手腕上。

朱晓与赵彦辉结束对辛芟的提审后，一同来到了办公室。

"天使孤儿院在澳区，怎么会和辛芟扯上关系？"朱晓继续翻着卷宗。

赵彦辉给朱晓倒了杯热水，回答道："辛芟从小跟着父母去往M国，十四年前，辛芟回到南港没多久，便因故意杀人而被通缉。受害者叫作陈雅，是澳区天使孤儿院的一名保育员。"

据当年调查，陈雅是澳区本地人，十四年前，她因旅行而来到南港，在入住酒店后的第二天深夜，被辛芟于一条胡同里杀害。原本这起案子没有那么容易破获，恰巧有一名夜景摄影爱好者在附近拍照时，无意间拍到了作案后逃离的辛芟。警方据此确定了辛芟的嫌疑，发布了通缉令。

"受害者是澳区人，案子是在南港发生的，根据属地原则，最终这起案子由南港支队立案侦查。据当年负责的警察说，案发当夜，附近没有监控探头和目击证人，全国的数据库里也没有辛芟的指纹和DNA记录，要不是那名摄影爱好者碰巧拍下的照片，这起案子怕是要成为无头案了。"赵彦辉介绍道。

"这种小概率事件也能被辛芟碰上。"朱晓调侃着又问，"她杀害陈雅的犯罪动机是什么？"

"前些天，另一组人联系过天使孤儿院，也问过辛芟，她说，陈雅因她可怕容貌而冒犯了她，从而惨遭杀害。这与当年侦查的警察给出的结论不谋而合——激情杀人。"

激情式杀人与预谋式杀人相反，是指凶手本没有任何故意杀人的动机，但在被害人的刺激、挑衅下失去理智，进而实施的杀人行为。陈雅遇害后，负责侦查的警察曾去过澳区，调查了天使孤儿院。调查结果显示，辛芟从未去过澳区，更与天使孤儿院没有任何关联，与陈雅也不曾相识，没有共同的人际关系网。据此，警方将辛芟杀害陈雅的行为定性为激情杀人。

"朱晓啊，结合辛芟当年犯下的案子，我们有理由怀疑辛芟具有严重的反社会心态，这种人做出的任何事很可能是激情式的，不能用严谨的因果逻辑去考量。"

"或许吧。"朱晓放下了卷宗，仍旧觉得哪里古怪，继续问，"听说辛芎在M国的时候就与当地的重案有瓜葛？"

"不错。"赵彦辉说。

卷宗上记载，辛芎在M国涉及一起灭门案，但只有寥寥几笔，没有详细的记录。十几年前，网络没有如今发达，两地相隔甚远，南港支队的警察没有办法了解辛芎在M国的具体状况，只是模糊地查到辛芎的那起官司足足打了三年之久，最终因证据不足而被释放。

朱晓正沉思时，门外有警察跑了进来："赵队，朱队，铁磊没影一天了，始终联系不上他，我们担心他会出事。"

朱晓的心一沉："他去哪儿了？"

"今儿一天，我们都在抓一个抢劫犯，但中途跑散了。"

赵彦辉严肃道："慌什么？铁磊卧底了三年，身手不错，又配着枪，还能栽在一个抢劫犯手里？"

朱晓却不敢掉以轻心，立马吩咐："让技术队查一下铁磊最后一次通信的信号源位置。"

"查过了，铁磊的手机在追抢劫犯的时候，掉在了一条街上，之后被人捡起来送到派出所了。我们已经排查过那附近了，没找着人。"

"那就联系范雨希，让她帮着找人。"朱晓又叮嘱。

朱晓离开赵彦辉的办公室后，通过网页搜索到了天使孤儿院的联系方式，打去电话询问陈雅遇害一案。由于这起案子过去太久了，他透过电话探知的消息没有几条，大多已经被记录在了卷宗里。

夜里八点，朱晓听见办公室外的喧闹声此起彼伏，吆喝着问："怎么了？"

"朱队，铁磊找到了……"

"他去哪儿了？"朱晓端着水杯，正要喝水。

"他……死在了一栋宿舍楼里。"

朱晓只觉得晴天霹雳，水杯落地，摔得七零八碎："你说什么！"

工厂后方，范雨希和阿二正站在宿舍楼四层的一间宿舍里。阿二盯着床上躺着的铁磊，倒吸了一口凉气："希姐，这是杀人现场，咱们待在这儿会不会跳进黄河都洗不清了？"

"你先回去吧。"范雨希吩咐。

阿二如释重负，溜之大吉了。两个小时前，范雨希接到南港支队的电话，将铁磊的照片和信息传了出去，南港街头的混混儿们立刻帮着打听，就在刚刚，有人声称铁磊追着一个人进了这栋宿舍楼。她带着阿二来到这里时，在楼道里发现了一道血泊，他们沿着血迹，摸索进了这间宿舍，发现了躺在床上的铁磊。

没过多久，宿舍楼外响起了警笛，朱晓飞奔而来，还带上了法医齐佑光。朱晓看到躺在床上的铁磊后，顿时手脚冰凉，像失了魂一样，是被许多名警察架着送到门外的。

齐佑光向范雨希打了招呼后，立即开始了初步的尸体勘验。

范雨希坐到失魂落魄的朱晓身边，发觉异常后，找话题说："我才安稳没几个月，就又开始使唤我了。"

朱晓呆愣地坐着，眼睛里布满红血丝和水雾，一句话也不说。范雨希观察着朱晓的脸，从他的表情里读出了内疚、难过和痛苦。

大约一个小时后，齐佑光走出来汇报："朱队，初步的现场尸检结束了，等他们提取现场的证据后，尸体就能带回去进一步尸检。"

根据齐佑光的勘验，铁磊死于被发现前的两个小时左右，死因是颈部大动脉破裂，失血过多。铁磊的喉部动脉被割断，齐佑光根据伤口的形状和深浅判断，凶手使用的凶器是被丢弃在垃圾桶里的瑞士军刀。此外，齐佑光还在尸体的后脑处发现了一道淤青，长约五厘米，宽不到一厘米。

"凶手实施割喉行为前，应该首先使用了某种武器从背后击打了死者的后脑，那道长五厘米、宽不到一厘米的淤青只是武器和死者后脑的接触面，实际上，那种武器应该更长。通过淤青的特征判断，武器是细长型的，侧面为近长方形。"齐佑光分析道，"根据淤青程度判断，凶手偷袭时的力度不小。"

铁磊身上的出血口仅有喉部一处，除了后脑的淤青，身上没有其他任何因反抗而留下的伤痕，因此，齐佑光推测凶手偷袭铁磊后脑后，铁磊陷入了昏迷状态，至少无力反击，随后被割了喉。喉部创口很深，相对平整，可以判断出来，凶手在实施割喉行为时，迅速而果断。

"宿舍里不是第一案发现场。"齐佑光说。

"第一案发现场在楼道里。"范雨希插嘴道，"楼道里有大量的血迹。"

"不错。"齐佑光解释，"宿舍是凶手挪尸产生的第二现场，沿途有许多血脚印，已经有人正在提取了。"

朱晓木讷地听着齐佑光的汇报，一言不发。

"齐大夫，为什么我发现死者的时候，床上没有太多血迹？"范雨希问。

"这也是我想不通的一点。凶手为死者梳妆了。"齐佑光回答道。

齐佑光现场验尸时发现，尸体不仅被凶手挪到了床上，而且盖上了被子，被子一直覆盖到尸体的喉部，恰好遮挡住尸体喉部的伤口。他掀开被子后，更是惊讶地发现，凶手喉部的伤口被纱布整整齐齐地包裹了好几层。

"凶手在尸体的喉部不再大量出血后，替尸体包扎，还为尸体换上了干净的衣服。"

除此之外，尸体的头发十分整齐，一把沾染了血迹的头梳就被扔在角落里。死者原先染血的衣服被丢在了卫生间里的垃圾桶内。尸体穿着的干净衣服疑似是宿舍主人的，因为衣柜的把手上有血指印。

范雨希思忖着："凶手杀了人，挪动了尸体，却不是为了抛尸和隐藏证据，而是将尸体放到了宿舍的床上，还给他包扎、换衣服和梳妆。他究竟在想什么？"

朱晓缓缓地抬起头："丫头，齐大夫，从今儿起，你们保护好自己。"

齐佑光一怔："怎么了？"

"恐怕'暗光案'还没有结束。"

重案发生后，南港支队立即派出了几队警察，全城抓捕铁磊生前追捕的那名抢劫犯。

深夜，抢劫犯在一间宾馆内被捕，几经讯问，不肯承认是他杀了铁磊。据他回忆，他跑进楼道后，突然被人打晕了，醒来后，只见满墙和满地的血迹，却不见铁磊，而后便胆战心惊地逃走了。

宿舍的住户是工厂的员工，昨天，工厂放秋假，工厂的所有员工都回乡了，火车站提供的乘车记录将整个工厂的员工都排除了犯罪嫌疑。

凶手将齐佑光口中的长条形武器带走了，只留下了一把丢弃在垃圾桶里的瑞士军刀，上面没有提取到任何指纹；宿舍的门锁是被强行撬开的；虽然案发现场发现了不少血手印，但警方没能找到指纹，推测凶手作案时戴着手套；血脚印呈现出的鞋底纹路不具备特异性，只能根据长度判断出凶手的身高大约为一百七十五厘米；警方同样没在犯罪现场发现可以确定凶手DNA的证物，据此推测凶手作案时戴着严严实实的帽子，没有落下任何一根头发；案发现场周遭没有发现目击者，可以推断凶手的行动小心谨慎，没被任何人发现，并且绕开了沿途的所有监控探头。

朱晓昏睡了一个晚上，隔天一早便又一次提审了辛芍。

"说！还有哪些人没有落网！"朱晓怒火冲天，揪着辛芍的衣领问。

"你在说什么！"辛芍被勒得险些喘不过气来。

"为什么还有卧底警察死去！"朱晓心如刀绞，后悔不已。如果他没有答应铁磊立刻归队的请求，或许命案就不会发生。

辛芍明显一怔，而后吃力道："朱警官，我的人可都被你抓了。"

赵彦辉闻声赶到，拼命将朱晓拽开。朱晓松手后，强行使自己冷静下来。他非常清楚，凭铁磊的身手和机警，不可能折在一个抢劫犯手里，更何况抢劫犯若是杀了人，早该逃离南港，而不是窝在宾馆里，凭此足以推断出抢劫犯在看到案发现场的血迹后，并不完全确定是怎么回事。

由于铁磊的身份是卧底警察，朱晓轻而易举地联想到了专门猎杀线人和卧底的犯罪团伙——暗光。

"会不会是恭临城的神秘猎手干的？"赵彦辉揣测道。

"恭临城生前都难以调遣他，如今恭临城死了，我实在想不到他有什么理由替已经死去的恭临城继续猎杀警方的线人和卧底。"朱晓坐在椅子上，沉重地呼吸着，良久才对赵彦辉说，"我要去澳区一趟。"

赵彦辉愣了愣："去那儿干什么？"

"直觉告诉我，'暗光案'还没有结束。"朱晓起身，死死地盯着辛芗，"她一定还有事瞒着我们。既然她不说，那我就亲自到天使孤儿院查一查！"

朱晓戴着的耳机里传来了范雨希的声音："她的表情在听到天使孤儿院时，发生了些许变化。"

此时，范雨希正在南港支队里通过大屏幕观察着辛芗的一举一动。

同一时间，天使孤儿院内，正有一个孩子站在板凳上，踮着脚，透过防护窗望着街道上的动静。

孩子的耳畔飘浮过轻松的歌声，鼻端嗅到了一股腐肉的气味，但她早已习以为常，继续望着街道出神。

直到有一个中年女人推门进来，叫了她的名字："毛毛，你在干什么？"

毛毛扭过头，一脸天真无邪地望着女人。

女人回忆起一天前，许哲入院时满嘴鲜血的模样，又望了望毛毛稚嫩却又苍白的脸，不自觉地打了一个激灵："毛毛，你在看什么？"

"阿姨，天花板上有一个和你长得一样的阿姨在向你招手。"

女人的背脊发凉，顷刻间，额头沁出了汗水。她缓缓地抬起头，望向了天花板。

第 3 章
意外

翌日中午，朱晓站在了天使孤儿院厚重的铁门外，望着高耸的围墙，陷入了沉思。

此次澳区之行，赵彦辉并不完全赞同，一是因为南港警察在澳区没有执法权，二是因为没有直接证据表明铁磊的死与"暗光案"相关，但是朱晓始终相信自己作为警察的直觉，赵彦辉拗不过他，再三叮嘱后，同意朱晓一早赶往澳区调查了。

朱晓细细地回想着来此之前向周围住民打听到的信息。天使孤儿院成立已久，但是知悉院内详细信息的住民并不多，许多人都对这所孤儿院忌讳莫深，只是隐隐地透露了两三句：天使孤儿院有些邪门儿，经常出事。

天使孤儿院大门外站着的安保员打断了朱晓的思绪："你找谁？"

"副院长葛康，我联系过了。"

安保员给孤儿院里打了一个电话，确认过后才放行："去一楼大厅等着，大家正在用餐。"

朱晓踏进了孤儿院，踩着绿油油的草坪，走进了大厅。大厅一层整整齐齐地摆放着许多排长椅，长椅正对着一个讲台，讲台上挂着鲜红的十字架。他很快明白，这里是祝会大厅。

大厅里没有开灯，只有几束光从窗子和门外倾泻进来，显得十分阴冷。周围很安静，一个人也没有，朱晓找了一张长椅坐下等候。不知不觉时间过去了半个小时，他看了看手表，终于等不住了，刚要起身，忽地听见几道怪异的声响。

"叩叩叩……"像是什么东西落在地上的声音。

朱晓往四周打量了一番，什么也没有发现，以为听错了，朝着楼道走去。

"叩叩叩……"

这一次，朱晓听得非常清晰。他转过身，只见先是一颗弹珠朝着他的脚边滚来，而后是第二颗、第三颗、第四颗……他皱起眉头，弯腰拾起一颗，观察片刻后，没发现端倪，正要仰身，眼角却瞥见了窝在长椅下的一道身影。

那道身影半趴着蜷在地上，低着头，弓起的背上瘦骨嶙峋，虽然穿着单薄的衣衫，却依然能瞧见凸起的肋骨隐隐地映出来。他的双腿看上去竟然和手臂一样细，仿佛刮一阵风就会将其吹折。

"你是谁？"朱晓警惕地问。

那道身影突然抬起了头，朝着朱晓爬来。

朱晓看清了，那是一张成年男人的面孔，脸颊凹陷，眼球凸起，宛如一具披着皮囊的骨架。转眼间，那人已经爬到了他的脚边……

京市一处人烟稀少的胡同外，孔笙提着满满一袋食材朝胡同里走去。恍惚间，她听见了一道细碎的脚步声，那声音越来越近。她机警地加快了步伐，没想到，身后的人也快步跟了上来。

孔笙屏住呼吸，朝前飞奔，慌乱之下，竟然钻进了一条死胡同。她无处可跑，只好扭过头，这才看清追着她跑的人。那是一个头发染得五颜六色的地痞，身上穿着破洞裤，手里操着一把水果刀。

地痞往地上啐了一口痰："把钱拿出来吧。"

"哥！"孔笙突然欣喜地叫唤道。

"叫我哥也没用，拿钱，赶紧的！"地痞叫嚣着，哪知话音刚落，便被人从身后踢了一脚，狼狈地趴在地上，吃了满嘴灰。

地痞气得跳了起来，拿刀指着嚼着口香糖的孔末。

孔末半扬着嘴角，轻而易举地将地痞手里的刀夺过，然后把他踢倒在地，绑上双手双脚，对着孔笙唤道："丫头，叫警察。"

孔笙立即报了警，等附近的巡警将地痞带走后，才长舒了一口气："哥，今儿不是休息的日子，你怎么回来了？"

几个月前，孔末带着孔笙来到京市，并在这里租了一个院子，平时，孔末住校参加特训，孔笙一个人待在院子里，只有休息日，孔末才会回来。

"教官给我们放假了。"孔末拍了拍手上的尘土，漫不经心地回答。

孔笙翻了一个白眼："你又偷溜了吧？"

孔末往孔笙的额头上敲了一下："就你话多。在自家门口还能被打劫。"

孔笙拍着胸脯，后怕道："吓死我了，我还以为是暗光。"

孔末一怔："暗光？"

"见你在集训，还没来得及告诉你。早些时候，朱队打了个电话提醒我，'暗光案'可能还没有结束，让我们小心一点。"孔笙回答，"南港死了一个卧底警察。"

孔末听孔笙说起铁磊的案子后，瞳孔慢慢收缩，迟疑了片刻，叮嘱道："你搬到江队家里去住一阵子。"

"你呢？"

"我要去趟南港。"

孔笙拽住孔末的手："哥，再过两个月就是特招了，集训怎么办？"

"放心，特招之前，我会回来的。"孔末抬起头望向南方，"好久没有见到死女人了。"

天使孤儿院里聚集了一群人，有孩子，也有大人，为首的中年男人是孤儿院的副院长葛康。

葛康对着朱晓不断鞠躬道歉："先生，实在对不起，吓着您了。"

就在不久前，朱晓险些对向他爬来的男人动手，幸好葛康及时赶到，才阻止了这场乌龙。葛康解释，那个男人患有严重的厌食症，精神也不太正常，虽然成年了，但还像个孩子一样，平时总爱窝在地上玩弹珠。

朱晓的目光从围在大厅里的大人和孩子身上扫过，很快发现这里的孩子大多眼神飘忽，其中还有几个缺了胳膊和腿。

葛康迎着朱晓上了楼，朝办公室走去。

"葛副院长，方便给我介绍一下天使孤儿院吗？"朱晓的脑子里回想的全是那群看上去不太寻常的孩子。

葛康叹了口气："您应该也看出来了，院里的孩子都有一些问题，或是生理上有残缺，或是精神上有残疾。"

天使孤儿院由院长潘英彤建立，至今已经快五十个年头了。今年潘英彤八十多岁，是个知识女性，年轻时白手起家，人至中年时，开始投身公益事业，接触了形形色色的可怜孩子，尤其失去双亲的孤儿。于是她动了恻隐之心，成立了孤儿院，后来更是索性把所有身家全部押进了这项事业，四十多年来，从未动摇。

"潘院长是个不折不扣的大好人。"葛康由衷地敬佩道，"从前她总对我们说，孩子就像是天使，纯真、无邪，每一个孩子都应该平安长大，而不是被命运抛弃。这也是潘院长给这所孤儿院取名'天使孤儿院'的原因。"

潘英彤的家底厚，加之一些社会人士的资助，前三十多年，天使孤儿院都得以平稳运营。但是，近十年来，天使孤儿院却数次面临严重的债务危机，险些关门。

"是因为那些不健康的孩子吗？"朱晓隐隐地猜出了原因。

葛康点了点头："前三十多年，虽然天使孤儿院也会接收一些精神或生理有残疾的孩子，但只是少数，大部分孩子是健康的。我们与一般的孤儿院没有差别，接收这些孩子后，悉心照顾，直至有人收养。但是，那些有疾病的孩子总是难以被收养。"

趴在地上玩弹珠的形销骨立的成年男人就是曾经无人领养的孤儿之一，被天使孤儿院照顾至今。十年前，潘英彤看着那些无人领养的患疾孩童，果断地决定从此专门照顾患病的孩子。

"天使孤儿院送走最后一个被收养的正常孩子后，就只收生理或精神患病的孩子了，潘院长认为，这些孩子才是最急需帮助的人。"葛康说，"但您也知道，一般人是不会收养有残缺的孩子的，所以，从那时起，大部分进来的孩子就再也没有出去过，院里的孩子越来越多，他们吃饭、治疗、学习都需要大量的资金，潘院长再厚的家底也经不起这么折腾。"

如今，天使孤儿院的运营几乎全靠社会人士的捐助，但仍然面临着运营的危机。

葛康给朱晓介绍了天使孤儿院的历史后，进入了正题："您在电话里说您是南港的警察，是想了解什么事呢？"

"向您打听一个人。"朱晓道明了来意，"曾经的保育员，陈雅。"

南港的墓园里，赵彦辉站在范巧菁的坟墓前，偷偷抹着眼泪，不胜唏嘘。这两年来，他时常来这座墓园祭拜余严春，真是造化弄人，范巧菁的墓碑与余严春的墓碑相隔不过数米。他数不清多少次经过这里，却从来没有留意过范巧菁墓碑上的照片。

"欣桐啊，我总是来得那么焦急，走得那么匆忙，经过你身边的时候，从不肯低下头，俯下身。我早就该找到你了啊。"赵彦辉擦干眼角噙着的泪水，"说好要等我，为什么你一个人去了？"

"赵队长？"

赵彦辉听到身后传来熟悉的声音，强忍着情绪，转过身："雨……范小姐。"

范雨希的手里捧着一束范巧菁生前最爱的蔷薇花，怪异地端详着赵彦辉泛红的眼眶："您怎么在这儿？"

赵彦辉与范雨希对视，心里多么想告诉她，自己是她的父亲。可是，他不确定她是不是会怨恨他当年抛下了她们母女。他不知道怎么开口，更不知道她是否会接受他。

终于，赵彦辉忍住心头的冲动，挤出了一个笑容："我来看看余严春，恰好发现你的母亲也葬在这里，就也悼念了一下。"

范雨希心有怀疑："您怎么知道她是我妈妈？"

"队里整理了所有与'暗光案'有关的受害者，我记下了他们的名字。"赵彦辉不敢与范雨希对视，扭过了脸。

范雨希往一侧望去，果真发现了余严春的墓碑，这才恭敬地点了点头："您有心了。"

"朱晓怀疑'暗光案'很可能还没结束，这段时间，一定要保护好自己！"赵彦辉柔声地唠叨道，"如果你愿意，我可以派几个人去保护你。"

"谢谢您的好意，我不需要保护。"范雨希总觉得与赵彦辉交谈时十分别扭，道了别，"您去忙吧。"

赵彦辉用眼角的余光瞟了范巧菁的墓碑一眼，这才整理好衣领，缓缓地离开了墓园。范雨希走到墓碑前，刚要把手里的花放到墓碑前，却发现墓碑前已经放了一束新鲜的蔷薇花。

范雨希的眉头深锁，沉思良久后，拨了一个电话："阿二，你有办法帮我查查赵彦辉吗？"

"赵彦辉？"阿二在电话那头咋舌，"您是说南港支队的支队长？希姐，这人咱招惹不起，您查他干啥啊？"

"让你查，你就查！"

阿二听到范雨希激动的声音，不敢多嘴，立马照做了。

"陈雅，我记得。"葛康努力地回忆着，"她在院里干了很久。"

在葛康的印象中，陈雅遇害前，已经在天使孤儿院干了三十多年活了，是孤儿院里最早的保育员，深受孩子们喜欢。十四年前，很少请假的她突然以家中有事为由，请了许多天的长假。之后没几天，孤儿院便收到了她在南港遇害的消息。

"家中有事？"朱晓觉得不太对劲，"能给我详细说说吗？"

葛康又想了一会儿，记起来了："陈雅有个老母亲，生了重病，需要动手术。手术费用是一大笔开销，院里资助了她一些，但好像还是不太够。想来，她请假是去照顾老母亲了。"

陈雅遇害后，她的老母亲也在不久去世了。

朱晓回忆卷宗上的信息，陈雅的老母亲住在澳区的医院，她在南港无亲无故，即使要筹措手术费，也绝不可能跑到南港去。

"你认识辛芎吗？"朱晓取出一张照片递给了葛康。

葛康扶着眼镜，仔细地打量了辛芎满脸的刀疤，摇了摇头："不认得。"

"那您还记得陈雅请假前有什么反常吗？"

"这我想不起来了。我可以帮你问问。"葛康说着，拿起办公桌上的电话拨了一个号码，"任慧，你上来一趟。"

任慧也在孤儿院里干了快二十年，陈雅生前，二人关系十分要好，同住一间宿舍。

没过多久，任慧进了办公室，仔细回想后，给朱晓提供了一个非常关键的信息：陈雅在前往南港前，经常到阳台上遮遮掩掩地打电话，有一次还非常生气，似乎与对方发生了争吵。

"知道是和谁打电话吗？"朱晓攥着手里的录音笔，焦急地问。

"不知道。"任慧抚摸着下巴，许久后又说，"但是，我隐隐约约听到了一个名字。"

"叫什么？"

"牙子。"任慧回答。

"牙子？"朱晓怀疑道，"时间已经过去十四年了，你确定没有记错吗？"

"不会记错，除非我听错了。"任慧解释道，"早一点入职的保育员都听说过牙子，所以我记得很清楚。"

朱晓向葛康投去询问的目光，葛康点了点头，说："牙子原本是三十多年前进入天使孤儿院那一批孩子中的一个，只不过，那天晚上出了点意外。"

"什么意外？"朱晓发现葛康没有继续说下去，追问道。

"具体我也不清楚。三十多年前，天使孤儿院的规模还不大，为了给孩子们创造更好的条件，潘院长亲自动手照顾院里的二十多个孩子，省下雇人的钱，只聘了一个保育员，也就是陈雅。"葛康解释。

那时，算上潘英彤自己，全院只有两个工作人员。包括葛康在内的其他人都是在天使孤儿院规模扩大之后，才被招聘进来的。

"不过，我们倒是听陈雅提起过。"任慧说。

三十多年前的一天夜里，天上下着大雨，陈雅开着一辆车，正要把刚收的几个孩子送进孤儿院里，但不知怎么回事，车子在半路抛锚了，她不得不冒着雨修车。等到她把车子修好，开进孤儿院清点人数时，却意外地发现少了一个孩子。

"丢失的那人就是牙子？"朱晓问。

"是。不过，潘院长和陈雅很少提及那件事，所以我们也不太清楚具体状况。"任慧老实说，"那天晚上究竟发生了什么，恐怕只有潘院长和死去的陈雅清楚吧。"

"方便让我见一下潘院长吗？"朱晓站起身。

葛康却摇头道："不太方便。"

第 4 章
推搡

一个喧闹的集市里，一群叼着烟的青年百无聊赖地蹲在湿漉漉的地上，仿佛在等候什么人。集市里的鱼腥味混杂着烟味，十分难闻，偶有买菜的过路人往这群青年身上瞄了一眼，被回以凶神恶煞的眼神后，匆匆跑走了。

倒是有眼尖的路人认了出来，这群人是附近臭名昭著的混子帮，靠替黑赌场讨债为生。

"你们说曹哥干什么去了，我们都等了一下午了。"其中一个花臂青年随手扔了烟头，往地上吐了一口痰，抱怨道，"我还有债没收回来。"

另一个壮汉应和："我也着急去收债。"

曹夏宁是他们的老大。今天中午，曹夏宁吩咐他们在这里等着，但是过了好几个小时，也没见着人。

就在大家等得不耐烦的时候，踩着人字拖的曹夏宁终于姗姗来迟。

"曹哥，你去哪儿了，大家还赶着干活呢。"

"去了一趟银行，取钱去了。"曹夏宁晃了晃手里提着的一个袋子。

有人调侃道："曹哥，我们能有多少钱，需要取那么久？"

"顺道去了一趟邮局。"曹夏宁把手里的袋子丢给了一个手下。

那名手下接过沉甸甸的袋子，打开一看，惊得许久说不出话来，袋子里装的竟然是满满的钞票。在场的所有人都没有见过这么多钱，顿时两眼放光，询问这袋钱的来历。

"受人所托，解决一个人。"曹夏宁点了根烟，"这些只是定金，事成之后，我们会拿到更多钱。"

花臂青年啐了一口唾沫："有了这些钱，我们哪还用看那些破赌场的脸色！"

壮汉问："曹哥，雇主是谁？"

"别问那么多！"曹夏宁又从怀里掏出从邮局取出来的信封，从里面取出一张照片。

照片上的人看上去慵懒万分，但眼神里透着光，一头乱糟糟的头发，胡楂儿也没剃干净，手臂上还有一条狭长的疤痕。

天快要黑了，朱晓被带进潘英彤的卧室后，终于明白先前葛康说的"不方便"是什么意思了。

如今潘英彤已算得上高龄，头发花白，满脸皱纹，卧床不起，就连呼吸都需要靠呼吸机维持。

"怎么了这是？"朱晓本以为终于能够了解到想知道的信息，却见潘英彤双目紧闭，心中难免失落。

"去年，潘院长不小心跌下楼道，突发脑出血，险些丧命。好不容易抢救回来了，但一直睡着。"葛康回答。

医院早已经下了病危通知单。潘英彤没有子嗣，把大半辈子都奉献给了与自己非亲非故的孩子们，天使孤儿院就是她的家，于是葛康和孤儿院里的保育员们商量后，把她从医院里接出来，带回了孤儿院。

谁都没想到潘英彤的生命力如此顽强，一躺便是一整年，虽然没醒过来，但靠着输液活了下来。这对一个年事已高的老人来说，简直就是奇迹。

朱晓朝四下看了看，在桌上发现了许多本日历："这儿怎么有这么多日历？"

"这是潘院长的习惯，如果有从孤儿院被收养走的孩子打电话回来慰问她，她就会在当天的日历上记录下来。"葛康解释。

朱晓稍微翻动了日历本，发现日历本上大都写着"无"，只有少数几页写着"有"。

"潘院长舍不得孩子们，才一直坚持着不走吧。"葛康长叹道，"朱先生，我们可能帮不上您的忙，请回吧。"

朱晓不愿意轻易地离开："我可以见见院里其他的保育员吗？"

一直沉默不语的任慧开口了："葛副院长，潘院长不是一直有写日记的习惯吗？或许朱先生要打听的事被潘院长写了下来。"

葛康突然瞪了任慧一眼："那是潘院长的隐私，怎么能随便给别人看！"

任慧见葛康发怒，不敢多说什么了。

"我是警察。"朱晓插嘴道。

"我知道。但您是南港的警察，如果需要我们配合，请您把澳区警署的公文取来。"葛康严肃道，"或者征得潘院长的同意。"

"您这不是为难我吗？那您让我看一下潘院长的日记有多少本，好让我回去交个差。我不看具体内容，这总行了吧？"朱晓早就听说澳区的群众十分注重私权，但没想到葛康竟然执拗到这种地步，心急之下，把赵彦辉的叮嘱抛诸脑后，决定找机会硬抢。

任慧也替朱晓说情："葛副院长，您就给朱先生看一眼吧，如果潘院长醒着，一定也会同意的。"

葛康被说动了，把朱晓带到书房，随手打开了一个柜子："潘院长写的日记都在这里面。"

朱晓和任慧愣在原地没动，葛康察觉到不对后，回头一看，竟然发现柜子里空空如也。

葛康怔了许久："怎么会这样？"

"您会不会记错了？"朱晓提醒道。

很快，葛康一一询问了院里的保育员，没有人承认动过潘英彤的日记本。据葛康说，几十年来如一日，潘英彤的日记足足写了三十多本厚厚的册子。那些日记本向来放在柜子里。潘英彤摔伤后，书房就没有人再用过，除了打扫的保育员每个星期来清洁一次，别人进不来。

"负责打扫书房的保育员是谁？"朱晓追问。

"院里除了我和潘院长，还有八个保育员，大家轮值打扫，所有人都先后清扫过书房。"葛康答道。

平日里给孩子们上课的是外聘的幼教，不参与清洁工作，这里又上着锁，他们没有机会接近潘英彤的书房。常住孤儿院的保育员有八个，平时的工作是照顾孩子的饮食起居和清洁工作，每个人都有书房的钥匙。

朱晓思考了许久，觉得这件事没有那么简单，沉声问："能详细告诉我潘院长摔伤的经过吗？"

夜里九点，齐佑光戴着口罩和手套，仍在法医实验室里研究铁磊的尸体。

凶手给死者梳妆的疑点匪夷所思，早已经在南港传得沸沸扬扬。这一起案子很可能牵扯"暗光案"，齐佑光更不敢轻易怠慢。细数时间，他已经连续在法医实验室里待了十几个小时。

齐佑光攥着尸体的手掌，仔细观察后，拿起镊子从尸体的指甲里夹出了一截不到一厘米的线头。他迅速将线头放在显微镜下观察，脑海里浮现出案发时的那一幕：铁磊被人从身后偷袭后，迷迷糊糊地倒下，轻微挣扎之下，抓住了凶手的裤脚。

齐佑光凭借肉眼断定，这一截线头并非用于缝纫收边的针织线，而是化纤布料，来自裤子的面料。他立即脱下法医袍，大步地往外走去。倘若那根化纤材料来自凶手的裤脚，那么便是铁磊抓住凶手裤脚时，陷入他的指甲里面的。

"倘若发生了撕扯，运气好的话，铁磊很可能扯下了一小块布料。"齐佑光自言自语地来到物证室，查阅许久后，发现负责现场取证的警察并没有带回相关的证物。

　　齐佑光吩咐其他法医将那截化纤材料拿去做DNA鉴定后，决心再去案发现场碰碰运气。一小截化纤材料的侦查意义不大，他没有抱太大希望，但若是一小块布料，则能确定凶手的穿着特征，布料里层甚至可能沾染凶手的体毛或汗液。

　　齐佑光来到办公大厅，问值班的警察："能给我两个人吗？我要去趟案发现场。"

　　"哟，不巧，今晚有个行动，上夜班的人都派出去了。"值班的警察回答道，"要不您等等，我从附近派出所给您调两个人？"

　　齐佑光想了想，摇头道："我先去吧，你调到人后，让他们直接去案发现场。"

　　十几分钟后，齐佑光攥着手电筒，走进了案发现场的楼道。案发后，宿舍楼被封锁了，没有通电，现场的血迹在直光的照射下，显得阴森森的。楼道口的窗子是打开的，风很大，把他的头发吹得七零八落。他蹲了下来，在地上一寸一寸地寻找，然而，快半个小时过去了，依旧一无所获。就在齐佑光马上要放弃时，地上的一片雾状血迹吸引了他的目光。

　　那片血迹是铁磊被割喉后，动脉血喷洒至地面形成的，所以呈现出雾状血迹，而不是血泊。这片血迹十分典型，原本没有任何疑点，但血迹中央一块呈近方形的干净地面引起了他的注意。

　　那块近方形的地面上没有沾染任何血雾，面积大约和一个指甲盖相近。

　　"看来我的推测没有错。"齐佑光终于能确定铁磊的确扯下了凶手的一小块裤脚。

　　那块布料被扯下后，落在了地上，而后，铁磊被凶手割喉，血雾喷出很远，也喷在了那块布料所在的地面，所以与布料接触的那块面积约一平方厘米的近方形地面没有染血。布料被取走后，血雾中央便呈现出一小块干净的地方。

　　现场取证的警察没有发现那块布料，证明取证时，布料已经不在这片雾状血迹上了。

"凶手发现裤脚被扯破了，所以把布料带走了？"齐佑光说着，又望向迎着大风的窗子，自言自语道，"楼道里风这么大，也有可能被吹走了。"

齐佑光又顺着台阶慢慢摸索。恍惚间，他听见了细碎的脚步声，声音来自楼上！冷汗从他的脸颊滑落，渐渐地，那声音越来越近了。

就在这时，附近响起了警笛，从派出所调来的警察开着警车赶到了。那道脚步停留片刻后，突然变得慌乱，紧接着，一道黑影跑了下来，将齐佑光撞倒在地上后，迅速跑下楼了。

齐佑光瘫坐在地上，背脊发凉。

同一时间，远在澳区的朱晓翻看了潘英彤的验伤报告和病历后，断定那不是一场意外，而是一起故意伤害事件，甚至涉及谋杀。

听到朱晓的推测，葛康的脸色变了："怎么可能？"

潘英彤受伤当天是中秋节，白天的时候，孤儿院里有活动，全院的保育员和孩子都在草坪上嬉戏。潘英彤年纪大了，不经常下楼，大部分时间在房里休息。那一天，在发现潘英彤受伤前，全院的人都没有在一层见着潘英彤。朱晓据此推测，潘英彤一定是在下楼的时候摔倒的。

"潘院长的伤暴露了一切。"朱晓说。

潘英彤摔伤后，身上多处骨折，其中两条腿的膝盖骨尤其严重，还伴有严重的擦伤出血。同时，她的额头和面部被撞伤，多处淤青和出血，楼道拐角处的墙面上沾有血迹，大致可以推测出潘英彤摔下去之后，额头撞在了墙上。摔得如此严重，朱晓却发现潘英彤的背部没有明显的淤青和擦伤。

"你们会给潘院长拍照片和录像吗？"朱晓问道。

葛康立即吩咐任慧去把院里的摄影机取来，朱晓翻找了一段录像后，更加确定了自己的推测。那段录像是前年澳区的记者来采访时拍摄的，画面中，潘英彤一边扶着楼道的扶手缓缓往下走，一边回答记者提的问题。

"一般年纪大的老人腿脚变得没有那么利索，他们在下楼梯时，会自觉或不自觉地向后仰着，让重心靠后，以免摔下楼梯。"朱晓指着录像，"潘院长下楼梯的姿势的确也是如此。"

潘英彤下楼梯时，仰着身子，重心靠后，即使不小心踩空了，或者脑袋迷糊了，摔倒的那一刻也是屁股先着地，以仰面的姿势从台阶上往下滑，这就注定会在她的身后留下擦伤或淤青。即使滑下台阶时发生了翻滚，也不可能不在背部留下任何明显的伤痕。

"可以推测出两点：第一，有从后的外力推了潘院长一把，使她改变了重心，面朝下地摔下台阶，然后撞在了墙上；第二，潘院长是在下楼时接近最后一级台阶时被人推搡的，因为如果是从更高的台阶上摔下来，很可能会发生翻滚，在身后也留下伤痕。"

葛康和任慧互相看了一眼，都觉得匪夷所思，却也觉得朱晓的分析有道理。

"当然，也有一些意外情况，比如潘院长为了捡掉在地上的东西而改变了重心位置，从而脸朝前地摔了下去。"朱晓的话锋一转，"但是，潘院长的日记本却不翼而飞了，你们还觉得这是一场意外吗？"

葛康沉默着。

"我有个问题，这么大的孤儿院，怎么一个监控探头都不装？"朱晓问。

葛康仍旧沉默着。

朱晓又换了一个问题，询问起潘英彤摔伤那天的详细状况。当天，被送进医院的不只有潘英彤，还有一个名叫许哲的孩子。去年中秋节，天使孤儿院鸡飞狗跳，当时，许哲竟然蹲在大房后的角落里嚼玻璃，弄得满嘴是血，把所有保育员都吓得丢了魂。

"嚼玻璃？"朱晓一愣。

"这孩子有异食癖，吃吃土、吞吞纸屑也就算了，可他唯独最爱嚼玻璃。他是去年夏天入院的，他入院后，我们就格外注意地清理草坪，禁用所有玻璃制品，以免被他误食。防了几个月，也不见他出事，可中秋节那天，这孩子不知道从哪里找到了一个玻璃瓶子，敲碎吃了下去。"葛康满脸忧愁，"两天前，这孩子又吞了一次玻璃，现在还在医院里待着，估计生命垂危啊。"

去年，大家先是为许哲叫了救护车，后来，大家才在楼道里发现昏迷不醒的潘英彤，便又叫了一次救护车。事后，葛康大发雷霆，仔细调查玻璃瓶的来源，可是没有人承认，后来，这件事便不了了之了。

"同一天发生两件事，你们不觉得奇怪？"朱晓喃喃了一声，"这一年来，许哲有什么反常的举动吗？"

任慧突然说："葛副院长，您还记得吗？去年许哲出院后，总是说潘院长不是跌倒的。我们觉得这孩子是在说胡话，便没在意。"

葛康咬着牙，不说话。

"能带我去见见许哲吗？"朱晓的眉头紧蹙。

任慧看了看手表："明天吧，这个时间，医院禁止探病了。"

朱晓这才意识到天色已晚，告别了葛康和任慧后，离开了天使孤儿院，朝着附近的宾馆走去。

一路上，朱晓都在想着天使孤儿院的事，全然没有察觉到危险将近。就在他路过漆黑一片的巷子时，突然被一群人包围了起来。这群人的头发染得五颜六色，身上文着各式各样凶猛的图案，手里操着大长刀和铁棍，气势汹汹，看上去来者不善。

"你们是谁？"朱晓警惕地往后退了两步，"打劫？"

花臂青年操着一口方言，说了一通朱晓听不懂的话。

"能说普通话吗？"朱晓嘴上调侃着，眼神慌乱地四下张望，这里太偏僻了，连个可以求助的人都没有。

"受人所托，别怪我们。"花臂青年说了一句混杂着浓重口音的普通话，终于让朱晓听懂了。花臂青年说罢，挥了挥手，带着人齐刷刷地冲了上来。

"就您这普通话水平，还是讲方言吧！"朱晓退无可退，只好抢起拳头，硬着头皮还击。

这群人不是好惹的，人多势众，手持各式各样的武器，一心想要了他的命，没过多久，朱晓快要招架不住了，一不留神，手腕被铁棍砸伤，险些折了。

朱晓被逼到了墙角，无力还击，只得绝望地瘫在地上："能告诉我，是谁派你们来的吗？"

花臂青年啐了一口，也不回答，提起长刀向朱晓砍去。

朱晓放弃了抵抗，闭上眼睛，但过了几秒也没感觉到疼，倒听到了几声惨叫。他睁开眼睛，只见好几个人被飞来的石头砸破了脑袋。

远远望去，一男一女牵着手缓缓走来。

朱晓笑骂道："我都快被打死了，还秀恩爱，快点救我！"

范雨希和孔末对视一眼，异口同声道："得嘞！"

第 5 章
食癖

深夜，范雨希给朱晓上了药。

"那些是什么人？"孔末坐在宾馆的沙发上。

"这条手差点儿就废了。"朱晓感受到手腕传来的剧痛，骂骂咧咧道，"可惜让他们跑了。"

半个小时前，范雨希和孔末与那群人大打出手，虽然将他们都打趴下了，但也引来了附近的巡警，还没来得及多问，那些人就逃之夭夭了。朱晓跨地区查案，为了不引起不必要的麻烦，带着范雨希和孔末撤走了。

"对了，你们怎么来了？"朱晓问道，这一次，如果不是范雨希和孔末及时赶到，恐怕他会命丧澳区。

"孔末听说了南港的案子后，先到南港找到我。我们商量之后，放心不下，便订了夜里的航班到这儿来找你。"范雨希解释着，向朱晓汇报了信息，"刚刚我和齐大夫通过话，他去案发现场找证据时，遇到了一个黑影，那人可能是凶手。"

只可惜手电被撞到了一旁，齐佑光没能看清黑影的脸，只能大致分辨出对方戴着口罩和帽子，男女不知。派出所调去帮忙的警察赶到后，他们三人又把案发现场翻了个底朝天，仍旧没找到那块布料。

宿舍楼只有一条楼道，那道黑影是从楼上蹿下来的，足以证明他比齐佑光率先到达案发现场。齐佑光推测，凶手作案后，很可能也发现自己的裤子被扯掉一角，这才回到案发现场寻找那块不知被风吹到哪里去的布料。

"布料应该已经被凶手拿走了。"朱晓懊悔不已，案发后，他只顾着自责和内疚了，如果能盯着点取证的警察，或许就能先于凶手拿到那块证物。

至于铁磊指甲里发现的那一截线头，经过化验后，果然如同齐佑光预料的那样，没有太大的侦查价值。

"仅凭铁磊的身份是卧底和辛芗听说天使孤儿院后的反应，你就确定铁磊的死与'暗光案'有关？"范雨希问。

"来澳区前，我还没那么确定，只是来碰碰运气。"朱晓的瞳孔微微收缩，"但现在，我怀疑辛芗杀死陈雅另有隐情。"

十四年前，陈雅根本没有正当理由抛下急需手术的老母亲去南港。

"即使有正当的理由去往南港，也没有理由到那样偏僻的巷子里。"朱晓质疑道，"案发现场是偏僻的胡同群，我调查过，陈雅入住的酒店和案发现场相隔甚远，除非有特定的目的，否则正常人一般不会在夜里前往。"

根据任慧回忆，陈雅去南港前打了几次电话，其中一次提到了牙子。三十多年前，牙子突然消失亦十分可疑，而如今陈雅已死，另一个知晓当年详情的潘英彤也在去年被人推下楼梯，昏迷不醒，其日记更是不翼而飞。朱晓结合所有疑点，决定将事情调查清楚。

孔末听了朱晓介绍今天得到的所有线索后，立马推测道："一年前，许哲吞玻璃或许不是意外。"

许哲有严重的异食癖，极度喜欢食用玻璃，出于保护他的目的，玻璃制品成了院里的禁品。但是，潘英彤出事的同一时间，一个来源不明的玻璃瓶却出现在了孤儿院里，而且恰好被许哲发现并食用，这一切过于巧合。

"有人利用许哲的异食癖引发骚动，为谋害潘英彤的行为争取充足的作案时间。"孔末做出了推断。

孔末结束治疗后，保留了主人格的大部分性格和身手，却也留住了另一个孔末的聪明头脑。朱晓满意地点了点头，在他看来，如今的孔末是一根当警察的好苗子。

案发当天，天使孤儿院正因中秋节而欢庆，所有保育员、外聘教师和孩子都在大房一层和草坪上参加活动，潘英彤则因年纪太大，留在楼上的房间休息。凶手若想作案，则必须上楼，一旦有人发现谁中途离开了活动，凶手便会暴露。即使没有人发现凶手离开了，凶手也难以保证不会有其他人在他谋害潘英彤时上楼，从而撞破一切。

于是，凶手在作案前，制造了一场足以让所有人陷入慌乱的骚动。许哲嚼玻璃后，满嘴是血，食道被割破，大家忙着施救和叫救护车，不会有人再去注意是否有人中途离开。

"潘英彤摔伤后，许哲反复地说过，她不是自己跌倒的。时隔一年后，许哲再次因为嚼玻璃而入院，恐怕事情没有那么简单。"

"杀人灭口。"孔末说，"许哲可能知道些什么。"

"还有一个疑点。"范雨希插嘴道。

孔末应和道："不错。"

发生那么大的事，虽然会令大家手忙脚乱，难以察觉有人中途离场，但是潘英彤作为一院之长，许哲出事后，应该会派一个人上楼通知她下来主持大局，而上楼的这个人便是凶手作案的阻碍。但据朱晓了解，当时竟然没有人想到去通知潘英彤。潘英彤摔下楼道，也是在许哲被送上救护车之后才被人发现的。

"凶手能够作案成功并不被人发现，绝不是碰运气。"朱晓摸着胡楂儿说，"凶手应该早就确定不会有人去通知潘英彤，但他为什么那么确定？"

孔末的手指在沙发的扶手上轻轻敲着，嘴里吐出了几个字："潘英彤早就被架空了。"

隔天清晨，孔末早早地独自出门了，朱晓和范雨希在葛康的带领下，来到了澳区医院。

许哲躺在纯白的病床上，身上插满了管子。他被送进医院时，嘴里的创口非常大，食道也被割破了，经过一整夜的抢救，才勉强保住了命，如今还没有完全脱离危险，被收治在重症病房，无法与人交流。

范雨希隔着玻璃窗看着只有十岁大的许哲，满心愤怒："竟然对这么小的孩子动手，真不是人！"

按照朱晓的推测，一年前，许哲受伤是凶手刻意营造的意外，那么凶手大费周章，绝对不只单纯地想让潘英彤受伤，而是想要了她的命。恐怕连凶手都没有想到，潘英彤竟然活了下来。经过救治后，潘英彤虽然没死，但已经没了苏醒的可能，所以凶手才没有再次动手。

"如果你们的推测是真的，一年前，这孩子住院是被人害的，那这一次也是被人害的吗？"葛康焦虑地询问。

"很有可能。毕竟玻璃是院内的禁品，他一个孩子，足不出户，哪能轻易搞来？"朱晓想着，试探性地问，"玻璃瓶还在吗？"

"早就清扫了。"葛康回答。

朱晓心里生疑，但没有表现出来，又问："你们报警了吗？"

葛康立即摇头："既然一切还不确定，暂时就不要报警了。"

范雨希盯着葛康脸上沟壑纵横的皱纹，读出了几分慌张，于是以眼神示意朱晓。朱晓心领神会，没有说破。一旦澳区警方介入，他的行动将处处受制，于是，他没有强求葛康报警。

不久后，另一名三十多岁的保育员带着一个女孩子走了过来。

葛康摸着女孩子的脑袋，问保育员："姚娜，毛毛检查得怎么样了？"

姚娜无奈地摇了摇头："还是查不出来具体是什么病。"

毛毛只有七岁，长得白白净净的，非常讨人喜欢。范雨希早就从朱晓口中得知天使孤儿院内的孩子都有各种疾病，但毛毛看上去十分正常，忍不住问："她怎么了？"

"这孩子总是胡言乱语，前两天，吓走了一个刚入职的保育员。"姚娜牵着毛毛的手，"毛毛来院里两年了，她会说话，能识字，就是经常说一些奇怪的话，我们带她看了好多医生，就是查不出是怎么回事。"

姚娜的话音刚落，毛毛就指着范雨希，开心地笑了起来："我闻到面包的味道了。"

范雨希往身上嗅了嗅，觉得莫名其妙。

毛毛又看着朱晓，闷闷不乐："叔叔，有人在你脸上哭。"

朱晓摸着胡楂儿，屏息一听，这里是重症病房区，四周很安静，哪有什么哭声。他蹲下身子，往毛毛鼻子上刮了一下："你叫她姐姐，叫我叔叔，我有那么老吗？"

就在这个时候，有护士找葛康签缴费单，愤愤不平地质问："你们这孤儿院能不能对孩子好一点？"

葛康满头雾水："什么意思？"

护士气呼呼地反问："什么意思？许哲身上青一块紫一块的，如果不是你们打的，那是谁造成的？"

朱晓一把揪过葛康的衣领："你们还干这事？"

葛康急得满脸通红，赶忙摆手："我真的不知道是怎么回事！"

范雨希觉得葛康没有撒谎，于是问："平时谁给许哲洗澡？"

"任慧！"姚娜惊讶道，"她今天离职！"

孔末一早便出门调查昨晚袭击朱晓的那群人。令他印象最深刻的是花臂青年，一路问了许多人，向他们形容了文身模样后，终于有人给他指了澳区北部的一家地下赌场。

赌场里的空气很闷，到处弥漫着香烟的气味，里面的人光着膀子，围着赌桌，手里攥着大把钞票。

赌场的人见他眼生，非常警惕，在他道明了来意后，更是将他围了起来。这时恰好花臂青年进了赌场。昨晚的激战令他骨折了，此时手上打了石膏。

"阿坤，这个人在打听你。"赌场的人问，"你认识他吗？"

"原来你叫阿坤。"孔末笑了笑，"问你几件事。"

阿坤吓得往后退了两步，旋即想到他平时替这个赌场讨债，大家会罩着他，顿时变得胆大起来："不认识，剁了他！"

孔末冷哼一声，率先动手把向他逼近的壮汉踢倒。赌桌被掀翻了，赌徒们吓得四处逃窜。又有几个壮汉围了上来，谁都没想到，孔末身手太好，三下五除二就把他们打趴下了。

孔末解决了所有人后，发现阿坤见情况不妙，早就溜之大吉了。他揪起一个壮汉的头发："阿坤什么来路？"

壮汉求饶着回答："他是曹哥的小弟，我劝你别招惹他。"

"曹哥？"孔末加重了手里的力道。

"曹夏宁！"壮汉疼得龇牙咧嘴。

孔末不屑道："在哪儿能找到他？"

"集市口。"

孔末打听了集市的位置后，只身前往，很快便远远地看见了阿坤。阿坤的前面站着几个人，带头的是一个又高又壮的男人，看样子是阿坤的大哥——曹夏宁。

曹夏宁嚣张地问："你还敢找上门来？"

"没有我不敢的事。"孔末没把这群人放在眼里，正要上前，忽然又有几十个扛着大刀和铁棍的混混儿从四面八方拥了过来。

孔末自信地挑起嘴角，不等曹夏宁等人反应过来，转身逃走了。

曹夏宁愣了好几秒，没想到先前气势汹汹的孔末竟然会拔腿就跑："看什么，快追！"

汽车站里，任慧拖着行李箱，上了一辆汽车。她的心怦怦直跳，时不时地看看手表，等着发车的时间。她火急火燎地等了半个小时之后，终于见司机上了车。

汽车缓缓朝前驶去后，任慧终于放下心来。然而，车子才开出去没几米，就一个急刹车停了下来，好像有人挡了道。她的心里十分不安，探着头往前看。

这时，车门开了，一个年轻的女人径直走到了任慧的面前。

任慧紧张地咽了一口唾沫，问范雨希："你是谁？"

范雨希二话不说将任慧拽下了车。朱晓和葛康就在车站里等着，任慧见了他们，顿时腿软。

"说说吧，许哲身上的伤是怎么回事？"朱晓严厉道。

"什么伤？"任慧装傻充愣，但飘忽的眼神出卖了她。

"许哲的身上有被抽打的伤痕，平时你负责给他洗澡，你还想装什么都不知道？"范雨希愤慨道，"你有虐童倾向，还到孤儿院当保育员？"

朱晓回忆起昨天夜里提出去看许哲时，任慧以时间太晚，医院禁止探病为由拒绝了，但他去过医院之后才知道，这家医院二十四小时允许探望重症病人，是任慧害怕虐待许哲的事被他发现，便撒了谎。

任慧深知瞒不住了，便坦白了一切。这些年，她的确偷偷虐待孩子们，以此来满足自己因童年阴影而产生的变态欲望，并恫吓孩子们不许说出去。她当保育员的年头里，有不少孩子都遭过她的毒手，但是大部分孩子因为语言能力和认知能力缺失而没有向别人说起。许哲是诸多受害者中的一个，他于去年夏天入院，跟潘英彤十分亲密，她一直没敢动手，直到中秋节后，潘英彤摔伤，昏迷不醒，她才肆无忌惮地开始虐待许哲。

"我不想知道你的童年有什么阴影。"朱晓啐了一口，"我想知道的是，许哲嚼玻璃和你有没有关系？"

任慧赶忙摆手："和我没关系！"

朱晓心里觉得这件事很可能确实与任慧没有关系。如果任慧想杀死许哲，又不被人怀疑，应该等到许哲身上的伤痕消退再动手。无论许哲是被送进医院，还是被送进殡仪馆，大家都会根据许哲身上的伤痕怀疑到她的头上。

范雨希观察了任慧的表情后，轻声对朱晓说："不像在撒谎。"

朱晓的心里有了主意后，又问："陈雅去南港前，打电话时说了牙子的名字，这是真是假？"

任慧不断点头："是真的。"

朱晓是警察，任慧希望他赶紧走，所以透露了真的信息，并且主动提起潘英彤的日记本，目的也是让他得到想调查的信息后立即离开。许哲这一次住院时，身上带着伤痕，她便知道瞒不住了，所以在许哲出事当天就以家庭变故为由提出辞职了，但为了拿到工资，拖到今天才走。

葛康听任慧坦白后，气得吹胡子瞪眼，随后报了警。

警察赶到后，将任慧带走了。朱晓注意到，葛康只对警察控诉任慧虐童，但对潘英彤的案子和许哲吞玻璃住院的事只字未提。

朱晓仍旧没有说破："葛院长，院里应该为每个孩子都立了档案吧，可以带我去看看吗？"

葛康犹豫了片刻，同意了。

孤儿院的档案室不大，文件按照时间顺序摆放得非常整齐。葛康叮嘱过后，便去忙自己的事了。

"葛康是凶手吗？"朱晓压低声音问。

范雨希哭笑不得："您把我当成神仙了？我只能看出来他也希望我们赶紧走。"

"我觉得他很可疑。虽说日记本是一个人的隐私，但是事关潘院长和陈雅的案子，人命关天，他不至于那么反对。恐怕他是出于某种私心，才不想我们看到潘院长的日记本。"朱晓一边推测着，一边寻找牙子的档案。

范雨希疑惑道："牙子在入住天使孤儿院的当晚就失踪了，孤儿院会给他立档案吗？"

"我觉得会。"朱晓自信一笑。

潘英彤不仅有坚持写日记的习惯，而且会在日历本上记录是否有被收养的孩子打电话回来慰问她，虽然只是简单的"有"和"无"，但足以证明潘英彤十分喜爱记录。

"一年三百六十五天，只有寥寥几天有人打电话关心她，如果是普通人，即使喜爱记录，也只会在那几天的日历上做记录。但是，潘院长却在三百多页纸上也写了'无'，也不嫌费劲，加上她有写日记的习惯，说明她对记录的喜爱已经有些偏执了。"朱晓说。

范雨希随手翻出了一本档案，翻到了几乎空白的一页。那是潘英彤给一个孩子立的档案，这个孩子是她在冬天的街头带回来的，被带回来时发着高烧，当晚就死在了医院里。潘英彤甚至连那个孩子的名字都不知道，但还是在档案本上详细地写了那个孩子被捡回来、送医以及死亡的过程。

　　"我相信你的推测了。"范雨希说着，立刻帮着朱晓找那一年的档案。

　　"找到了！"朱晓踮着脚，从架子的最高处抽出了一个厚厚的本子。

第 6 章
爆炸

朱晓兴奋地捧着三十多年前的档案册子，迅速翻阅起来，却找不到牙子的任何记录。

"不可能啊。"朱晓又对了一下册子上的时间，确认没有找错，"那一年所有被收进天使孤儿院的孩子都应该被记录在这里。"

三十多年前，天使孤儿院里的工作人员除了潘英彤，便只有保育员陈雅。朱晓对比了日历本和档案上的字迹，确定档案本上的文字出自潘英彤之手。档案本里的每一页档案也是按照时间顺序排列的，十分整齐。

朱晓不愿意相信潘英彤在建立档案时会把牙子遗忘，于是不信邪地又翻了几遍，这一次，他发现了端倪：当年六月的记录缺失，只留下了几页残破的边页，看样子像是被人撕去的。

每个孩子的档案用一页纸就足够记录，朱晓数了数残破的边页，推测当晚与牙子同一车的孩子的档案全部被撕走了。根据破损的边页，只能大致判断档案不是近期被撕去的，但无法确定被撕走的具体时间。

"牙子身上究竟有什么秘密！"朱晓空欢喜一场，把档案本放回了架子上，将葛康叫了进来，"为什么档案被撕了？"

葛康一脸茫然，亲自检查了之后，摇着头，表示对此毫不知情。他告诉朱晓，平时没人来档案室，留在这里的大多是二三十年前的档案，近几年，天使孤儿院开始使用电子档案。对于以前的档案，他们并没有录入，所以无从查询。

"孩子被收养，总该走法律程序吧？我们去相关部门可以查得到吗？"范雨希问。虽然过去了三十多年，但如果能找到与牙子同坐一车的孩子，或许能问出一二。

"我们是民营福利院，若说近二十年的收养记录，确实可以从政府部门查询到。但是三十多年前，潘院长是以私人名义，让通过考核的人将孩子带走的，法律程序是由收养人自己想办法解决的。"葛康解释，"后来，潘院长被政府部门警告数次，才慢慢改变了模式。"

三十多年前，天使孤儿院收的大部分是生理、精神正常的孩子，被带进院之后，最多两三年，就会被人收养，葛康和任慧等人对牙子和同批次的孩子没有印象，也证明那批孩子在孤儿院规模扩大之前就离开了。

唯一记录了那批孩子去处的只有潘英彤亲手写的档案和日记本，但是这两样东西都凭空消失了，现在，知情人陈雅死了，潘英彤又处于病危状态，想找到牙子和同批次的孩子简直难如登天。

朱晓一阵头痛："都有谁能进来档案室？"

"现在就只有我。"葛康如实回答，"除非有人偷了我的钥匙，才能进来。"

"您的这句话是不是可以等同于是您撕了档案？"朱晓的目光倏地凌厉。

澳区集市旁的一家网吧里，曹夏宁正抽着烟，阿坤捂着打了石膏的手，跑了进来。

曹夏宁掐灭烟："抓到了吗？"

阿坤低下头，支支吾吾地回答："跑了。"

"废物！"曹夏宁气得怒吼，见吸引了不少目光，恶狠狠地骂道，"看什么看！"

全网吧的人立即收回了目光，没有人敢去得罪曹夏宁。

"去天使孤儿院蹲着，不要被死条子发现！"曹夏宁把阿坤赶走，在键盘上敲了几下，调出了一个通信软件，给一个人发去了消息：你可没告诉我那个人身边还有一对保镖。

几分钟后，那人回了消息："怕了？"

"加钱。"曹夏宁气呼呼地敲了几个字。

"没问题。"

曹夏宁没有发现，戴着鸭舌帽的孔末正坐在离他不远处。

孔末逃脱没多久，又绕了回来，跟踪曹夏宁进了同一个网吧。他联系了孔笙，给孔笙报了网吧的名称和曹夏宁的机位号，期望孔笙可以发现一些线索。

"哥，我悄悄截了他们的聊天记录。"孔笙说着，给孔末发去了截图。

孔末看过聊天记录后，沉声道："果然有人要朱晓的命。能查出对方的身份吗？"

"查不出来，对方很谨慎，使用了一款不需要实名认证的即时通信软件。"孔笙敲击着键盘，在电话里说，"我锁定了对方的IP，但是，对方是用手机登录的软件，信号源来自澳区，就在距离你们十公里的步行街上。"

"我要那个人的手机号码。"孔末说。

"他的手机好像没插卡。"孔笙忙活了一阵，给了回复，"对方通信账号每次登录的地点都不同，用的都是步行街上的免费Wi-Fi。他很谨慎，从不用酒店里的Wi-Fi，以免暴露栖身的位置。"

"替我监视曹夏宁的通信。"孔末挂断电话，悄悄退出了网吧。

天使孤儿院里的气氛有些紧张，朱晓那句试探令葛康大发雷霆，要将他们轰出去，多亏孩子们正在祝会，葛康不想在孩子们面前表现得不礼貌，才强行压住怒火。

"葛副院长，您别放在心上。"朱晓拍着自己的嘴，"我这个人口无遮拦。"

葛康看着十字架前正唱着赞歌的孩子们，压低声音："我已经非常配合你们了，既然什么都查不出，就请离开吧。"

"您当真不觉得潘院长是被人害的吗？我可以替你们抓到凶手。"朱晓想方设法与葛康周旋。

范雨希仔细观察着唱歌的保育员、外聘教师和孩子们，忽然发现有一个十一二岁大的小男生时不时地往她站的方向偷瞄。

"我是这里的副院长，我会调查清楚。"葛康不悦道。

"您要是查不清楚呢？"朱晓反问。

葛康义正词严："如果你们再不走，我就报警了！"

朱晓笑了笑："需要我帮您拨号吗？"

葛康一时哑口，而后怒气冲冲地走了。现在，朱晓更加确定，葛康不想让警方介入孤儿院里发生的案子。

范雨希拉了拉朱晓的衣角："看到那个男孩了吗？"

朱晓顺着范雨希指的方向望去，也发现了正偷瞄他们的小男生，四目相对后，小男生立即扭过头去，假装专心唱歌。男生自以为没有被发现，但孩子自认为完美的把戏，在大人的眼中总是破绽百出。

"你说，这起案子会不会涉及未成年人犯罪？"朱晓随口问道。

"再观察看看吧。"范雨希不愿意相信，"这些孩子很可怜，看上去也很善良。"

祝会结束后，又一个名叫刁琪的保育员主动找上了朱晓和范雨希。她是葛康派来劝说他们离开的。

刁琪很年轻，看上去只有二十岁出头，说话有礼貌，轻声细语，让人心生好感。范雨希很快便明白过来葛康为什么要让她来当说客了。

"孩子们都小，不管潘院长是不是被人推下楼道的，也不管许哲嚼玻璃是不是被人设计的，葛副院长都不愿意让孩子们接触这些血腥的事。"刁琪恳求道，"请你们回去吧。"

朱晓正不知道怎么应付刁琪时，毛毛跑过来指着朱晓的脸说："叔叔，有人在你脸上哭。"

刁琪轻轻抚摸了毛毛的脑袋，对朱晓说："希望你们尽快离开。"

刁琪走后，姚娜找到毛毛，捏了捏她的脸："走，吃饭啦。"

"好多石头！"毛毛又没头没尾地说了一句话。

姚娜听了，哭笑不得，与朱晓和孔末打了招呼后，牵着毛毛走了。

孔末来到天使孤儿院时，朱晓和范雨希正站在草坪上看着大厅内正在用餐的孩子们。

孔末将调查的结果告诉了朱晓和范雨希。

曾经曹夏宁是一名武术教练，身手不错，在澳区的街头还算有几分名气。几年前，他与人打架耍狠，不小心把对方打残了，进监狱蹲了几年，两年前刚被放出来。由于有了案底，他难以找到工作，于是收罗了一批混混儿，替各大地下赌场讨债，从中获利。

曹夏宁以讲义气自居，据说几个月前，他接活的一家非法赌场被警方端了，赌场老板跑路，他被警方逮捕，死活不肯说出幕后老板是谁。后来，他的一个小弟顶不住压力，暴露了幕后老板的身份，导致幕后老板被通缉。他被放出来后，大发雷霆，没过多久，向警方招供的那名小弟也失踪了，有传言称是被他干掉了。

"这样的人就算落到我们手里，也不会说是谁雇的他。"朱晓习惯性地摸着胡楂儿说。

"不错。所以我没有打草惊蛇，只让孔笙监控他。"孔末又说，"而且，看他与雇主的聊天记录，好像连他也不清楚雇主的身份。"

"人为财死，鸟为食亡。"朱晓思考了片刻，"先盯紧吧。"

此时，范雨希还一直观察着先前偷瞄他们的小男生。小男生手里捧着一个黑色的保温杯，到接水口接了水，坐回座位上后，依旧时不时偷瞥他们。

"那个孩子看着挺机灵的。"范雨希疑惑，"好像没什么毛病，不是说现在孤儿院专收有障碍的孩子吗？"

"看上去是挺正常的。"朱晓打量了那名男生一会儿，应和道。

"那个保温杯是不是在动？"孔末提醒道。

小男生接了水之后，将盖上盖子的保温杯放在了桌上。朱晓一眼望去，果然，保温杯正摇摇晃晃的，好像随时会倒下。

朱晓的心中猛地涌上一股不安，朝着男生迅速飞奔而去，一把抓起保温杯向远处扔去。然而，保温杯在半空中炸开了，他俯下身，将小男生护在身下。保温杯的杯盖随着爆炸砸在了墙上，喷洒在空中的滚烫热水也全都落在了朱晓的背上。

突然发生的异响吸引了所有人的目光，葛康和一众保育员迅速跑来。

"又是你们！"葛康怒道，将朱晓推到了一边。

孔末皱起眉头，揪起了葛康的衣领："别以为你年纪大，我就不敢打你！"

"好多石头！"突然，毛毛指着他们喊道。

朱晓忍着背上被火烧一样的灼痛，咬牙道："是干燥剂的味道。"

姚娜将毛毛拉到一旁，再也无法对朱晓等人保持礼貌，尖锐地喊道："请你们离开！"

毛毛愣愣地说了一句："大象。"

葛康好不容易从孔末手里挣脱，吩咐姚娜将毛毛带到一边后，才看着吓得脸色苍白的小男生，轻声安慰道："洛洛，别怕。"

范雨希掀起朱晓的衣服，替他检查伤势，这一看，不禁倒吸了一口凉气。朱晓的背红彤彤的，许多地方都起了水疱，如此大面积的烫伤，如果不及时治疗，很可能会感染。

孔末走到墙角，将杯盖捡了起来，还在墙上发现了一个被杯盖砸出来的豁口。

"走！"葛康指着大门的位置。

"你要是再说一个字，我就把你的牙给拔了。"孔末狠狠道，吓得葛康不敢说话了。

"先去医院。"范雨希劝道。

朱晓摇了摇头，将地上的保温杯捡起来放在鼻子前嗅了嗅，确认是干燥剂的气味后，轻声问："洛洛，谁碰过你的保温杯？"

洛洛还没从惊吓中回过神来，回答不上来。

刁琪走了上来："自从你们来这里之后，大家都心神不安的，现在又出了事，葛副院长说得对，请你们离开吧。"

"你们这群不分青红皂白的东西，有资格做保育员吗？"孔末毫不留情地嘲讽，"他救了你们的一个孩子，弄了自己一身伤，这就要赶人了？"

"救？"葛康问道。

"不是救，难道是害吗？"孔末指着墙上的豁口，冷声道，"如果放任保温杯爆炸，别说滚烫的热水，被水压和气压冲开的杯盖都能将一个孩子砸成重伤甚至死亡！"

刁琪恢复了理智："保温杯无缘无故怎么会爆炸？"

"里面有生石灰干燥剂的味道。"朱晓被范雨希扶到了一边。

干燥剂分为许多种，其中以生石灰干燥剂最为危险。生石灰的主要成分是氧化钙，遇水后，会发生剧烈的化学反应，生成氢氧化钙，这一过程中，物质会释放大量的热，产生水蒸气，导致水压和气压发生改变，从而导致爆炸。同时，氢氧化钙是碱性物质，对人体皮肤还有腐蚀作用。

葛康听了之后，脸色大变，质问在场的人："谁碰过洛洛的保温杯？"

"你们这么问，谁会承认？"范雨希把所有保育员和外聘教师召集起来，"站成一排，让我闻闻你们的手。"

晚上，朱晓被送到医院，医生给他的背部做了处理，上了药。

洛洛受了惊吓，也被送了过来，现在正待在另一个病房里。葛康从洛洛的病房里出来后，找到了朱晓："你们查出是谁干的了吗？"

范雨希没有找到给保温杯动手脚的人，其实，她本就没有抱太大希望，只要对方聪明，就一定会将痕迹清理干净。

天使孤儿院里的每一个孩子都有一个保温杯，上面贴了每个人的名字。平时，这些保温杯放在餐厅后面的柜子里，许多没有清醒的行为能力的孩子由保育员喂水，而有足够行为能力的孩子会从柜子上取保温杯接水喝。

天使孤儿院里没有监控探头，究竟谁动过洛洛的保温杯已经无从查证了。

"记得我问过您一个问题吗？现在我再问一遍，这么大的孤儿院，为什么不装监控探头？"朱晓直勾勾地盯着葛康。

一般的孤儿院出于对孩子的安全着想，不可能没有想过要装监控探头，更何况天使孤儿院里的孩子在独处时比普通孩子更容易发生危险。

朱晓见他不回答，冷笑道："既然不说，我只好报警，让澳区警察来处理了。"

"别！"葛康着急道。

"说！为什么不装监控探头，为什么不愿意让警察介入？"孔末恶狠狠地威胁。

葛康低着头，犹豫许久后，说出了原因："天使孤儿院即将被政府接管，成为公办福利院，如果这个时候发生重大事故，很可能会受到影响。"

早在许多年前，潘英彤便有在孤儿院里安装监控探头、随时关注孩子动向，确保孩子安全的想法，只是一直遭到葛康带头反对。葛康深知管理好一群生理、精神有残缺的孩子实属不易，出事在所难免，一旦装有监控探头，就会留下管理不善的证据，从而影响将来孤儿院被接管。潘英彤年事已高，多数事务早已经交给葛康，于是，关于是否安装监控探头的决议一直僵持着，没有实施。

"如果我猜得没错，包括你在内，院里大部分的保育员都支持让天使孤儿院由政府接管，成为公办福利院吧？"朱晓做出了推断，"但是，潘院长不同意。"

"不错。"葛康不再隐瞒。

"所以，潘院长早就被你们架空了，说是院长，实际上有名无实，相当于在院里养老。这也是去年中秋节，许哲出事后，没人第一时间去通知她的原因。"朱晓觉得于心不忍，"我不管你和潘院长之间有什么仇怨，但是，为了让孤儿院成为公办福利院，不顾孩子的安危，不去调查过去的旧案，你真的适合担任一院之长吗？"

葛康的头埋得更低了，先前，他之所以不愿意让朱晓看潘英彤的日记，也是不想让孤儿院内部的矛盾被外人知晓。

"洛洛醒了吗？我要见他。"朱晓提出了要求，如今，或许只有洛洛知道是谁给他的保温杯动了手脚。

第 7 章
脸盲

一年前的中秋节，天使孤儿院里的保育员们带着孩子们坐在草坪上看黄昏，等太阳下山，月亮出来，宴会就将开始。偶尔有几个嘴馋的孩子偷偷摸摸地爬到早已摆满丰盛食物的桌子旁，徒手抓了些许零食往嘴里塞。

天使孤儿院难得这样热闹，洛洛抹着油腻腻的小嘴，闲逛到了大房后，迎面撞上了一个人，跌坐在了地上。

傍晚的斜晖洒在那人的脸上，洛洛仰着头看着那人，又往大房后的墙角望去，不知道什么时候，墙角的地上多了一只玻璃瓶。

那人从兜里掏出一块糖果递给洛洛，什么也没说，只是把食指竖在嘴唇上，轻轻地"嘘"了一声，而后便不急不缓地走了。

洛洛站起身拍了拍身上的尘土，又看了一眼躺在墙角里的玻璃瓶，欣喜地剥开那人给的糖果塞进了嘴里。吃到一嘴甜的他很开心，一边跳，一边笑地跑开了。

没过多久，突然有人大声尖叫，天使孤儿院霎时乱成了一团。

儿童病房里，范雨希蹲在病床旁，看着洛洛犹豫不决的脸，温柔地问："洛洛，你看到谁动你的保温杯了吗？"

刁琪坐在病床边，紧紧地攥着他的手："洛洛，不要怕，我们都在这里，如果你知道些什么，就和这个姐姐说。"

洛洛的眼里攒了不少泪花，摇着脑袋："我真的没有看到。"

范雨希观察洛洛的表情，揣测他没有撒谎，又给了朱晓一个眼神。

朱晓心照不宣地问："葛副院长，刁琪，你们可以让我们单独和这个孩子谈谈吗？"

刁琪立即拒绝："不行，我怕你们吓着孩子。"

朱晓又瞪向葛康，晃了晃手中的手机，抓准他仍旧不愿报警的心思，胁迫道："葛副院长，你觉得呢？"

葛康涨红了脸，妥协了："刁琪，你跟我出去。"

刁琪不情愿地被带出病房后，范雨希才说穿了她从洛洛脸上读到的真正信息："姐姐知道你很害怕。去年许哲出事的时候，你是不是看到了些什么？"

洛洛低着头，小手抓着白色的被单，眼泪顺着脸庞往下掉，可怜兮兮地摇着脑袋，不肯开口。

"嘿，这死小孩儿！"朱晓没了耐心，被范雨希一个白眼扫去，又闭上了嘴。

"洛洛，你是个聪明又善良的孩子。白天的时候，你一直偷瞄姐姐，一定是有话想告诉姐姐。你不要害怕，我们是警察，你知道警察是干什么的吗？"范雨希指着朱晓。

"抓坏人。"洛洛抬起头。

"不止抓坏人，还会保护好人。"范雨希柔声说，"洛洛是好孩子，我们会保护你。"

终于，洛洛在范雨希的循循善诱下，说出了去年中秋节看到的那一幕。

朱晓大喜："那个人是谁？"

洛洛摇头："不知道。"

“怎么会不知道呢？”朱晓急了。

“我真的不知道。”洛洛又哭了，“我没有撒谎。”

“当时你怎么不说？”朱晓追问。

范雨希搂过洛洛，呵斥朱晓：“他是个孩子，你别拿你对犯人那一套对他。”

那样血腥的一幕注定会在洛洛这么大的孩子心中留下阴影。

“洛洛，别紧张。”范雨希还从洛洛脸上看出了愧疚，“许哲的事和你没有关系。你很聪明，多亏你没有说，才能安安全全地生活到现在，你做得一点儿都没有错。”

像洛洛这么大的孩子心理稚嫩，但与只有五六岁大的孩子不同，他们已经有了属于自己的小世界，会思考，也懂得如何保护自己。他之所以没有说，是为了保护自己。

洛洛眨巴着眼睛：“真的吗？”

“当然是真的。”范雨希抚摸着洛洛的头发，“从现在开始，姐姐不会再和你见面，你要继续保护自己，知道吗？”

几分钟后，朱晓和范雨希出了病房，刁琪立刻去照顾洛洛了。

“洛洛患的是什么病？”范雨希直接问。

葛康叹了一声：“面孔遗忘症。”

朱晓和范雨希终于明白洛洛明明看到了在大房后放置玻璃瓶的人，却不知道那人是谁的原因了。面孔遗忘症是一种极为罕见的病症，俗称“脸盲症”，症状主要表现为两点：第一，患者看不清别人的脸；第二，患者对人脸缺乏辨认能力。患有脸盲症的病患在生活中总是认错人，十分不方便。

曾经有一对夫妇看上了聪明的洛洛，但是几次接触下来，发现洛洛总是认错人，最终放弃了收养的打算。天使孤儿院带洛洛去许多医院看过，可是，这种罕见的疾病令所有医生束手无策。

除了患有脸盲症，洛洛是一个正常的孩子，甚至比同龄的孩子聪明很多。他无法看清人脸，更无法记住人脸，只能靠别人的头发、穿着和声音等特征勉强区分对方是谁。去年中秋节，参加宴会的保育员和外聘教师全都穿戴上了天使孤儿院统一样式的制服和帽子。在大房后面放置玻璃瓶的那人将头发藏在帽子里，一句话都没有说，洛洛根本无法分辨对方是谁。

天使孤儿院的制服十分宽松，无法明显地展现出体型特征，因此，洛洛甚至连对方是男是女都不知道。

朱晓无比气馁："线索又断了。"

隔天，孔末又一大早出门去调查曹夏宁了。朱晓和范雨希根据从葛康那里问到的地址，找到了前些天刚刚辞职的保育员王茉莉。

这一次，是王茉莉最先发现许哲嚼玻璃的，如果不是送医及时，许哲早就没命了。王茉莉只在天使孤儿院干了一个星期就辞职了，她先是被嚼玻璃的许哲吓坏了，又被总是胡言乱语的毛毛说得浑身发怵，连工资都不要，便跑了。

王茉莉听说朱晓和范雨希是为天使孤儿院而来，十分抗拒："那个孤儿院的孩子都有毛病！"

"怎么说话呢？都是一群被抛弃的孤儿，要么生理残疾，要么精神患病，你怎么能这么说他们？"朱晓训斥道。

"王姐，你之所以选择当保育员，一定也是觉得孩子们可怜。现在孤儿院里的孩子不安全，我想尔不会坐视不管。"范雨希劝说道。

王茉莉被朱晓和范雨希说得羞愧难当，这才回忆起发现许哲嚼玻璃时的场景。那一天，相关部门的观察员与葛康约好要到天使孤儿院谈接管孤儿院的事宜，所以全院的保育员都按葛康的吩咐，忙着大扫除，想要给观察员留下一个好的印象。

王茉莉打扫完楼道后，去叫正在嬉戏的孩子们回屋睡午觉，结果发现许哲不见了，于是四处寻找。许哲的性格很孤僻，总喜欢一个人蹲在大房后发呆，于是她便来到了大房，果真在里面找到了许哲。

"我发现这孩子的时候，他已经吞下了玻璃。"王茉莉解释。

"哪里来的玻璃？"朱晓问了关键的问题。

王茉莉想了想："好像是个玻璃瓶，被敲碎了。我也不知道玻璃瓶是哪里来的。我一入职，就有人告诉我，玻璃是院里的禁品，肯定不是我带进去的！"

"您别急，我知道玻璃瓶不是您带进去的。"范雨希安抚道，"我听说许哲被送进医院后，玻璃碴儿是您清扫的？"

王茉莉承认道："是的。葛副院长把孩子送上救护车后，就让我赶紧清理了血迹，把玻璃碴儿扫了。"

王茉莉把垃圾倒在了孤儿院外的垃圾堆里，那堆垃圾早就被环卫工带走处理了，肯定不可能找着了。

"葛康之所以那么着急处理血迹和玻璃碴儿，是为了瞒住马上来视察和洽谈的观察员。"朱晓不屑道。

范雨希想了想："玻璃碴儿看上去有什么特殊的地方吗？"

"这我记不清了。"王茉莉回想清扫玻璃碴儿时的场景，"不过，玻璃碴儿里混了一个木塞，木塞上好像写了两个字。"

"您仔细想想！"

"好像是'楚记'。"

中午，孔末举着手机来到了澳区南部的一条步行街上。

"哥，那人联的是百货商场旁那家咖啡厅的Wi-Fi。"

孔笙按照孔末的吩咐，时刻监控着曹夏宁的网络通信。就在刚刚，曹夏宁又一次登录通信软件，向对方汇报最新进展，孔笙用技术手段定位到了对方的大致位置。

孔末快步走到孔笙说的咖啡厅，没有贸然进入。这家咖啡厅的一半餐位在室内，一半餐位在室外，人头攒动。一眼望去，几乎所有人都低着头看手机，他无法分辨出谁是他要找的人。

"有办法锁定对方吗？"孔末问。

"没有办法，对方的手机也进行了技术处理，能查出联了哪家的Wi-Fi已经非常不简单了。"孔笙解释，"一般的商用路由器，信号传输的距离甚至可能达到三百米。所以，以这家咖啡厅为中心，周围三百米的范围，你都要注意。"

孔末觉得一阵头痛，百货商场周遭的人流量巨大，咖啡厅里的人已经让他难以筛查，更不要说那么大的范围了。

"他动了！"孔笙突然说，"目标的手机网络断了两秒，现在又联上了捷运站的Wi-Fi。"

孔末迅速东张西望，找到了一百多米外的捷运站入口，立即朝那里奔去。捷运站里的人更多了，孔笙的手指在键盘上一阵操作后，说："哥，我想到了一个新的办法。我黑了曹夏宁的电脑，现在要给目标发送语音通话请求，你注意听铃声。"

"这么吵，我怎么听？"孔末抱怨。

"哥，没有更好的办法了。"

孔末不再废话，屏住呼吸，侧着耳朵听周围的动静：喧哗声、笑声、咳嗽声……忽然间，他听到了一阵专属于通信软件的铃声，声音是从地下通道的拐角处传来的！

孔末立即朝着拐角处跑去，那声音也越来越近。当他气喘吁吁地跑到一个垃圾桶旁时，停住了脚步。他轻轻掀开了垃圾桶盖，发现里面躺着一个亮着屏幕的手机。

傍晚，孔末来到天使孤儿院时，朱晓和范雨希正站在草坪上梳理线索。

恰好刁琪领着从医院出来的洛洛进了孤儿院。这一次，刁琪没给他们好脸色看："你们该问的都问了吧？"

朱晓向刁琪保证道："没问出什么，您放心，好好照顾洛洛，我们不会再接近他。"

刁琪这才牵着洛洛的手走进大房，说是洛洛受了严重的惊吓，不让朱晓等人再接触他。

范雨希瞥了一眼孔末，埋汰道："怎么跟朱晓一个德行，也不刮刮胡楂儿。"

"出门急。"孔末取出了从垃圾桶里捡起来的手机，"没抓着人，只拿到了这个。"

"回头提取一下上面的指纹。"朱晓说。

对方在听到铃声响起的第一时间，便发现了端倪。他完全可以直接将手机关机，但他没有这样做，而是放任手机响着，并将其丢进了垃圾桶。孔末明白，对方正在向他们挑衅。

"那人很自信，确信我们没有办法靠一个手机查出他的身份，你觉得他会留下指纹吗？"孔末反问，"他甚至连通信软件都没有退出，就把手机丢了，根本不怕我们看到他和曹夏宁的聊天记录。现在我更加确定了，曹夏宁一定也不知道他的身份。"

如果把这个手机交给澳区警察，结合曹夏宁对他们出手的事实，倒是可以把曹夏宁抓起来。但是，他们的目标是雇曹夏宁的人，所以暂时不打算这么做。

"你们查得怎么样？"孔末问。

朱晓的嘴里啧啧作响，摇着头："洛洛的线索断了。"

就在这时，姚娜牵着毛毛经过。毛毛指着孔末哈哈大笑："哥哥，有人在哭。"

姚娜尴尬一笑："别在意，她总这样。"

"您知道楚记吗？"朱晓随口问道。他回孤儿院前，把周围的店铺都打听了一遍，没有收获。

"楚记？"姚娜想了想，回答，"知道啊，以前给孩子们订的鲜奶就是楚记的。"

一个小时后，朱晓一行三人站在了楚记鲜奶铺外。

楚记鲜奶铺与天使孤儿院隔了两个街区，两年前，楚记鲜奶铺每天都会给院里送鲜奶。后来，许哲进了孤儿院。孤儿院为了保护许哲，与楚记商量给鲜奶换成非玻璃包装。

楚记是几十年老店，玻璃瓶式的包装已经成了它的标志，不愿意为天使孤儿院破例。最终两家没有谈拢，终止了买卖。从那之后，天使孤儿院再也没有从楚记鲜奶铺订鲜奶，而是换了一家。

范雨希扫了一眼店内的商品，发现鲜奶是用透明玻璃瓶装的，瓶口用木塞堵着，木塞上印着"楚记"两个字。

"王茉莉果真没记错。"范雨希正要进店询问，朱晓拉住了她。

"丫头，孔末，咱们先来猜猜看玻璃瓶是谁带进孤儿院的？"

范雨希和孔末思考不久后，异口同声答："葛康。"

"咱们倒是想到一处去了。"朱晓笑道。

去年中秋节，许哲住院后，葛康并不是没有调查玻璃瓶的来源，甚至大发雷霆了，那事不了了之的原因并非葛康不查，而是最终没有人承认，查不出来。但是这一次，许哲住院好几天了，葛康却丝毫没有追究的意思。

"在观察员进入孤儿院前，葛康匆匆让王茉莉清理垃圾是为了给观察员留下好印象，这勉强说得通。但是，这么多天过去，葛康不追究是谁带了瓶子进孤儿院，甚至巴不得咱们赶紧离开，这就太说不过去了。"范雨希自信道，"除非他自己就是带玻璃瓶进孤儿院的人。"

"验证一下就知道了。"朱晓说着，进了鲜奶铺。

楚记鲜奶铺的老板告诉他们，自从与天使孤儿院终止买卖关系后，两家就基本没有联系过了。但是，几天前，孤儿院里有个人恰好路过，老板本着礼貌与他攀谈了一会儿，分别前还客套地往他手里塞了瓶鲜奶。

"那人是谁？"

"葛副院长。"

第 8 章
玻璃

朱晓一行三人来到医院时，葛康也正好赶到。一个小时前，医院通知，许哲的伤情好转，转到了普通病房，终于可以近距离探望了，只不过因为食道破损，还不能开口说话而已。

"葛副院长，刚刚王茉莉给我打了电话，她又想到了一些事情。"范雨希拦住了葛康，"她看见许哲吞玻璃那天，曾偷偷去过您的办公室。"

葛康一愣："什么意思？"

"既然许哲醒了，就一起进去见见吧。"朱晓不等葛康同意，自顾自走进了病房，"我想，他有一些事想让您知道。"

范雨希和孔末也进了病房后，将房门反锁上了。

许哲十分虚弱，勉强地睁开眼睛看着他们。范雨希坐到床边，微笑着说："许哲，哥哥姐姐们是警察，你放心。"

许哲眨了眨眼睛，仿佛正在回应范雨希。

朱晓掏出从楚记鲜奶铺买来的鲜奶，晃了晃瓶子："葛副院长，认得这个瓶子吧？"

葛康的脸色一黑，结结巴巴道："不认得。"

"您没有撒谎的天赋。"范雨希毫不留情地揭穿，"楚记的老板已经说了，那一天，您从那儿带了一瓶鲜奶走。"

葛康手忙脚乱地解释："奶瓶是我带进孤儿院的，但是，我不知道它怎么会出现在大房后面。"

范雨希没有回应，等着葛康继续往下说。

"我怎么会去害孩子们呢？就算你们的推测是正确的，有人要杀许哲灭口，那个人也不会是我！"葛康的耳朵发烫，"我没有理由害潘院长！"

"没有理由吗？"朱晓耸着肩，"您可是带着孤儿院的保育员们把潘英彤给架空了。"

"是，我是与潘院长有些过节，但只是在公事上有矛盾！"葛康急得都要哭了。

葛康辩解称，他见天使孤儿院总是面临资金问题，几度摇摇欲坠，这才提出让政府接管孤儿院，以获得充足的资金。但是，一手创建天使孤儿院的潘英彤则觉得，一旦孤儿院的模式转变为公办，难免会被繁杂的流程所累，对孩子们并没有好处。

"潘院长认为公办福利院照顾孩子是为了社会责任和法律责任，只有民营福利院才是真正出于爱心，才会真正设身处地站在孩子的角度着想。"葛康攥紧双拳，"潘院长的思想比较传统，我说服不了她，所以才从几年前开始，慢慢地将她架空。"

"你还没说实话。"范雨希一语道破。

葛康浑身大汗淋漓，觉得范雨希的眼神能钻进他的心里，只得羞愧地承认："是，我有私心。我是孤儿院下一任院长，只要孤儿院能变成公办福利院，我的前途也会变得不一样。但是，我真的犯不着害潘院长！"

"行了。"朱晓见葛康声泪俱下，摆了摆手，"我们也没说你是凶手。"

葛康的双腿发软，愣愣地道："那你们……"

尽管朱晓等人查出了玻璃瓶的来源，但并不认为葛康是凶手。按照他的推测，一年前许哲入院是凶手为了谋害潘英彤而设计的一环。潘英彤已经被架空，许多年不管孤儿院的事务，所有人都知道，凶手利用了这一点，断定许哲出事后，不会有人想到第一时间通知潘英彤，而是乱哄哄地对许哲进行施救，从而上楼对潘英彤动手。

虽然潘英彤被架空，但是发生那么大的事，总需要一个主持大局的人，那人便是葛康。因此，葛康根本没有机会上楼。并且，如果许哲几天前入院是葛康计划的，为了掩盖犯罪事实，绝对不会用楚记的瓶子，更不会让王茉莉去清扫玻璃碴儿。

"许哲，姐姐问你几个问题，如果是，你就眨一下眼睛；如果不是，就眨两下眼睛，好吗？"范雨希坐在床边，得到许哲的眼神示意后，问了第一个问题，"你觉得潘院长不是自己摔伤的，是吗？"

许哲眨了一下眼睛。

"你知道是谁干的吗？"

许哲眨了两下眼睛，表示不知道。

"一年前，你知道是谁把玻璃瓶放到大房后面诱惑你的吗？"

许哲的眼皮又眨了两下。

"那潘院长出事后，你发现了什么吗？"

许哲做出了"没有"的反应。

"你不知道是谁干的，事后又没发现什么，但又觉得潘院长是被人害的。"范雨希琢磨着，突然有了推测，"是不是潘院长在出事前，对你说过什么？"

许哲的眼睛眨了一下。

许哲的性格孤僻，进入天使孤儿院后，潘英彤对他格外好，这使得二人的关系十分亲密。事实上，他在陪伴潘英彤的时候，总是会听见被架空的潘英彤抱怨自己老了，大家都巴不得她赶紧死。正因如此，他才会觉得是有人故意害了潘英彤。

"潘院长跟你讲过有可能害她的人是谁吗？"范雨希又问。

许哲眨了两下眼睛。

葛康叹了一口气："孩子，你什么都不确定，怎么能乱说呢？"

"闭嘴！"朱晓呵斥道，"连一个孩子都知道要把事情查清楚，你呢？还没一个孩子活得明白！竟然为了政府能成功接手孤儿院，放着这么多疑点不查！"

葛康哑口无言。

"这一次，大房后面的玻璃瓶是你自己带去的吗？"

"什么！"葛康大惊。

许哲眨了一下眼睛。

"你吃玻璃不是因为想吃，而是想引起别人的注意，对吗？"

许哲又一次眨眼。

葛康不敢相信："为什么？"

朱晓愤慨道："因为你们没有人相信他说的话，所以他故意嚼了玻璃！"

原先，朱晓认为许哲此次入院是凶手为了杀人灭口造成的结果。但是现在仔细想一想，许哲早在一年前就公开地认为潘英彤是被害了，凶手要杀人灭口，当时就该动手了，不会拖到一年后。许哲给不出证据，也不知道凶手是谁，所有人都不相信他的话，所以凶手才没有增加暴露的风险去杀他。

几天前，许哲知道有观察员要来洽谈，于是想闹出一场足够大的动静，求助外人关注和调查孤儿院。巧合的是，那一天，许哲看见葛康把楚记的玻璃瓶带进了孤儿院，于是偷偷走进葛康的办公室取走了玻璃瓶，所以才有了嚼玻璃这一幕。

许哲有异食癖，嚼玻璃虽然疼，还有可能丧命，但对他来说，并不是不敢做的事，反而轻而易举，甚至可以说是热衷之事。

葛康根本没有想到，一个孩子的心智会如此早熟，骂道："没个分寸，你就没想过要是死了怎么办！"

"如果你们能像潘院长一样，真正关心他，他至于这么做吗？"范雨希听不下去，"你这种人当院长，福利院一定不会好！"

葛康看着许哲清澈的眸子，无力地坐在地上，良久后，终于哀声道：

"我会配合你们。我要怎么做？"

　　港区的墓园外，阿二悄悄地躲在一片草丛后，望着远处的赵彦辉。自从范雨希吩咐他调查赵彦辉后，他就不留余力地四处打听。但是，赵彦辉是堂堂支队长，年轻时又从事卧底工作，可被随便打听到的消息少之又少。他为了给范雨希交差，只好亲自跟踪。

　　今天，赵彦辉忙完支队的工作后，趁着下班的时间，又一次来墓园祭拜范巧菁。

　　天快黑了，墓园四周阴森森的，阿二蹲了一会儿，捶着发麻的双腿，给范雨希发了一条消息："希姐，赵彦辉到墓园来了。"

　　"带花了吗？"范雨希很快回了信息。

　　阿二远远望去："带了一束。"

　　"等他走后，看一下祭拜的是谁，再告诉我他拿的是什么花。"

　　阿二坐在冰凉的地上等了半个多小时，见赵彦辉终于离开墓园后，立即跑了进去，扫了一眼墓碑上的名字，微微一愣："希姐，他祭拜的是您的妈妈。"

　　"什么花？"

　　"蔷薇花。"

　　阿二给范雨希发去信息后，没有再收到回复了，正打算离开时，又有一个人趁着天黑进了墓园，是个女人。他没有放在心上，朝墓园大门走去时，不经意地回头一扫，竟然发现那个女人站在了一块墓碑前。

　　女人站的位置，阿二十分清楚，是恭临城的墓碑。恭临城死后，范雨希的心情复杂，最后还是给他在角落里立了一块碑，只是从来没有人去祭拜罢了。

　　阿二立即给范雨希打了电话："希姐，有人去祭拜恭临城了。"

　　"是谁？"范雨希在电话那头吃惊道。

　　猎手榜上还有一个神秘猎手没有落网，会去祭拜恭临城的人很可能就是他们要找的人！

"看不清。"

"找个机会拍张照片过来。"

阿二挂断电话后，躲在了墓园大门外。大门外亮着灯，等到那个女人走出来时，他取出手机，迅速地拍下了一张照片。

澳区的一个酒店房间内，孔末站在高楼的窗前，扫了一眼酒店下方聚集的一小撮人。

朱晓遇袭的第二天，他们就换了一个位于繁华街区的酒店，以免曹夏宁等人在偏僻路段对他们动手。这些天过去，曹夏宁的手下没有再动手，而是悄悄跟着他们，等待时机下手。

"别看了，恭临城的猎手都弄不死咱们，还怕这群乌合之众吗？"朱晓翻着桌上的文件，"快来帮我一起看看。"

葛康按照朱晓的嘱托，列了一份天使孤儿院所有保育员和外聘教师的资料，并悄悄交给了他们。

孔末也坐下后，范雨希推门进来了，看上去有些心神不宁。

"丫头，怎么了？"朱晓扫了范雨希一眼。

范雨希整理了情绪，摇了摇头，帮着他们一起整理资料，许久后才问了一句："你和孔笙与恭临城的关系好吗？"

"父亲和他认识，以前经常到我们家做客。我的父母死后，他提出过要照顾我和孔笙，但被我拒绝了。"孔末没有抬头，随口回答道。

"长大后呢？你们还和他有联系吗？"

"认识你之前，我见过恭临城几面，孔笙没见过。"孔末疑惑道，"怎么突然问这个？"

范雨希摇头道："没什么。对了，孔笙到南港了，你知道吗？"

"我让她住在江队家里去，她怎么跑到南港了？"孔末一怔，立即站了起来，出去打电话了。

范雨希目送孔末的背影，不知道该怎么开口。几分钟前，阿二发来了那个女人的照片，她一眼就认出来了，趁着夜色去祭拜恭临城的正是孔笙。

按照孔末的说法，孔笙与恭临城没有太多的交集，就连与恭临城接触更多的孔末都对之没有太多感情，更不要说孔笙了，范雨希实在想不通孔笙为什么会去墓园。

"丫头，你不太对劲啊。"朱晓盯着发愣的范雨希。

范雨希做了决定，继续观察孔笙一阵子，在没有确定之前，不给孔末添烦恼，以免闹出误会。

不久后，孔末气鼓鼓地进来了。

孔笙向孔末解释，她见孔末和范雨希都到了澳区查案，齐佑光和包一倩也在南港干事，同为朱晓的线人，自己也想尽一份力，于是孔末刚走，她后脚就去南港了，之所以没告诉孔末，是不想让孔末担心。

"这丫头还挺有心。"朱晓笑着，"别气了，回头我叮嘱一下队里，派两个人保护她，不让她乱跑。"

孔末这才消了气，继续看桌上的文件。

目前，天使孤儿院聘有教师二十几个人，外聘教师负责给孩子们上课，由于教学对象比较特殊，教师们精通盲文、手语等特殊技能，是面向社会高薪聘来的。这些教师白天到孤儿院教学，中午外出用餐，下午再回来，直到晚上才回家休息，没有住在孤儿院里。

孩子们的饮食起居都是由八名女性保育员负责，排除已经被警方逮捕调查的任慧，长住在孤儿院里的保育员还有七个。这七名保育员都有自己的单间宿舍，葛康找机会巡视过，没有发现端倪。比起外聘教师，保育员的招聘要求并不高，除了会做饭之外，便是道德和性格上的要求，诸如细心、喜爱孩子等。

"这三十多个人中，干得久的已经有十几年了，干得短的也都有两三年了。"朱晓又拿起一堆文件，"你们觉得凶手是外聘教师，还是保育员？"

"保育员。"孔末分析道，"外聘教师很少有机会上楼，对地形不熟悉，想在许哲出事后迅速上楼作案不容易。而且，只有保育员们对潘英彤更加熟悉，知道她有写日记的习惯，还知道日记和档案放在哪里。"

"如果日记和档案消失也是凶手干的的话，凶手的确更有可能是保育员。"朱晓顺着孔末的话往下推测，"凶手知道许哲最大的爱好是在大房后面发呆，这才有机会动手，更加了解孩子们的是保育员，不是外聘教师。而且，外聘教师和潘英彤接触的机会少，产生冲突的可能性小得多，从犯罪动机方面考虑，我也觉得要把重点放在保育员上。"

朱晓问范雨希："丫头，你观察了这么多天，有发现哪个保育员表现怪异吗？"

范雨希如实答道："没有。凶手作案后，仍然若无其事地在孤儿院里待了这么久，说明对方十分冷静，这种人擅长表情和反应伪装，我没法儿看透。"

这起案子过去了一年，缺乏具有侦查意义的痕迹和物证，同时缺乏有效的目击证人。院里的大人本就少，如果谁是目击者，早就站出来了，剩下的多数是孩子，并患有一定程度的疾病，即使有人目击了，能否准确地表达出来都是个问题，更别说被司法采用了。

朱晓想着，觉得心烦意乱："就算我们推测出谁是凶手，但缺乏证据，也抓不了人。"

"刁琪好像有问题。"范雨希翻到了刁琪的资料。

葛康列出来的资料上记录，今年刁琪二十二岁，两年前入职，家庭条件不错。重要的是，刁琪被另外一家孤儿院被收养，那时候，她才十二岁。

"刁琪的父母因车祸双双去世，一开始相关部门想让天使孤儿院接收她。"范雨希复述了资料上的记录。

从十年前开始，潘英彤便全心全意照顾患有残疾和疾病的孩子了，于是拒绝收刁琪入院。刁琪几经辗转，才进了另一家福利院，后来被富贵人家收养了。

"她怀恨在心？"

就在此时，葛康来电。

第 9 章
交易

　　一年前的中秋节，潘英彤倚在床上，透过窗子呆呆地看着昏黄的云朵。天快要黑了，楼下的嬉戏声很热闹，她知道，晚宴就要开始了。本是团圆的节日，她却一个人待在冷冷清清的屋子里，心里难免悲凉。

　　潘英彤的年纪越来越大了，行动也越来越不方便，从许多年前开始，院里的事务就都被葛康接管，与她无关，不知道的人恐怕会以为葛康才是天使孤儿院的院长。

　　潘英彤瞥了一眼桌上的月饼，叹了口气，忽地听见几道惶恐的尖叫声从楼下传来。没过多久，便有一个人匆匆忙忙地跑了上来，惊呼道："潘院长，不好了，许哲吞玻璃了！"

　　"什么！"潘英彤全身一颤，掀开被子想要下床，但腿脚无力，险些跌倒，"院里哪来的玻璃！"

　　来人及时搀住潘英彤："不知道，您快下去看看吧！"

　　潘英彤在来人的搀扶下，疾步出了房间，向楼道走去。许哲的性子孤僻，来到天使孤儿院后，只喜欢与她亲密。在许多个烦闷的日子里，多亏了许哲的陪伴，她才得以有一天没一天地打发时间。因此，她十分喜爱许哲。

"快点！"潘英彤催促。

"潘院长，我那事……"来人支支吾吾地说。

潘英彤心急如焚："我说了，这是你最后的机会。"

来人停下了脚步："您真的想逼死我吗？"

潘英彤一心想去查看许哲的伤势，见来人不愿扶她，便探着脚，抓着扶手，自行下楼。来人的肩膀颤抖着，望着潘英彤蹒跚的背影，恨意从心头涌了上来。

"去死吧！"

翌日，朱晓推开酒店房门，正打算继续调查时，酒店的服务员恰好给他送来了一个信封。

朱晓捏着信封，疑惑道："这是什么？"

"有您的信件。"

朱晓愣了愣："是谁送来的？"

"邮递员送来的，不知道是谁给您写的。"

朱晓见服务员不知情，询问了两句，便让他走了。此时，范雨希和孔末也从房间里出来了。他们仔细端详信封，信封上没有写寄信人的地址和联系方式，收件人一栏填着朱晓的名字，地址写着他们下榻的酒店。

朱晓轻轻地拆开信封，从里面取出了一张纸条。

"这是什么？"范雨希问。

朱晓往信封里瞄了一眼，发现除了纸条，没有其他东西了："这是银行通过网络汇款的电子凭证打印件。"

汇款凭证上的金额不小，汇算后，高达两百万人民币，汇款时间是一年半之前。

"看来她真的是凶手。但是，这起案子有猫腻。"范雨希隐隐地猜测到了这张汇款凭证的来源，问，"接下来怎么办？"

朱晓来回踱了两步，吩咐了行动："丫头，你去天使孤儿院好好查一查刁琪，孔末，你在外面待命，听我吩咐。"

"你呢？"孔末问。

"去找一个澳区的警察朋友，有人给咱们送了这么一份大礼，我总得知道对方是谁吧？"

半个小时后，范雨希来到了天使孤儿院，打听之后得知，刁琪是两年前入职孤儿院的，当时面试她的人是姚娜和任慧。于是，范雨希又来到账房，找到了正在做账的姚娜。

"是我面试的，怎么了？"姚娜忙着核清账目，听说范雨希的来意后，头也没抬，继续忙活着。

范雨希找了把凳子坐下："我听说刁琪小时候也差点儿进天使孤儿院？"

"不错。当时来应聘的还有另外一个保育员，三十多岁，更有经验，比她更合适。后来，听在院里待得久的保育员说起她和孤儿院的这一层关系，最终我和任慧才选择了她。"姚娜微微一抬眼，"你问这个干什么？"

天使孤儿院里的常住工作人员不多，因此，每个保育员除了照顾孩子、清洁，还会被分配了一些特殊任务。例如，已经被逮捕的任慧主要负责联系有收养意愿的抚养人，姚娜负责孤儿院里的账务往来，刁琪则跟着葛康与观察员对接。两年前，刁琪来应聘时，面试的任务被临时地分配到了任慧和姚娜两人的身上。

"她被孤儿院拒收，你们还敢用她？"范雨希反问。

饶是后知后觉的姚娜也听明白了范雨希话里的意思，放下手里的笔，捂嘴道："你的意思是院里怪事频发是她干的？"

"我想去收养刁琪的那家孤儿院打听打听，你能带我去吗？"范雨希请求道。

姚娜与那家孤儿院有联系，想了想之后，便同意了。她们出门时，毛毛跑过来拉住了姚娜的手："姚阿姨，我想起了，潘奶奶摔倒的那天，我就坐在那儿！"

范雨希顺着毛毛手指的方向望去，那是大厅入口的台阶。

范雨希蹲下身，笑着问毛毛："你怎么会坐在那里？"

"我听到有人说许哲要死了，心里很害怕，就一个人跑到这里了。"毛毛用稚嫩的语气回答。

"那你看到谁上楼了吗？"

毛毛摇头。

"那你有看到谁下来了吗？"范雨希又问。

"没有。"毛毛回答。

范雨希详细地问过之后才知道，毛毛在台阶上坐了一会儿之后，看见许多孩子都被吓哭了，又凑了上去。

范雨希推算了一番，假如毛毛说的是真的，那凶手是在骚乱一发生就上楼了，毛毛是在凶手上楼之后坐到大房入口处的，凶手作案的时间不长，不过短短数分钟，下楼时，毛毛已经不再坐在大房门口了。

"那你有没有听到什么动静？"范雨希耐着性子继续问。

"有一只大象！"

"你这孩子！还以为你能提供什么线索呢！"姚娜觉得又气又好笑，无奈地抚了抚毛毛的脑袋，"你去找葛爷爷，姚阿姨出去一趟。"

路上，姚娜告诉范雨希，当年孤儿院不同意接收刁琪并不是针对刁琪，而是因为孤儿院只专收残障和患病的孩子，而且，潘英彤还亲自联系了另外一家福利院，妥善地安置了刁琪。

当时，任慧和姚娜面试刁琪时，曾问过刁琪，年纪轻轻的，又被富贵人家收养，还受过高等教育，为什么要来应聘这样劳累的工作。刁琪回答，自己得益于福利院，因此想做一些事作为回报。

"当时我和任慧就觉得奇怪，就算她要回报，也应该去接收她的那家孤儿院应聘，怎么会来我们这儿呢？"姚娜说话间发现范雨希心不在焉，好似没听见她说的话，"你怎么了？"

"她是怎么回答的？"范雨希回过神来。

"她说她理解潘院长不收她的原因，而且，她认同潘院长的想法，觉得虽然都是可怜的孩子，但生理和心理残缺的孩子更急需帮助，毕竟像天使孤儿院这样的福利院太少了。"姚娜指着前方，"到了，进去吧。"

"你先进去，我打个电话。"范雨希拿出手机，走到了一边。

姚娜没有放在心上，先走进了福利院。几分钟后，范雨希在姚娜的引荐下，见到了这家孤儿院的院长。据院长和院内的保育员回忆，当年的确是潘英彤亲自打电话联系了他们。刁琪长得白净，又聪明，进了福利院一年后，便被一户富贵人家看上并带走了。刁琪在福利院里生活的一年间，和其他孩子关系和睦，对保育员和教师十分有礼貌，并没有表现出任何奇怪的举动。

刁琪被收养之后，养父养母时常带她回福利院看望院长、保育员和孩子们，还时常给福利院捐款。这些年来，她总是隔三岔五地到孤儿院里帮着干活，除非因为学业太忙，实在走不开。直到两年前，她去了天使孤儿院，才由于工作，找不到空暇时间再回来，但仍然经常打电话回来慰问。

刁琪去应聘天使孤儿院的保育员，这家福利院的院长是知情的。她去应聘前，曾经咨询过院长的建议。当时，院长并不同意她去当保育员，认为她应该好好工作，以其他方式回报社会。

"只不过，这孩子执拗，出身福利院，最终还是想亲自去照顾与她一样身世可怜的孩子。"

"她从您这儿走出去，却去了天使孤儿院，您不觉得奇怪吗？"范雨希问。

"她觉得，比起我们这里，天使孤儿院里的孩子更加可怜。"

朱晓在澳区银行外等了许久，澳区警察陈淼终于走了出来。

"老陈，查到了吗？"朱晓急忙问，见陈淼沉默不语，失落道，"有没查到？"

陈淼是朱晓的老朋友，几年前，两人在京市举办的"警运会"上相识。今天一大早，朱晓联系他帮忙，他们先去了邮局，调查那封信的寄信人信息。但是，寄信人是通过街角邮箱投递的信件，附近没有监控探头，无法查询寄信人信息。

临近中午，他们又来到澳区银行，调查信封内装的那张汇款凭证。

"查到了。"陈淼语气凝重，"汇款人在三年前就死了。"

"三年前？"朱晓疑惑道，"汇款时间不是一年半之前吗？"

"所以我才觉得奇怪。"陈淼通过银行查到了汇款人身份之后，让警署里的同事调出了那个人的信息，结果发现，那人在三年前就因为意外丧生了，只不过银行一直没有销户而已。

朱晓顿时明白了："有人盗了一个死人的银行账户进行汇款！"

"是的。"陈淼说，"那人为了不让人查到他的身份，先通过海外银行往这个账户上打了一笔钱，而后才通过网络汇款的方式给收款人汇了这笔钱。"

"海外银行，网络汇款。"朱晓拍了拍发痛的脑袋，"都没有办法查到汇款人的身份。收款人信息呢，和我猜的一样吗？"

陈淼点头："和你猜的一样。不过，收款人收到两百万人民币的款项后，往另外一个人的账户汇了一半。"

"是谁？"

"曹夏宁。"

朱晓无比错愕，旋即严肃道："老陈，这忙没让你白帮，我可给你带来了一桩大案子！"

"你要怎么做？"陈淼问。

朱晓笑而不答，给孔末打了一个电话："行动。"

傍晚，孔末攥着一柄匕首，跟着曹夏宁进了一条巷子。

"不许动。"孔末将匕首抵在曹夏宁的腰间。

曹夏宁回头扫了一眼孔末，没有轻举妄动："小子，我还没去找你，你又主动送上门来了。"

"你派出去的那群小喽啰中看不中用，以为能看紧我们吗？"孔末不屑道。

"如果不是你和那个女人，朱晓早就死了。"曹夏宁沉声说。

"你知道朱晓是什么身份吗？"孔末问，"他是个警察，你为了钱，连警察都敢杀？"

"他是南港的警察。"曹夏宁丝毫不惧。

"就你们澳区的警察是警察，南港的就不是？"孔末揶揄道。

"就算是澳区的警察，我也照杀。"曹夏宁带着怒意，"如果不是警察，我会蹲监狱？"

多年前，曹夏宁在当武术教练时，失手打残了上门挑衅的对手，之后被警方逮捕，坐了牢。他始终不觉得自己有任何错误，反而痛恨将他抓进监狱的警方。出狱后，他因案底而不被人们接受，找不到正经工作，只能带着一帮弟兄替黑赌场收债为生，如今，对于他而言，钱才是最重要的。

"你就不怕再进去蹲监狱？"孔末问。

"你们没有证据，警方凭什么抓我？"曹夏宁胸有成竹道。

孔末刚要开口，曹夏宁就趁机转身，将他手里的匕首夺了过来，随后朝他刺去。

孔末迅速后退，侧身躲过，一拳挥向曹夏宁的面门。曹夏宁的身手不错，蹲下身避开后，横扫一腿。孔末的身体失去平衡，即将倒下时，单手撑地，双腿蹬向正要趁势攻击的曹夏宁。

曹夏宁不得不将双臂格挡在胸前，饶是如此，还是被孔末腿上强劲的力道踢退了好几步。

孔末借势起身，拍了拍身上的尘土。自从关闻泽入狱后，他已经许久没有这么酣畅淋漓地与别人动过手了。他表面上表现得轻松，但事实上身体发疼，不得不承认虽然曹夏宁为财犯罪，格局小了些，但身手确实不错。

曹夏宁在澳区横行霸道，令人闻风丧胆，还招揽了一大批小弟，凭借的正是从小练就的一身好武艺。他没想到，看上去消瘦的孔末竟然能与他打个不相上下。

"你不如留在澳区，跟我联手。"曹夏宁攥着匕首，"杀了朱晓，钱分你一半。"

"忘了告诉你，我也马上要成为警察了。"孔末把手插进了兜里。

曹夏宁耸了耸肩："可惜了。"

虽然孔末觉得打得不够尽兴，但见曹夏宁马上要再次动手，立即摆手："刚刚你说了，澳区讲法制，警方没有证据，抓不了你？"

曹夏宁反问："难道不是吗？我的人选在了没有监控探头的地方动手，

光凭你们三个的口述可定不了我的罪。"

"您那几年牢没白坐，懂的不少。"孔末淡然一笑，"那你就怎么确定我没有把你刚刚说的话录下来？"

曹夏宁的脸色一黑："既然这样，我就更不能放你走了。"

不久后，又有一大堆人闯进了巷子。

孔末扫了一眼密密麻麻的人头，摆手笑道："我劝你还是让你的人撤了吧。我没有录音，我今天来是找你谈交易的，关于天使孤儿院。"

曹夏宁晃着手中的匕首，慢慢地逼近："有什么交易，等你死后再谈吧！"

孔末面不改色，从手兜里掏出了一个手机："你确定吗？"

范雨希回到天使孤儿院不久后，朱晓带着陈淼也赶到了。

此时正是晚饭的时间，刁琪和姚娜等一群保育员正忙着照顾孩子们吃饭。葛康立即凑了上来，得知陈淼的身份后，叹了一口气："这件事之后，天使孤儿院想被政府接管更加困难了。"

陈淼微笑道："放心吧，等案子破了之后，警署会给相关部门写建议信接管孤儿院。你们这种模式的民营福利院弊端太多了，这两年来的教训足够多了。"

葛康感激地点了点头："陈警官，你是来抓人的吧？"

朱晓插嘴道："不急，等孩子们吃完饭吧。正好我还在等一个关键证据。证据不到，抓不了人。"

范雨希索性坐到了草坪上，没过一会儿，刁琪给他们端来了几碗粥："还没吃饭吧？"

就在这个时候，朱晓的手机响了，接听后，对着范雨希眼神示意。

范雨希接过碗，感谢道："刁琪，谢谢你。等孩子们吃完饭后，让他们回屋吧，把保育员都召集起来。"

刁琪怔了怔："为什么？"

"破案。"

第 10 章
通感

夜里，澳区吹起了冷风，微微有些许凉意。保育员们把孩子们都安置到了房间里后，来到了一层祝会大厅，在灯光的照射下，大厅台里悬挂的十字架显得格外鲜红。

"十多年前，你被潘院长拒收，被另一家福利院接收，不久后，被一户富贵人家收养了。"范雨希的目光从刁琪的身上扫过，"两年前，你进了天使孤儿院应聘保育员一职，过了不到一年，潘院长摔伤，至今昏迷不醒。"

刁琪慌张地摆手，刚想开口解释，范雨希就打断了她的话："先听我说，今天下午，我让姚娜带着我去了接收你的那家孤儿院。昨天夜里，我看了你的资料，怀疑你对潘院长怀恨在心，所以想办法进了孤儿院，找机会报复。"

朱晓接过话："我早就通过潘院长的伤势向你们分析过了，她是被人推下楼道的，当天，许哲嚼玻璃住院是凶手为了制造无人在场的作案空间和无法事后调查的不在场时间刻意引起的骚动。"

所有人都看向急得涨红了脸的刁琪。

"刁琪，你是个好人，我相信你来天使孤儿院的动机像你当初面试时说的一样单纯。其实，今天我们去另一家孤儿院不是为了调查你，而是为了给葛副院长争取时间。"范雨希话锋一转，看向了站在角落里的姚娜，"你认罪吗？"

姚娜的心狠狠地抽搐了一下，立即摇头否认："你在说什么？"

"你知道，为什么洛洛从医院出来之后，我们就不再和他接触了吗？"范雨希反问，"洛洛患有脸盲症，在医院见他的那一天，他的确没有向我们提供有价值的线索，也的确没有看到谁动了他的保温杯。"

洛洛显然比其他同龄的孩子聪明一些，去年，他亲眼看见了在大房后面放置玻璃瓶的人，但为了不遭受伤害，这一年来，他没有向任何人提起，也不知道该向谁提起，很可能他倾诉的对象就是凶手。孤儿院里的每一个大人都知道他患有脸盲症，正因如此，凶手才会在被他撞破后，仍然不紧不慢地继续作案，甚至给了他一颗糖，或是哄骗或是威胁地以手势要求他不准说出去。

洛洛平平安安地度过了一年，却在前几天险些遭遇意外。朱晓和范雨希推测，一年前，凶手在被洛洛目睹放置玻璃瓶时，一定露出了可能暴露身份的破绽，只不过这个破绽被洛洛忽视了，没被记起来，否则，凶手不会在时隔一年后，冒着被发现的危险，利用生石灰干燥剂谋害洛洛。

"对你来说，洛洛就是一颗定时炸弹，你为了不增加犯罪成本，一直没有动手。但几天前，我们来到了孤儿院，你看到洛洛数次偷瞄我们，好像有话要对我们说，所以，你慌了，终于对他下手了，就算害不死他，也能让他受惊受伤，没有闲暇的工夫再去回忆当时的场景。"范雨希一步步逼近姚娜，"你没想到洛洛会被救下。"

洛洛被送去医院后，在范雨希和朱晓的循循善诱下，努力地回想当时的场景，可惜还是什么都没想起来。范雨希没有勉强洛洛，而是叮嘱他，继续保护自己。于是，洛洛回到孤儿院后，范雨希一行人没有再接触他，给凶手营造出洛洛确实想不起来当时场景的假象，保护洛洛不受伤害。

"那天晚上在病房里，我还告诉洛洛，我会让院里的一个人去接触他，如果他想起什么线索，就告诉那个人。"范雨希说。

那个人是葛康。朱晓和范雨希在彻底排除了葛康的嫌疑，并以许哲自愿吞玻璃的真相说服葛康不要被孤儿院的前途所累后，让葛康偷偷地接近洛洛，鼓励洛洛继续回想当天的场景。

就在昨晚，葛康给朱晓打了一个电话。一切正如朱晓推测的那样，凶手果真在与洛洛接触时，露出了破绽。

"洛洛想起来，你给他糖果后，把手指竖在了嘴唇前。"范雨希走到了姚娜的跟前，捏住了她的手，"你的指尖是红色的！那是红色的印泥！"

在天使孤儿院里，只有负责账房事务的姚娜才有机会接触到印泥。

姚娜用力地将手抽了回去："一个孩子的话怎么能信？就算他说的是真的，凭什么证明那人指尖的红色是印泥？"

范雨希像没听见姚娜的辩解一样，自顾自地说："去年，你作案后，发现了手指上的红色印泥，一定惴惴不安，你不知道洛洛是不是看见了。后来，你见洛洛什么也没说，才短暂地放下心了。"

"你没有证据证明那是印泥！"姚娜一口咬住范雨希话里的漏洞。

范雨希点头承认："不错，葛副院长给我们打去电话后，我们绞尽脑汁地想什么东西是红色的，印泥是我们猜出来的。不过，还有一个人可以证明你是凶手。"

姚娜的背脊一凉，面对咄咄逼人的范雨希，双腿一软："谁？"

"毛毛。"

姚娜避开范雨希犀利的眼神："她也是个孩子，还经常说胡话，怎么能相信？"

"毛毛说的不是胡话，难道你没有发现，那些被所有人认为是胡言乱语的话其实有规律？"范雨希解释，"她第一次见朱晓的时候，说有人在他的脸上哭，后来有一次见朱晓时说了同样的话。那个时候，我也认为她在说胡话。"

毛毛第三次说同样的话是对孔末说的，而那天，孔末因为着急出门，脸上的胡楂儿没剃干净。

葛康听明白了，摸着自己干干净净的唇周，问道："你是说毛毛见到人的胡楂儿就会听到别人哭的声音？"

"荒唐！"姚娜强挤出了两道笑声。

范雨希继续说："保温杯炸开那天，毛毛闻到空气里有生石灰的味道，说她看到了好多石头。那是她第二次说那样的话，第一次，是在保温杯事故前一会儿，你让毛毛去吃饭时。"

"你捏了捏毛毛的脸。"朱晓接过话，"当时，你的手上还有生石灰残留的气味，你捏毛毛的脸时，被她闻到了，所以她看到了许多石头。"

范雨希紧接着补充："当时洛洛差点儿受伤，你想借故赶我们走，便对我们尖叫了，那时，毛毛说看到了大象。今天，毛毛回忆起来，去年案发的那一天，他曾短暂地坐在大厅前的台阶上，虽然没有目击凶手上楼和下楼时的场景，但他描述看到了大象。你对潘院长动手的时候，因为愤怒而发出了尖叫声吧？他看到的大象就是你的尖叫声！"

"越来越离谱了！"姚娜望向其他保育员，请求帮助，"你们相信吗？怎么会有一个人看见胡楂儿就听到哭声，闻到生石灰的味道就看到石头，听到尖叫就看到大象？"

"这是一种病。"范雨希的嘴里吐出了三个字，"通感症！"

今天，范雨希又一次听毛毛"胡言乱语"后，隐隐地梳理出了她说话的规律，后来，在与姚娜去另一家孤儿院途中，她给齐佑光打了一个电话。齐佑光立即联系了诸多医生专家和学者朋友，根据范雨希提供的病症，推断毛毛患的是一种罕见的精神疾病——通感症。

在通感症患者的感官中，声音、物体和气味可能是有形状的、有味道的、有颜色的，甚至是有情绪的，相反，当他们感觉难过或开心时，可能会看到某种物体、听到某种声音、闻到某种气味。这类疾病通常不会对患者产生过大的伤害，他们的世界甚至是浪漫的、缤纷的，许多患者成了艺术家，但也有一部分患者不被身边的人相信，成了看上去正常的"精神病"，毛毛便是最好的例子。

"孩子本就缺乏辨别真相的能力，更何况是患有精神疾病的孩子！"姚娜咬牙反驳道。

"不错，这也是我们头痛的一点。"朱晓把手揣进兜里摸索着，"孩子还这么小，证词被司法机构采用的概率本就不高，更何况是患有精神疾病的孩子。不过，今儿一早，有人给我们送了一份大礼。"

姚娜无比忐忑，陈淼为了防止她逃跑，径直地站到了她的身边。

朱晓终于将藏在口袋里的汇款凭证取了出来，拿在手里晃了晃："今儿，范雨希这丫头让你带她去另一家孤儿院不是为了调查刁琪，而是让你空出账房，为葛副院长争取时间。"

一年半以前，有个匿名捐款人往福利院打了折算后高达两百万人民币的汇款。潘英彤和葛康对姚娜十分信任，由于天使孤儿院是小规模民营孤儿院，一直以来，院内所有的账务往来都交由姚娜一手操办。

葛康进入账房查了一下午的账后，发现了账本上的问题：姚娜表面上将两百万人民币汇款用在了各方物资采购和债务偿还上，但是经葛康反复核算，当时用于物资采购和还债的实际金额只有一百万人民币。

"你利用孤儿院对你的信任，调高了物资的价格和债务数目，还伪造各种发票，营造出两百万人民币全部使用完的假象。事实上，你贪污了一百万人民币。"朱晓不屑道，"你做假账的本领很高，如果不是我们先怀疑了你，根本不会有人去查账，即使查了，如果不仔细核算，也很难发现。"

范雨希问葛康："葛副院长，知道那个匿名捐款人是谁吗？"

葛康摇头道："孤儿院对外捐款留的联系方式是姚娜的，只有她知道。"

"我不知道那个人是谁。"姚娜拼命摇头，"他给我打了电话，但是不愿意透露姓名。一开始，我以为是恶作剧，但收到账后，我才相信。"

"潘院长发现了你贪污的事实，所以，你要动手杀了她，是吗？"陈淼问。

姚娜仍不肯承认："我的确挪动资金了，但是我没有杀人，不是我干的！"

"真是不见棺材不掉泪。"突然，门外传来呵斥声。

南港的夜幕降临，赵彦辉又一次连夜提审了辛芎。

这一次，辛芎与往常沉默是金的表现不同，不待赵彦辉提问，便主动开口询问："朱晓真的去澳区了？"

"你觉得那小子在逗你玩？"赵彦辉坐在辛芎面前，"就在刚刚，他向我汇报了在澳区的调查结果，让我再审你一次。你猜，他查得怎么样了？"

辛芎咬着下唇，数次欲言又止。

"罢了，我给你说道说道，省得你觉得我们在诈你。"赵彦辉转动着手里的笔，"朱晓查到，十四年前被你杀死的陈雅到南港来的原因极有可能与一个叫牙子的人有关。"

辛芎听到"牙子"两个字时，双肩不自觉地抽搐了一下。

赵彦辉将辛芎的反应看在眼里，笑呵呵地说："牙子进天使孤儿院的那天夜里离奇失踪了。知道那件事详情的陈雅和潘英彤，一个在十四年前就被你杀了，另一个摔得昏迷不醒。你说奇怪不奇怪，记录牙子信息的档案和日记本全都不翼而飞了。"

辛芎的鼻尖冒出了汗："你们还查到了什么？"

"半年前，京市市局和南港支队为了抓你，布局了一系列行动，但没想到，你对方涵动手当天就被捕了，导致我们后续的一系列计划没有机会施展。当时，方涵以为还要些时日才能将你引出来，疑惑当天晚上你为什么要亲自动手。"赵彦辉一字一句地分析道，"因为你的背后还有一个人，你是给那人当替罪羔羊，好让对方彻底脱身吧？"

辛芎的脸色阴沉得可怕，一句话也没有说。

"十四年前，你杀死陈雅也是受了那个人的命令对吗？"赵彦辉拍桌而起，"那个人才是'暗光案'的幕后黑手！告诉我，他是牙子吗！"

辛芎的眉头蹙成一团，脸上盘踞的疤痕因情绪激动而有些扭曲，但过了片刻，突然舒展开来："就算你们查到了牙子又怎么样？知道他身份的人、记录他身份的东西全都没有了。"

赵彦辉不慌不忙地笑道："这不是还有你吗？你不肯说，我就陪你慢慢耗。"

　　孔末大步走进了天使孤儿院，手里拿着一支破旧的录音笔。

　　朱晓得意道："能定你罪的东西来了。"

　　孔末立即按下了播放键。

　　"你的这笔钱是怎么来的？"这是曹夏宁的声音。

　　"我已经还了债，为什么要问这个！"这是姚娜惊恐的声音。

　　紧接着，录影笔里传来了曹夏宁动手打姚娜的动静，姚娜尖叫着挣扎后，曹夏宁又一次问："我打听到了，这笔钱是你谋害潘英彤换来的，你拿这种钱还债，是想害我吗？"

　　"你怎么知道？"

　　"别管我怎么知道，我劝你老实告诉我，这钱是怎么来的，否则我现在就弄死你！"

　　在曹夏宁的逼问下，姚娜承认潘英彤发现了她贪污的事情，给了她一个月时间把钱补回去，就当什么都没有发生过。她实在偿还不上，于是就对潘英彤动了手。

　　"查到你与曹夏宁有汇款往来后，我就去问了他。近几年你沉迷赌博，欠的债越来越多，所以动了孤儿院的钱。"孔末收起了录音笔，这是他用从垃圾桶里捡来的手机与曹夏宁做的交易。

　　姚娜面如死灰，一屁股坐在了冰凉的地上，终于坦承了："我也没想到潘院长会发现。"

　　"她是怎么发现的？"朱晓不解地问，"她不是被架空了吗，怎么会去查账？"

　　"她告诉我，是有人打电话提醒她的。"

　　朱晓追问："知道是谁吗？"

　　"她没说。"姚娜抱着葛康的裤腿。

　　"档案室里的档案是你撕的吗？"朱晓问了最想知道的问题。

　　姚娜否认了："不是我。"

姚娜倒是承认烧了潘英彤的日记本。由于潘英彤有写日记的习惯，她担心潘英彤将她贪污的事写进日记里，所以在作案后，又找机会将日记本全部偷走烧毁了。不过，她告诉朱晓，她在烧日记本时，发现其中一本比较破旧的日记本里有许多页被撕毁的痕迹，日记的时间是三十多年前。

朱晓听了，陷入了沉思。

"葛副院长，你救救我，我是一时冲动。"

"潘院长对你这么好，没把事情闹大，还给你时间把钱还上，你竟然下得了这样的黑手！再怎么说，许哲和洛洛也是无辜的，你这个蛇蝎心肠的女人，竟然对他们也动手！"葛康把腿挪开，打算冷眼旁观。

陈淼掏出手铐，将姚娜铐上，对朱晓打招呼："你送给我的案子，我收下了。"

朱晓目送陈淼将姚娜带上警车，喊道："等我们离开澳区的时候，再给你送一份大礼！"

天使孤儿院的案子暂时尘埃落定了，可是朱晓来澳区调查的谜团却没有解开。

"你怎么想？"朱晓问沉思的孔末。

孔末倚着墙："姚娜对潘英彤动手是有人从中推波助澜，那个人是那个匿名捐款者，也是这一次雇曹夏宁对我们动手的人。有一只大手在操纵着姚娜、潘院长和曹夏宁，甚至在操纵我们！"

范雨希的脑子没绕过弯来："为什么？"

第 11 章
雨夜

三十多年前，一场持续了数天的大暴雨为燥热的澳区降了些温度。下着雨的深夜，一辆破旧的小货车行驶在山间蜿蜒的公路上，挡风玻璃被滂沱大雨严严实实地遮盖住，模糊了前行的视线。

陈雅驾驶着小货车，艰难地朝前开去。

小货车的后车厢里挤着十几个酣睡的孩子，只有一个通风的车窗开了一道缝，雨水时不时地渗进来。孩子们大多只有七八岁，倒是有两个醒着的孩子已经有十三四岁大了。

"牙子，你好些了吗？"其中一个孩子问另一个迷迷糊糊的孩子。

"阿谷，怎么办？孤儿院会不会知道我杀了人？"牙子发着高烧，口齿不清，脸颊红扑扑的。

阿谷和牙子已经在街头流浪一年了，靠捡破烂卖钱为生，风餐露宿，几度差点儿饿死。两天前，他们看到了陈雅驾驶的小货车，凭借认识不多的字，大致读懂了印在小货车上的几个字："天使孤儿院"。他们不顾一切地冒雨拦车，向陈雅磕头，求她收下自己。

被带上小货车的清一色是因父母丧生、无人监护的孩子，来历清晰，但阿谷和牙子衣着破烂，拦车时还被几个被他们偷了食物的店家追赶。陈雅看着拦车的阿谷和牙子，深思熟虑后，拒绝了看上去品行不端的他们。

阿谷和牙子苦苦哀求，眼看马上要被店家带走送警，陈雅禁不住他们可怜的眼泪和哀号，动了恻隐之心，替阿谷和牙子赔了钱。暴雨越下越大，陈雅来不及询问他们的名字和身世，就将他们扶上车厢，打算回到天使孤儿院后再进一步盘问。

陈雅关上车厢的门时，看着贼眉鼠眼的阿谷和牙子，警告道："你们老实点，不管你们做过什么、即将要做什么，孤儿院都有能力查清楚。"

陈雅也没有料到，原本一天的车程，被这场愈演愈烈的暴雨所耽搁，足足开了快两天也没能抵达天使孤儿院。不巧的是，其中一个孩子发起了高烧，山路上没有医院，她不得不冒雨行车，力求尽快抵达，为孩子进行救治。

阿谷和牙子在街头流浪了这么久，久厉风霜，生理和心理都比同龄的孩子成熟许多，回想陈雅送他们上车时的告诫，心里万分忐忑。

阿谷轻声地"嘘"了一声，扫了一眼身边熟睡的孩子们和驾驶室的位置："小心被人听见了。"

牙子的额头滚烫，眼角噙着泪："如果查出我杀了人，我会不会坐牢？"

阿谷想了很久，咬牙说："牙子，咱们还是逃吧，不去孤儿院了。"

牙子尽力保持着清醒："不行，好不容易有人照顾，我不能拖累你。"

"可是他们可能查出来你杀了人！"阿谷压低声音说。

牙子吃力地坐了起来："我一个人逃走。"

阿谷不同意："我不能抛下你。"

"你不能放弃这个机会！"牙子十分着急，"你放心，如果我活不下去，会去孤儿院找你，你给我弄点吃的！"

阿谷考虑许久后，咬着牙同意了。

陈雅驾驶的车子走走停停，在马上要驶进城市时，车子抛锚了。她不得不穿上雨衣，下了车，打开后车厢拿修车工具准备修车。

牙子的机会来了，他趁着陈雅修车时，拖着摇摇晃晃的身体，悄悄地下了车。他不舍地对着车上的阿谷挥了挥手，毅然决然地跑走了。阿谷望着牙子的背影消失在漫天大雨中，落下了眼泪。

陈雅修完车后，关上后车厢的厢门，继续驾驶。由于夜色太黑，她丝毫没有注意到车厢里少了一个人。

姚娜被带走后，朱晓一行人久久没有离开天使孤儿院。

"真正的凶手是给姚娜汇款的匿名捐款人。"孔末解释道，"这个人始终密切关注着天使孤儿院里的一举一动，一年半前，他发现姚娜被曹夏宁讨债，于是给她汇了一笔巨款。"

"不错。那个人长期暗中观察着姚娜和潘英彤，摸透了这两个人的性格。他知道，走投无路的姚娜一定会在账务上动手脚，用于还债。同时，他提醒了潘英彤，让潘英彤去查账，发现了姚娜做假账。他也知道，以潘英彤心善的性格，一定不会立即揭发姚娜，而是给姚娜赎罪的机会。"朱晓顺着孔末的分析继续推测。

范雨希恍然大悟："那个人也知道姚娜会为了隐瞒自己的罪行而对潘英彤动手！"

姚娜做假账的本领很高，能在第一时间发现并通知潘英彤的人只能是主动给姚娜汇款的匿名捐赠人。那人甚至从来没出过场，就控制姚娜伤害了潘英彤。

"那怎么确定雇曹夏宁杀你的人和那个人是同一个人？"范雨希问朱晓。

"只有捐赠人有汇款凭证，所以给我寄汇款凭证提醒我们查账的只能是捐赠人。"朱晓解释，"我们顺着汇款凭证查到了姚娜与曹夏宁的关系，而曹夏宁又刚好受人所托，要杀死我们，你不觉得这太过巧合了吗？"

范雨希彻底明白了那个人在被孔末追踪时，为什么要将与曹夏宁联络的手机留下来了："他给我们与曹夏宁交易提供了契机！"

"不错。"孔末点头道。

那个手机能够证明曹夏宁为财害命的犯罪事实，一旦落入澳区警方手中，曹夏宁将会被逮捕。于是，孔末以手机作为交换条件，向曹夏宁打听这起案子的始末。

当时，曹夏宁收到姚娜的债款后，忽然被匿名人提醒，说是那笔钱牵连命案，不干净。匿名人劝曹夏宁逼问姚娜，将债款的来历打听清楚，并录音作为后手，将来东窗事发，可以证明自己是法律意义上的"善意第三人"，事前并不知情，避免被牵连并被追讨那笔赃款。

曹夏宁坦白的一切证实了朱晓和孔末的推测，但是，曹夏宁根本不知道提醒他的人是谁。

"这个人到底是谁、为什么要这么做？"范雨希不解道。

"是牙子！赵彦辉这老东西终于起了点作用，就在刚刚，辛芗承认'暗光案'幕后黑手就是三十年前离奇失踪的牙子。但是，辛芗很自信地认为我们找不到牙子。"朱晓揉着发疼的太阳穴。

牙子在三十年前离奇失踪，知道他的陈雅在十四年前被辛芗杀死，另一个知情人潘英彤在一年前遇害，关于他的档案和日记本全部消失。一切都围绕着牙子发生，加上辛芗的供词，朱晓终于能够确定幕后黑手的真正身份，只是，一晃三十年过去了，如何确定牙子是谁并找到他难如登天。

朱晓正头痛时，葛康带着众多保育员来向他道谢。他失落地敷衍了一番，决定先回去休息，刚出门，便看见一个穿着西装的中年男人进了孤儿院。

"朱队？"中年男人讶异道，"您怎么在这儿？"

朱晓打量着中年男人，没认出对方是谁，问："您是？"

中年男人伸出手："我是余严冬。"

"是你！"朱晓想了起来，对方是南港支队前副支队长余严春的哥哥，立即与其握手，"余律，久仰大名，没到律师事务所拜访过您，认不出来，您别介意！"

"不怪您。为了我弟弟的案子，您费心尽力，我一直没有找到机会拜访，是我的错。"余严冬礼貌道，又问了一句，"您怎么在这儿？"

"我还想问您呢，怎么到这儿来了？"朱晓狐疑道。

"律所里有一起法律纠纷，差我来澳区谈判，明儿就要回南港了，顺道来这儿看看潘院长和葛副院长。"余严冬补了一句，"我是从这儿被收养的。"

"什么！"朱晓震惊道。

葛康听见大门外的动静，走了出来，见了余严冬，乐呵呵地笑："阿谷，你来啦！"

赵彦辉结束对辛芗的提审，离开看守所，回到了南港支队，正要下班时，办公室里进来了一个男人。

"宣尚烨？"赵彦辉讶异地道，"你怎么来了？"

半年前，辛芗被抓获后，宣尚烨就结束了卧底任务，回到了京市。赵彦辉没想到他会在没有任何通知的情况下，来到南港。

"是江队派我来的。朱队没告诉您吗，他向江队提出申请，让我来继续调查'暗光案'。"宣尚烨接过赵彦辉给他倒的热水，轻抿了一口，"'暗光案'不是还没结束吗？"

"按照目前查到的线索，辛芗背后的确还有一个人。"赵彦辉骂道，"朱晓这小子马上要调回京市了，又搞绕过我直接向江队申请这一套！"

宣尚烨替朱晓辩解："朱队就这行事风格，他跟了您这么久，您还不知道吗？不过，'暗光案'是京港两地联合侦查的案子，他这么做倒也不算错。"

赵彦辉不再追究："京市方面有什么指示？"

"我是来向您借一个人的。"宣尚烨开门见山，"此次调查跋山涉水，我一个人不好搞定。"

"借谁？既然江队发话了，你就尽管开口吧。"

"包一倩。我要带她去M国。"

"目前她是一名辅警，问题不大。"赵彦辉说着，后知后觉地反应过来，"什么，你们要去M国？"

"不错。朱队认为，必须了解清楚辛芎在M国的经历，才能掌握她的犯罪动机。"宣尚烨介绍道。

赵彦辉严肃地说："你要注意，咱们在那边没有侦查权。"

"您放心，此次跨海，我们会以旅行为由，进行私人调查，不会违反当地的法律和法规。"宣尚烨放下杯子，"恰好我们查到包一倩在一个月前办了签证，或许是想趁着假期去旅行。"

赵彦辉考虑片刻后，将早已经下班的包一倩叫到了支队办公室。

包一倩一见宣尚烨，冷不丁地往后退了几步："把您当敌人惯了，这么久没见，吓我一跳，没反应过来您是警察。"

宣尚烨没有放在心上："听说了吧，'暗光案'还没有结束。"

"听齐大夫说了。咋了？"包一倩大大咧咧地坐下，跷起二郎腿。

"跟我去趟M国。"

"就你和我？"包一倩愣了，想起在T国时的九死一生，立马委婉地拒绝，"我的英语不太行。"

"不打紧，有我。"

包一倩看看宣尚烨，又看看赵彦辉，顿时觉得自己上了一条贼船。

澳区的一栋商业大厦里，一个中年男人满头大汗地从噩梦中惊醒。他戴上眼镜，走到落地窗前，望着灯火辉煌的夜景，叹了一口气。

许多年过去了，男人总是反反复复地做两个梦。

三十多年前的那个雨夜，他从一辆破旧的小货车上跳了下来，拖着高烧不退的身体，冒着彻夜不停的大雨，走走停停。他不知道自己跑了多久，才终于跑进了繁华的城市里。街上的人步伐匆促，漫无目的的他仿佛不属于这座都市。他差点儿以为自己能够被人收养，住进温暖舒适的大房子里，然而，他又一次过上了颠沛流离的流浪生活。

另一个梦更加可怕。在一座被皑皑白雪覆盖的山头上，一对男女站一个看上去像是坟墓一样的洞穴门口不停地砌砖。透过马上要被砖墙堵上的口子，向洞穴里望去，能看见一个白发苍苍的风烛老人坐在里面，此刻正捧着碗，动作缓慢地往嘴里扒饭。光线越来越暗，他痛苦地向男女乞求，但是另一个比他大几岁的男生拽着他，不肯松手。终于，他用力将拖着他的男生推倒，男生顺着雪坡往下滚，脑袋撞在了尖锐的大石头上，一抹血红在雪地里弥漫开来。他很害怕，拼了命地往前跑，从那一天起，他开始了流浪的生涯。

男人回想起这个梦，头疼欲裂，踉跄地打开抽屉，从一个药瓶里取出了两颗药，将其生吞下去之后，这才恢复了平缓的呼吸。许多年来，他总是努力地回想那座雪山的名字，却怎么也想不起来，甚至那些人的面孔都被一层白雾笼罩着，看不清他们的模样。

男人又来到窗前，朝着远处眺望，那是天使孤儿院的方向。

男人的思绪被一阵刺耳的铃声打破："喂？"

"老板，我们找到那座雪山了！"

男人的眉头不自觉地蹙成了一团："在哪里？"

"在云省的玉山。董事会派出去的人也来到了云省，不过还没找到玉山，我们接下来怎么办？"

男人吩咐："阻止他们，在我去之前，不要让他们找到玉山。"

与此同时，远隔千里的玉山上正纷纷扬扬地下着大雪。天寒地冻的村庄里，家家户户都灭了烛火，只有一栋破旧的房子还亮着灯。屋里很暖和，暖炉立在炕旁，炕上半睡半醒着一个孩子。

"爹，你要去哪里？"孩子问。

"大顺，爹出去一趟，你赶紧睡觉。"封传宗套上厚重的棉袄，替大顺盖好了被子，"你身体虚，早点睡，过一阵子，你的病就能好了。"

"爹，爷爷奶奶去哪里了？我好久没有见着他们了。"大顺带着哭腔问，"我想他们了。"

封传宗摸着大顺的脑袋，没有回答，叹了口气，走出卧房，来到灶旁，从锅里端出两碗热腾腾的米饭，便出门去了。

封传宗的双耳被冻得通红，没过多久，手里的碗便没了温度，刚热好的米饭也变得生硬。

每天夜里，封传宗都要出门，但从没有告诉大顺去了哪里。很快，他的背影被漆黑的夜色所吞噬。

大顺虚弱地下了炕，来到窗户前，望着雪地里那串长长的脚印。冷风一吹，他重重地咳嗽了几声，赶紧关上了窗户。

第 12 章
雪山

凌晨两点，熟睡中的赵彦辉被朱晓的电话吵醒，迷迷糊糊地听到了朱晓的请求："赵队，麻烦调一下余严春的政审材料。"

"这会儿我到哪里给你调政审材料去？"

朱晓再次请求："赵队，这件事很重要。您要不给我办，我着实睡不着。"

赵彦辉彻底醒了，骂道："你小子让宣尚烨带着包一倩去M国调查这事都没向我汇报，我还没找你算账呢！"

朱晓挂断电话后，看着坐在沙发上的范雨希和孔末说："他让人去调了，核实后会第一时间回复我。"

范雨希听到赵彦辉的名字，又想起了范巧菁最爱的蔷薇花，沉默不语。

孔末问："你是觉得奇怪？"

余严冬的造访的确出乎朱晓的意料，更令他想不到的是，余严冬竟然和牙子关系匪浅，这着实给了他柳暗花明又一村的感觉。

余严冬的小名叫作阿谷，三十多年前被陈雅发现，并将其带进了天使孤儿院。当他得知余严春的死和"暗光案"与牙子有关时，立即向朱晓坦白了一切。据余严冬称，他和牙子在流浪中相识，之后结伴同行，一起过着有上顿没下顿的日子。他们并非澳区人，而是在乞讨时被人贩子团伙欺骗，被迫到了澳区。

阿谷和牙子逃出人贩子团伙后，流落澳区街头，随后被陈雅发现。在即将被送进天使孤儿院的那个晚上，牙子因害怕曾经的罪行被发现而出逃。阿谷顺利地进了孤儿院后，与牙子失去了联系。两年后，阿谷被余书墨夫妇收养，改名余严冬。

这些年来，余严冬时常回天使孤儿院看望潘英彤。葛康和其他保育员是在余严冬被收养之后进入孤儿院的，加之潘英彤与陈雅很少提及牙子，所以大家并不知道三十多年前那个雨夜发生的事，只知道余严冬是从天使孤儿院走出去的，小名叫作阿谷。

如今，三十多年过去了，余严冬的许多记忆已经非常模糊了。据他回忆，牙子说过，他在流浪前，一直在一座雪山里的村庄生活，后来不小心害死了自己的哥哥，才害怕得跑下雪山，彻底与家人失去了联系。牙子并未向阿谷详细地说过自己的具体经历。

潘英彤收下阿谷后，向他打听了牙子的事。一开始，阿谷还支支吾吾，不肯出卖牙子，但发现潘英彤的善良后，为了尽快找到生死未卜的牙子，他将事情的来龙去脉告诉了潘英彤。潘英彤知道事情原委后，决定替牙子隐瞒无意间犯下的过错，将牙子也收养入院。可是，潘英彤动用了所有人脉，也没能找到牙子。

这么多年过去，余严冬和潘英彤都以为牙子早就死了。由于牙子的失踪，陈雅担有责任，潘英彤为了保护陈雅，将这件事隐瞒了下来。

"一个孩子从雪山上跑下来，光靠徒步，几乎不太可能跨省，所以，余严冬与牙子应该是同一个省份的。"朱晓叹气道，"只可惜余严冬也想不起来自己是哪个省份的人了。"

余严冬只记得自己出身贫苦人家，双亲在一次自然灾害中丧生后，他因机缘巧合而错过了被妥善安置的机会，最后流落街头。

"余严春被害时，为什么没有调查天使孤儿院？"范雨希不解。

"余严春当了那么久的警察，一开始谁会想到要去调他的政审记录，也就查不到他哥哥的身世。况且暗光的猎手向来猎杀的是警方的线人和卧底，如果不是恭临城暴露了，警方根本不会想到'暗光案'是专门针对余严春的。"朱晓解释。

直到余严春被害身亡前，暗光从未对明面上的警察动手。余严春一手将南港的线人网和卧底网拉扯大，哪怕他牺牲了，警方也认为暗光是为了让线人和卧底群龙无首，才对他出手了，于是没有从余严春的人际关系上着重调查。

恭临城落网后，此案暂时告一段落，更没有人会去调余严春的政审记录了。但如今余严春的哥哥与天使孤儿院扯上了关系，证明针对余严春的不止恭临城，真正意义上的暗光建立人很可能一开始也是冲着余严春去的。

"和牙子有关系的是余严冬，关余严春什么事？"范雨希无法厘清思路。

余严冬来到澳区后，舟车劳顿，疲惫不堪，得知幼时的同伴可能与弟弟之死有关后，更是无法接受。于是，朱晓让余严冬先休息了，打算隔天再进一步沟通。

天亮了，赵彦辉从余严春的人际关系栏上惊讶地看到了天使孤儿院几个字。

记录显示，这一家的遭遇十分坎坷。余书墨本是南港人，年轻时带着妻子邓文佩去澳区创业，成立了一家公司。余书墨夫妇在澳区多年，生下了余严春，但后来余严春走丢了，找了好几年也没找回来。于是，绝望的余书墨夫妇便到天使孤儿院收养了阿谷并改名余严冬。

没想到，收养了余严冬两年后，澳区警方将余严春送了回来。鉴于余严冬已经与余书墨有了法律上的父子关系，更改收养关系会对未成年的余严冬产生影响，于是相关部门同意由余书墨继续抚养余严冬。余严春比余严冬小两岁，唤余严冬哥哥。

后来，余书墨的公司破产，于是带着一家人回到南港，专心培养两个孩子。余严春和余严冬在南港上学，长大后，一个人成了南港支队的副支队长，一个人成了赫赫有名的刑事律师。

赵彦辉将相关的记录传递给朱晓后，决定亲自去医院看望久病不起的余书墨，向邓文佩详细地打听一下情况。他离开支队时，正好遇上了宣尚烨和包一倩。两个人准备好行李，打算今天就出发。

包一倩讪讪地问："赵队，可以换一个人去吗？齐大夫就不错，而且比我有文化。"

"法医实验室里还有很多具尸体需要他处理。"赵彦辉拍了拍包一倩的肩膀，"既然朱晓指名道姓让你陪宣尚烨去，证明他信任你。你记住，到了那边之后，好好听宣尚烨的话，不要惹是生非。"

包一倩扫了一眼正在微笑的宣尚烨，不情愿地点头："知道了，老朱真的是害死我了！"

赵彦辉看了看手表，朝着医院的方向走去了。

天使孤儿院里，葛康为众人腾出了一间屋子。

"那天晚上是你和牙子最后一次见面吗？"朱晓迫不及待地问。

余严冬失落地点头："之后我们确实没有再联系过了。朱队，您核实清楚了吗，真的是牙子干的吗？"

"八九不离十了。当务之急是找到牙子。"朱晓整理了思路，"有几个不解的地方需要向你了解。余严春来过天使孤儿院吗，可能认识牙子吗？"

"弟弟小时候走丢过，走丢的那些年，他被一户好心的人家收留。澳区警方找到他的时候，他也十多岁了，人又聪明，根本没有机会接触在外流浪的牙子。"余严冬否认了这种可能性，"父亲事无巨细地问过他那些年的遭遇，他没有提起过其他孩子。即使真的那么巧遇到了，也会告诉我们。"

朱晓又抛出了另一个问题："余严春和赵队的关系不错，共事那么多年，怎么没听他提起过你是他的父亲收养的？"

余严冬叹了口气："是父亲不让我们往外说的。"

余书墨和邓文佩都出生自传统的书香世家，由于早年间受的教育，深受血亲观念的影响，因此，余书墨要求他们不要向外人透露余严冬是收养来的，直到余严春成了警察，才在政审阶段不得已透露了这个秘密。

"父亲很为我着想，我被收养之后，弟弟被找回来了，他怕我担心自己并非亲生而不受宠爱，开导了我很久。"

余书墨之所以对外隐瞒余严冬是收养来的孩子，其中的原因之一也是怕余严冬因不是亲生而失落。但是，余书墨可以向不认识的人隐瞒，可总有走动得亲近的亲戚知道他在澳区收养了一个孩子。三姑六婆，人多嘴杂，难免指指点点，于是，余书墨为了照顾余严冬，就对亲戚朋友说，余严春才是收养来的。

余书墨很早就去澳区创业了，因此这个善意的谎言被所有人相信了。这些年来，余严冬为了回报余书墨的养育之恩和良苦用心，学习刻苦，努力工作，总算成了一个大名鼎鼎的律师。

"这些年，余严春有什么异常吗？"孔末想着，提醒余严冬，"比如，受人威胁之类的？"

"你这么一说，我想起来了！"余严冬绞尽脑汁，突然激动道，"十几年前，他收到了一封血书！"

那封血书上歪歪斜斜地写了几个字：凭什么你过得这么好？

当时，余书墨夫妇和余严冬都很担心，余严春却不在意，认为当警察的收到一些威胁信十分正常。

"朱晓，我想到了一种可能性。"范雨希忽然说。

孔末接了范雨希的话："牙子把余严春当成了阿谷！"

那封血书上的字显然透露着嫉妒。牙子失踪后，颠沛流离，但阿谷不仅进了天使孤儿院，还被余书墨收养，过上了好日子。范雨希和孔末推测，或许这令牙子产生了妒忌，这种情绪在漫长的岁月里，因牙子的其他遭遇而逐渐演变成了恨意。

由于余书墨的隐瞒，牙子将余严春当成了从天使孤儿院走出去的阿谷，因此，收到了血书的人是余严春，而不是余严冬。

朱晓点头："现在我好像明白为什么暗光只针对余严春的线人和卧底，而不是直接对他动手了。"

命运不公，即使牙子因妒生恨，但二人之间没有死仇，同时，他曾和阿谷一同流浪，相依为命，他对阿谷的情感一定是矛盾的。所以，他只是想摧毁阿谷的生活和事业，而不是想直接杀死他。而误被当作阿谷的余严春最大的成就便是领导了一批优秀的线人和卧底。

"所以，这些人成了他的目标。"朱晓分析道，"甚至恭临城想要杀死余严春的那些年，辛苓还遵照牙子的命令，不让恭临城动手。恭临城夺权后，辛苓在调查恭临城身份的同时，派人狙止恭临城的行动，从而保护余严春，也是出于这种矛盾的心理！"

余严冬听了大家的分析后，脑袋轰鸣作响："你们是说害死弟弟的人是我！"

"你弟弟是恭临城杀的，和你没关系。"朱晓见余严冬一脸愧疚，安慰道。

余严冬的眼睛里泛起了红血丝："如果没有我，牙子就不会成立暗光，也不会招揽恭临城，弟弟更不会死！"

赵彦辉到医院看望余书墨后，与邓文佩聊了许久。

余严春牺牲后，余书墨经受不住打击，生了重病，两年来，一直住在医院里，邓文佩的身体也不好，大多时间在家中休息，隔许多天才会到医院里来。余严冬在照顾余书墨的同时，还要忙活律师事务所里的案子，劳累不堪，身体垮了。

余严冬总担心外人照顾不周，不肯请护工，直到近期才被邓文佩说服。

赵彦辉离开医院后，给朱晓打了电话。他从邓文佩口中询问出来的信息与余严冬告诉朱晓的一般无二，十几年前，余严春确实收到了一封血书。

"赵队，余严冬的情绪不太好。"朱晓说。

赵彦辉无奈道："弟弟可能因为自己而死，也难怪他会崩溃。"

"多亏了余严冬，才有了继续调查的可能。我终于不用把宝都押在宣尚烨和包一倩身上了。"朱晓说了接下来的打算，"从天使孤儿院上是查不出什么了，我想试着找到牙子的故乡碰碰运气。"

国内的雪山不少，当年牙子没有向余严冬细说，余严冬又想不起自己的故乡所在。因此，朱晓请求赵彦辉在全国范围内，查找三十多年前的卷宗，看能否找到发生在雪山上的命案。

朱晓不知道的是，一天之后，各地位于雪山的公安局和派出所正在如火如荼地查找陈年旧案时，另外一行人已经先于他们来到了云省。

"艾凡，你这大忙人怎么有这时间到云省来登雪山？"其中一个人整理着身上的装备，调侃道，"不是马上要接管艾氏集团了吗？"

艾凡扶了扶鼻梁上的眼镜，不动声色地笑道："就是怕以后没机会，所以才抓紧时间。"

这是一群中年背包客，这些年，他们每隔一两年便会同艾凡到各地登雪山。他们不知道的是，艾凡专注登雪山的真正目的是寻找一对老年夫妇。

"天快黑了，我们先找个旅店住下，明早再上山吧。"一个人建议。

艾凡握着振动的手机，表示同意后，才找了一个角落接听电话："老板，真的不需要我们跟着你去吗？"

"不需要，太多公司里的人会引人注意。"艾凡扫了一眼远处的朋友，"跟我一起登山的都是这些年结识的公子哥，酷爱户外运动，就算事后被董事会发现，我也有理由搪塞过去。"

"那我们就继续阻止董事会的人找到玉山。"

"盯紧了。"艾凡嘱咐道。这件事关系他能否顺利接管艾氏集团，他半点儿不敢马虎。

"对了，老板，我刚刚接到消息，玉山当地的公安派出所正在走访调查，确认三十年前是否发生过命案和孩子走丢事件。"

艾凡的双眼微眯，挂断了电话，伫立良久后，才缓缓地自言自语："果然查到这儿了，该来的总会来。"

万里之外，宣尚烨和包一倩出了机场，这里正是白天。

"终于到了，累死老娘了！"包一倩伸了一个懒腰，"宣尚烨同志，咱们去哪儿？"

"到旅店安置好行李后，去当年报道辛芗所涉案子的老报社问问。"宣尚烨回答。

包一倩抱怨道："才刚下飞机就要行动了？不行，太累了，我不干。"

"经费有限，咱们得尽快查到有用的信息，然后回国。"宣尚烨拉着行李箱往外走。

"好不容易出来一趟，真扫兴！"一路上，包一倩喋喋不休，直到看到宣尚烨事先租好的车子，才双眼放光，"你不是说经费有限吗，怎么租了这么好的车子？"

"朱队交代过了，说你这人拖沓，但如果有一辆好车就不一样了。"宣尚烨笑着说。

"老朱这人狗嘴里吐不出象牙。"包一倩没有生气，乐呵呵地接过钥匙，上了车。

他们一路狂飙，很快就到了酒店，办理了入住手续后，又马不停蹄地前往另一条街区的报社。

这家报社已经有数十年的历史，南港支队的卷宗里关于辛芗在M国犯案的记录便来源于这家报社。

宣尚烨表明了来意之后，便被拦在了报社门外。包一倩气得直跺脚："太不友好了吧？"

"咱们人生地不熟的，一上来就向人家打听十几年前的旧闻，他们不愿意搭理咱们也是正常的。"宣尚烨灵机一动，笑道，"看来咱们得耍点手段才能进得去了。"

第 13 章
枪击

半个小时后，宣尚烨和包一倩换了一身维修工的服饰，又一次来到了报社。这一次，他们没被拦着，还被人焦急地迎了进去。

"你们来得这么快！"一个报社的员工疑惑道。

十分钟前，宣尚烨联系孔笙，黑了这家报社的网络系统。报社里所有的电脑全部无法联网，有人立即联系了维修工来检查。乔装打扮的宣尚烨和包一倩装成维修工，顺利地进入了报社。

"宣尚烨同志，你这招行不行啊？"包一倩忐忑地道。

宣尚烨进四下打量，寻找资料室的方向，嘴上说："一会儿你假装修电脑，我找机会潜进资料室。"

包一倩听了，立刻退缩了："我也不会修啊！"

"随便别介鼓捣，你连英文字母都认不全，只能由我去找资料。"宣尚烨找了要上卫生间的借口，便离开了，走前又叮嘱，"顺带让孔笙好好查一查报社系统里有没有资料的电子版。"

包一倩被人带到了电脑前，一时之间，着急工作的员工们全围了上来，与她大眼瞪小眼。她心虚一笑，打开电脑，胡乱在键盘上敲击一通后，用蹩脚的英语说："我打个电话。"

包一情打给了孔笙："妹妹啊，我怎么办啊，大伙儿都瞅着我呢。"

南港正是深夜，孔笙坐在电脑前："别急，你随便敲敲打打就行了。"

包一情照做了，孔笙的话音刚落，电脑屏幕上便跳出了一个窗口。

"可以啊！辛苦你了，要是'蜘蛛'没死，这种活应该他干。"包一情装模作样地在键盘上敲击。

"我入侵了他们的电脑，报社的报道的确有电子存档。"孔笙查看过后，忧心道，"不过，他们的电子档没有按照时间排序，找起来有些困难。我试着按关键词查找相应的内容。"

包一情被报社员工们盯得浑身发麻，催促道："妹妹，你可快点儿吧，一会儿真的维修工来，我们可就跳进黄河也洗不清了。"

澳区的酒店内，朱晓与大家齐聚一屋讨论案情。

这些年来，余严冬还与当年同一车的孩子有联系，早些时候，朱晓在余严冬的带领下，一一见了那些人。大家回忆起当年的事，一脸唏嘘，与余严冬的表述几乎一致。

"余律，牙子有什么容易辨认的特征吗？"

余严冬绞尽脑汁，终于想到了有用的信息："他的背上有一块烫伤的疤痕，很严重。"

"倒是可以作为排查的条件。"朱晓琢磨着，劝一脸倦容的余严冬说，"余律，要不您先去睡吧，累了一天了，该说的您都说了，好好歇息吧。"

余严冬摇头拒绝了："一切都是因为我，我也想尽一份力。我打扰到你们了吗？"

"倒是不打扰。"朱晓拍拍余严冬的肩膀，"不用太放在心上，我一定会把牙子抓到的。"

就在这时，朱晓的手机响了，是赵彦辉打来的。他接完电话后，像打了鸡血一样，顿时无比精神："丫头，订机票，明儿一早咱就去云省。"

范雨希微微一愣："去云省？找到了？"

"不错。"朱晓兴奋道。

赵彦辉按照朱晓的意思，请求全国性的协助，经过快两天的努力，位于云省玉山的派出所传来了消息。三十多年前，玉山上的一对夫妇报了警，声称有人贩子拐走了他们的小儿子，还害死了极力阻挠的大儿子。由于时代久远，派出所的档案有所丢失，全靠在派出所里干了几十年的老民警回忆，才记起这么一件事。

报警人名叫封伟强，居住在玉山半坡的村庄里。玉山派出所的民警亲自走访，可惜没见到封伟强与其妻子张桂丽，只听他们的亲人说，封伟强和张桂丽回乡探亲了。但是，民警打听过后，确认当时被拐走的孩子小名唤作牙子。

今年的玉山比往年冷，才是秋季就已经大雪皑皑，村庄里的住民囤了许多粮食，以应对即将到来的大雪封山。雪已经下得很大了，走访的民警打听到消息后，便下了山，没有再上山。

余严冬听了，狐疑道："不对啊，牙子告诉我，他的哥哥是被他推下雪坡，撞上石头才死的。"

孔末稍做考虑后，分析道："封伟强报警的时候应该撒了谎。牙子失手害死哥哥不假，害怕得逃走了也不假。但是，封伟强为了找回牙子，需要求助警方，总不能说牙子害死了哥哥，只能编出个人贩子来。"

"不错。总而言之，我们必须尽快到玉山。"朱晓用手机搜了玉山的天气，"玉山的天气有些反常，再晚一些，大雪封山，我们再登山就没那么容易了。"

"我也去。"余严冬说，见朱晓想反对，急得差点儿下跪，"求求你们了，不做点什么，我当真过不去这道坎。"

朱晓只好同意了："丫头，帮余律也订张机票。"

太平洋的另一端，宣尚烨趁着所有人不备，悄悄地推开了报社资料室的门。资料室不属于机密场所，没有上锁。他进了资料室，扫了一眼堆积如山的旧报纸和旧资料，立刻按照时间顺序开始查找。

几分钟后，宣尚烨从架子上抽出了许多份报纸，往随身携带的背包里一塞。辛芗的案子历时三年之久，他找到的相关报道零零散散，但数量非常多，几乎快要塞不下来了。

宣尚烨完全没有注意到门外有一个女人正透过门缝，偷偷地观察着他。女人远远地扫到他偷的报纸内容后，立刻打了一个电话。

又过了几分钟，宣尚烨退出了档案室，背着沉甸甸的背包，来到了包一倩的身边，问："怎么样，有发现吗？"

包一倩举着电话："孔笙找到了一些电子资料，已经拷贝了。"

这时有人用英文催促了："你们修好了吗？"

"修好了。"宣尚烨点头确认，对包一倩说，"差不多了，让她恢复报社的网络，咱走吧。"

报社的网络恢复正常后，宣尚烨和包一倩立即大步流星地往外走去。这时恰好报社约的维修工来了，报社的员工与之交谈后，冲着他们大喊："站住，你们是谁！"

宣尚烨拉起包一倩就跑，匆匆地上了车后，立即开车走了。包一倩不识路，慌乱之下，竟然把车子开到了一条荒废的街区里。

"别着急！"包一倩挠着脑袋，嘿嘿笑道，"我查一下路线。"

乍然间，伴随着一声巨响，车身晃动了一下。宣尚烨立即摁住包一倩的脑袋往下压，提醒道："有人开枪！"

"是谁？"包一倩喘着粗气，"车胎被打爆了，就算开得了，车子也没法儿保持平衡。"

宣尚烨不敢轻举妄动，通过后视镜，看到了停在他们后面的一辆红色轿车，正有一个金发碧眼的女人将半截身体探出车窗，拿枪指着他们。

"允许私人持枪的国家真是危险！"包一倩急得要哭了，"是报社的人吗？至于吗，不就偷了他们几份报纸吗？"

"应该不是报社的人，就算他们要追究，也该报警。"宣尚烨从腰间取出防身的匕首，向四周打量，深吸了几口气，"车子没法儿开了，只能下车跑。这里是旧街区，道路狭窄，十字路口多，运气好的话，咱们可以逃走。"

包一情见宣尚烨要下车，立刻拉住了他："你疯了吗？那外国娘们儿手里有枪！"

"不打紧，我下车吸引她，你往拐角处跑，我一会儿找你会合！"宣尚烨不再废话，踢开车门，滚下了车。

果不其然，宣尚烨刚探出身体，女人便连开好几枪。虽然宣尚烨不善打斗，但擅长各种极限运动，迷惑人的花拳绣腿倒是会不少。他朝远处扑去，躲过一颗子弹后，又连翻了好几个跟头，速度很快，女人连发数弹都没打中他。

包一情见状，立即下车，拼了命地朝着拐角跑去。女人见打不中宣尚烨，将枪口对准了包一情的背后，宣尚烨惊得大吼："快跑！"

"砰"的一声，女人开枪了。

包一情觉得子弹从她的耳旁呼啸而过，几乎要震破她的耳膜。就在子弹马上要打中她的时候，她终于跑过了街角，躲过了一劫。

宣尚烨放下心来，飞身扑向被打废的汽车，双手架着车子做了个翻滚，来到了车子的另一边。女人继续开枪，子弹击碎汽车的后挡风玻璃，又将前挡风玻璃也击得破碎开来。

宣尚烨躲在车下，身上的衬衫被汗水浸湿。女人没有再度开枪，他细数了一下枪声，断定女人正在换弹匣，便立马抓住机会，迅速朝着拐角处跑去，与包一情会合后，两人迅速蹿进了横七竖八的巷子里。

翌日清晨，朱晓与大家一起来到了机场。

朱晓一早醒来，便发现手机上好几个未接来电，都是宣尚烨打来的，于是给宣尚烨回拨了电话，得知了他们遇袭的事。

宣尚烨和包一情逃生后，回到了酒店。他们根据当年的旧报纸和孔笙窃来的电子档案，了解到了辛芗所涉案件的来龙去脉。

十七年前，辛芗被逮捕的罪名是故意杀人罪。当地检方指控辛芗持枪杀害M国人凯多特一家，那起官司打了三年之久，最终，以证据不足和正当防卫为由，辛芎被当庭释放，并于十四年前回到南港。

凯多特是当地的富豪，住在郊区的一栋庄园里。辛芎的父母分别是凯多特的司机和保姆，在辛芎还是个小女生的时候，就替凯多特打工了，并且一直住在庄园里。案发时，辛芎已经二十多岁。她对凯多特一家动手前一个星期，父母被凯多特用枪打死在了庄园里。警方赶到时，她已经不见了。

据警方调查和凯多特供述，辛芎一家三口企图谋财害命，凯多特不得已开枪自卫，辛芎见父母双亡，便畏罪潜逃了。

一个星期后，辛芎又出现在了庄园里，用凯多特的枪杀死了凯多特和他的家人，唯有凯多特的小女儿因在外上学，躲过一劫。警方进入庄园时，除了发现满地血淋淋的尸体，也发现了满脸划痕的辛芎。

辛芎被逮捕后，做出的供述与凯多特在一个星期前说的内容完全相反。她称，凯多特醉酒后，想对她实施性侵，她的父母发现后，极力阻止，反被残忍打死。她失踪的那一个星期并不是畏罪潜逃，而是被凯多特关在了地窖里。那一个星期，凯多特对她实施了数次性侵，她为了自保，没有反抗，反而迎合凯多特，找机会逃走。案发当晚，凯多特又一次侵犯了她，这一次，她用花瓶击打凯多特的脑袋，但没能将凯多特击晕。凯多特大发雷霆，趁着醉意，用花瓶的碎碴儿在她的脸上划满了伤口。她挣扎时，从凯多特的腰间摸到了手枪，于是将凯多特打死了。从凯多特打死她父母到她杀死凯多特的那个星期，凯多特的家人在外旅行，当时恰好回来，见她行凶，纷纷找枪，她为了自保，只得将一家人全部打死。

这起案子在当地引起了轩然大波，辛芎和凯多特所说究竟孰真孰假，公众难以分辨。之后的三年，一名刑事律师基于政府分配，替辛芎辩护。据说，一开始，这起案子对辛芎非常不利，但在三年之后，辛芎竟然被释放了，她正当防卫的供词也被采信了。

由于这起案子的许多细节没有被当地法院公开，当地媒体的报道也不完整，因此，宣尚烨接下来打算找到当初替辛芎辩护的律师和曾经在庄园里与辛芎一家共事的一些保姆进一步了解信息。

"是谁袭击了他们两人？"范雨希问。

"还不知道，去那儿调查竟然会遇到危险，这是我没有预料到的。"朱晓愁眉不展，望了一眼远处的余严冬，压低声音，"宣尚烨和包一倩是秘密前往M国的，不要向任何人透露。"

飞机起飞前，朱晓又给陈淼发去了一些证据，那是从孔末捡来的手机里备份下来的聊天证据，足够澳区警方将曹夏宁逮捕了。

"给姚娜汇款的账户户主已死，但是我会托海外的警察朋友替我调查给那个户主汇款的海外账户，一有消息就通知你。"陈淼在电话那头说。

朱晓道了谢，挂断了电话。经过两个小时的飞行后，他们一行四人来到了云省，又坐了几个小时的车后，总算在傍晚时分，来到了玉山脚下的镇派出所。

雪下得很大，民警告诉朱晓，相关部门基于反常的天气，决定从明天起便封山。镇里的村庄分布得十分分散，玉山上的村子与小镇距离很远，是一个历史悠久的村庄，村庄里的住户民风淳朴，习惯了雪山的生活，不愿意听从相关部门的劝说而搬离雪山。

朱晓一听，急了："一般封山的话，需要封多久？"

"少则一个月，多则数月。"

"不行，我要在封山前进去。"朱晓当机立断。

民警劝道："去村庄的公路堆了雪，而且悬崖峭壁的，车子开不上去。再过不久，天就要黑了，夜间登山很危险！咱这儿派出所的人少，实在抽不开人送你们上去。"

"没事，我们会小心一点儿的。麻烦您给我们准备一些食物和装备。"朱晓说着，望向了城镇后面的那座大山。

"那行吧。我给你们指条捷径，虽然难走，但能节省时间，兴许半夜之前，你们就能到达村庄。"

朱晓带着大家登山前两个小时，艾凡一行人才刚动身。他们沿着被大雪覆盖的小路，艰难地往前走，过了好几个小时，天黑了下来，也不见抵达山坡上的村庄。

有人抱怨道："这都半夜了，连村庄都还没到，看来这座山不容易攀啊！"

来登玉山的背包客通常会从城镇去往村庄，先在村庄里落脚，准备齐全后，才正式攀登。他们原计划一大早就出发，在天黑前抵达村庄，明天再登山，谁都没想到，其中两个人发生了高原反应，水土不服，休息了大半天才缓过劲儿来。

有人提议等明天再出发，但艾凡打听到消息，明天就要封山了，到时候，没有相关的手续，根本上不了这条道。大家考虑过后，想着来都来了，必须在封山之前进入村庄，于是还是在傍晚出发了。

"艾凡，温度越来越低了，我们还是赶紧在路边找个地方歇息吧，不然要冻死在半路上了！"

艾凡呼出一口热气，望着苍茫的夜色，同意了。

通往村庄的路上，每隔一公里便有一间小屋，这是为旅客避雪而搭建的休息点。艾凡带着大家钻进了一间小屋，取出羽绒睡袋立即休息了，没过多久，他便又一次做起了发生在雪山上的那个梦。

在当地民警的指引下，朱晓走了另外一个方向，途中没有可供车通行的路，前行全靠爬坡，所以很少有人知道这条无人问津的路。

一行四人都穿着厚厚的羽绒服，戴着围巾和手套，但还是被冷冽的寒风冻得全身发麻。原计划半夜之前抵达村庄，但他们都没有登山的经验，一路磕磕绊绊，距离村庄还是很远。

"死女人，受得了吗？"孔末拉了吃力的范雨希一把。

范雨希喘着气："要到了吗？"

"找个没风的地方休息吧，我快被冻傻了。"朱晓搓着发红的鼻子，"得亏那民警给咱准备了轻便的帐篷支架。"

孔末找了一个角落，将手里的帐篷袋打开，从里面取出了折叠帐篷。帐篷很轻很小，只能在没风的地方使用。

众人窝在搭好的帐篷里，又钻进羽绒睡袋里，很快就累得睡了过去。

不知道过了多久，余严冬被一阵幽幽的声音吵醒，仔细一听，既像是女人的哭声，又像是老人的哀号，时而凄厉，时而悲柔，仿佛近在耳边，又宛如远隔数里。

"你也听见了？"朱晓问。

余严冬这才发现，其余三人早就醒了。

那声音飘忽不定，在空旷的雪坡上环绕，久久不能散去。朱晓打了个激灵："谁在大半夜鬼叫，怪瘆人的。"

孔末从睡袋里钻了出来："我出去看看。"

范雨希攥住了他的手："别了，兴许是什么动物。"

孔末又屏息听了一会儿："不像是动物，倒像是有人在装神弄鬼。"

朱晓也劝说："甭管了，等天亮了再说吧，你这会儿出去，指不定碰上什么野狼和雪豹啥的。"

孔末只好作罢，坐着与众人听了一夜那令人汗毛倒竖的哀号。

第14章
夜行

天亮时，下了一整夜的雪终于消停了，温暖的太阳爬上东山岗，明亮的光将漫山遍野的白色照得晶莹剔透。

时至中午，朱晓一行人终于进了村庄。村子不大，乡间雪道上的行人稀稀落落，随处可见孩子们堆起来的大大小小的雪人。正值壮年的村民都出去打工了，留在村庄里的村民大多是老人和孩子。

朱晓刚要打听封伟强的住处，便有一个上了年纪的村民凑了上来，带着浓重的口音问："你们是来登山的？"

"很多人来登山吗？"朱晓反问。

"可不，你瞅。"

朱晓顺着村民指着的方向望去，村口扎了许多顶帐篷。往年这个时候，远不到封山的月份，几天前，有好几批登山客和背包客陆陆续续进村，准备登山，哪知遇到了反常的大雪，没能上山，出于安全考虑，也没敢下山，就这么滞留在了村庄里。

村庄里的房子不大，只有少数住户的家里有空房，为数不多的空房早已经被前几批登山客捷足先登了，余下租不到空屋的登山客只得在村口扎帐篷暂且住下。

朱晓看了看专业登山客的帐篷，又看了看孔末手里提着的轻便帐篷，头痛道："别人是有备而来，咱来得匆忙，要是接下来几天都住这玩意儿，非得冻死。要是运气好，咱们今晚就下山。"

"下不去了。"村民摆手，"别看这会儿雪停了，不出两个小时，更大的暴雪就会来。我在玉山上住了几十年，再清楚不过了，看这形势，就算不封山，没个十天半月，你们也下不了山。"

范雨希打量着主动搭话的村民，从他的眼睛里看出了一抹贪婪，于是客气地问："老人家，您家还有空房子吗？"

"没有。"村民说着，嘿嘿一笑，"不过，我知道谁家有。"

范雨希从兜里掏出两百块钱递给村民，村民乐呵呵地接过后，指着村庄西北的一栋房子："那是封传宗家，你们可以去碰碰运气。"

"姓封？"孔末立即问。

"封传宗家的老爹和老娘回乡探亲了，走了一两个月了，今儿封山了，他们回不来，所以肯定有空房。"

朱晓通过村民说的话，断定封传宗的父母便是封伟强和张桂丽夫妇，于是让村民带路，借机搭话，打听更多的消息。原来，封伟强的两个亲生孩子一死一失踪的事全村皆知，当年，全村人听封伟强说牙子被人贩子拐走后，都帮着在茫茫雪山上找人。几年过去，封伟强觉得牙子是找不回来了，于是不知从什么地方又买了个孩子回来，取名叫封传宗。

"说来也奇怪，在村子里住了几十年，从来没听说过封伟强还有亲戚，从前也没见他们去探亲。"

朱晓心里生疑，将村民透露的信息牢牢地记在了心里。就在他们攀谈的工夫，封传宗的家到了。

范雨希搓着快要冻僵的手，敲了敲门，许久后，封传宗才开门。

"你们是谁？"封传宗看上去不到四十岁，人高马大。

"我们是来这儿登山的，听说你们家有空屋，想租几个晚上。"朱晓假意说。

封传宗立刻想要关门："不租。"

朱晓用脚抵着门："怎么着，有钱也不赚？"

孔末闻到了一股中药的味道，于是顺着门缝，看到了灶台旁炖着的一口药锅。

封传宗的脾气不怎么好，打开门，推了朱晓一把："滚远点，别惹我！"

朱晓退了好几步才站稳，喝了一声："这空屋，你租也得租，不租也得租！"

说罢，孔末带头闯了进去，封传宗想拦，反而被按倒在了地上。

封传宗挣扎着喊："不怕我报警吗？"

朱晓将手机丢在了他面前："报吧。"

孔末心领神会地松手，封传宗犹豫了片刻，没有伸手去捡手机。这时，屋子里传来了一道夹杂着咳嗽的声音："爹，是谁？"

艾凡等人走的是车行道，比朱晓等人早出发，没想到还晚到了半个小时。他们刚一进村，先前与朱晓搭话的那个村民又主动凑了上去："是来登山的？没有空屋子了。"

村民又靠着这方式赚了几百块钱，给他们指了封传宗家的方向。

艾凡正要带着大家往前走，村民便提醒："你们得快点儿，刚刚有一批人也去了，说不定已经租出去了。"

其中一个人怒火中烧："拿了钱才说？"

村民立即溜之大吉，有人问艾凡："怎么办，估计得在村里待上好几天，总住帐篷也不是办法，不如去和那批人商量，让他们把空屋子让给我们？"

艾凡望着封传宗的家，陷入了沉默。

"就是，他们花多少钱，我们给双倍。"又有一个人应和道。

这时，艾凡的手机响了，是手下打来的，山里的信号不好，只听见电话里传来了断断续续的一句话："老板，昨天晚上，镇里派出所送了几个人上山了。"

艾凡挂断电话后，对大家摇头说："算了，我们带的装备齐，就住帐篷吧。"

艾凡都发话了，其他人也不好说什么，只得跟着他到村口扎帐篷。

艾凡远远地端详着这座村庄，隐隐地觉得熟悉，但更多的是陌生感。他钻进帐篷里，从偌大的背包里取出了一把锋利的匕首，目露凶光，自言自语地说："我努力了这么多年，马上就要接手艾氏集团了，我的人生决不允许被你们破坏！"

封传宗家里烧着暖炉，朱晓把手放在暖炉上烤，惬意至极："冻了一晚上，身体总算有点知觉了。"

最终封传宗同意将空屋子租给他们，收了钱后，便去给大顺熬药了。孔末将门关上，立即翻起了衣柜。

"封传宗有事想隐瞒。"范雨希说出从封传宗脸上读出来的信息，"我们对他动粗，但他不敢报警，反而改变主意，把空屋子租给我们，怕是想息事宁人。"

"没错。"孔末往衣柜里扫了一眼，肯定道，"封伟强和张桂丽根本不是回乡探亲了。"

衣柜里叠着一年四季的衣服，有棉袄，也有布衫，全是手缝的，每个季节的衣服数量都不多，分别只有两三件。孔末将封伟强和张桂丽二人的冬衣拽了出来，数了数："回乡探亲这么久，得带些衣服，他们的冬衣本来就不多，估计全在这儿了。"

"会不会是又缝了几件，带去探亲了？"余严冬是一名律师，考虑得周全。

"那这个呢？总不可能不带走吧？"孔末又在衣柜里找到了封伟强和张桂丽的身份证。

封伟强和张桂丽出门已经许多天没归家，说明路途并不近，不可能不带身份证。

朱晓立即起身："孔末，余律，你们出去打听打听。丫头，你跟我一道再去试探一下封传宗。"

孔末和余严冬出门后，朱晓来到灶台旁，笑嘻嘻地搭讪："哥们儿，大顺生的什么病？您这熬的是什么药？"

封传宗不怎么想搭理朱晓，继续低头扇火。

"我倒是认识不少有名的老中医，说不定能帮上忙。"朱晓又说。

这一次，封传宗终于抬起了头："真的？"

"我们是从城里来的，您给我说道说道病情，我帮你打个电话问问。"朱晓掏出了手机，见手机没信号，尴尬一笑，"等手机有信号了，我就帮你问。"

封传宗放下些许戒心，说起了大顺的病情。当年，大顺的母亲生下大顺当晚就大出血死了，大顺从小身体羸弱，经常感冒发烧，村医查不出病，建议封传宗带着大顺去城里看医生。

"城里的大夫说是什么先天免疫力缺陷。"封传宗这么个糙汉子，说着说着，眼眶竟红了，"我们家也没什么钱，治了一阵子就带回来了。这些年，给大顺吃了各种中药也不见好。"

"孩子的爷爷奶奶呢，怎么不帮着照顾大顺？"朱晓趁机问下去。

封传宗沉默了一会儿，又略显慌乱地拿扇子扇火："探亲去了。"

朱晓没有深究，换了个问题："刚刚听带路的村民说，你是养子？"

封传宗点了点头："以前爹娘有两个孩子，一个被人贩子拐走了，另一个被害死了。"

不久后，孔末和余严冬回来了。果然，先前那个村民说的是真的，村子里许多人都说封伟强和张桂丽在村庄里生活了几十年了，几乎不怎么离村，没有人听说过他们有外乡的亲戚。

海的另一端，宣尚烨和包一倩休息一夜后，又开始马不停蹄地调查。他们根据当年的新闻报道，得知了当年替辛芎辩护的律师身份，一大早便来到了那名律师任职的律师事务所。

"老朱去了什么鸟不生蛋的地方，怎么手机也打不通？"包一倩又一次没能联系上朱晓，"宣尚烨同志，咱们直接去找人吗？确定不用和老朱商量？"

"他们去了雪山，应该是没信号了。"宣尚烨想了想，直接进了律师事务所，"请问科拉律师在吗？"

"科拉律师？"前台的接待员疑惑道，"我们这里没有这个人。"

宣尚烨从兜里掏出从旧报纸上裁下来的信息，交给对方确认，听到对方的回答，他惊呆了。

曾经科拉的确在这个律师事务所里任职，但早在许多年前死于枪杀，警方怀疑他遭人打劫，但凶手至今没有抓到。详细的情况，接待员了解得不是非常清楚，建议他们到科拉的家里打听。

科拉的家在郊区，距离律师事务所十几公里。包一倩上了摩托车，拍拍后座，埋怨道："咱不能再租辆汽车吗？"

"你要不乐意开，换我来。"宣尚烨无奈地摇头，"刚赔了一大笔钱，没经费了。"

租车公司已经将那辆被袭击的汽车拖回去了，两面挡风玻璃碎了，车胎爆了，车身也穿孔了，维修费不低。

"得，别人开车我不放心。"包一倩启动了摩托车。

半个小时后，他们来到了科拉生前住的房子里，开门的是小科拉，三十多岁，是科拉的儿子。

宣尚烨谎称科拉曾经替自己打过官司，于是前来拜访。

"我的父亲去世好多年了。"小科拉忧伤地将他们迎进了屋里。

宣尚烨和科拉交谈的语速非常快，包一倩一句也没听懂，焦急地问："他说了什么？"

"记得袭击咱们的那个女人吗？看来有人不想咱们调查辛芗的案子。"宣尚烨凝重道。

据小科拉说，科拉被枪杀的当晚，他刚下班，正开车回家。当地的人口密度很低，通往郊区的车辆不多，沿途每隔好几公里才能见着一户人家。科拉就死在了一段十分偏僻的路段。

警方赶到时，发现车子的轮胎被打爆了，驾驶座一侧的车门打开，科拉死在了距离车子五米远的位置。车里的钱包丢失，警方据此判断科拉是遭人持枪打劫，由于沿途没有监控探头，子弹来源于黑市，无法查询到购买记录，因此，凶手至今没有抓到。

"先打爆轮胎，让车子因无法保持平衡而继续行驶，逼迫目标下车逃生，随后进行补射杀人。"宣尚烨向包一倩解释，"杀死科拉的凶手用的手法和袭击咱们的女人用的手法一模一样。"

"我就说嘛，怎么会有人为了一堆旧报纸而拿枪杀咱们！原来是有人不想咱们碰辛芗的案子！"包一倩恍然大悟。

宣尚烨问小科拉："您还记得科拉律师十七年前接的那起官司吗？"

"记得，当时我还在上学，那起案子非常轰动。"

据小科拉说，科拉原本是一个默默无闻的律师，直到那场历时三年的官司打赢了，才终于名声大噪。当时，科拉还因购车欠了一大笔贷款，生活得并不富裕。由于辛芗的案子几乎没有胜算，没有人愿意为她提供辩护，科拉同样不愿意，但是由于当地的政策，科拉被强制分配给了辛芗。

"说实话，父亲不止一次地抱怨摊上了这么一件官司。"小科拉说。

科拉被迫接下案子之后，消极应对，把大部分精力花在了其他工作上。

"他的心思没在这场官司上，最后是怎么替辛芗胜诉的？"包一倩质疑道。

宣尚烨提出疑问后，小科拉摊手，表示不知情，只记得有一天科拉突然兴奋地回到家，告诉家人债务全部还清了。从那之后，科拉像是开窍了一样，推了其他案子，一心一意地替辛芗辩护。

"给朱队打电话，把情况告诉他！"宣尚烨忽然想到了什么，立即说。

正如那名村民所说，玉山上又下起了大暴雪，到了夜间，寒风呼啸，就连屋内的暖炉都无法将寒气完全阻隔。

范雨希睡在床上，其余三个大男人打起了地铺。

半夜，朱晓和孔末听到了动静，起来查探。他们悄悄打开门缝，只见穿着大棉袄的封传宗手里端着两个碗出门去了。

"下这么大的雪，又这么晚了，他去哪儿？"朱晓觉得不对劲，决定跟踪。

风太大了，封传宗将两个碗捂在怀里，艰难地往前走。朱晓和孔末在二十几米外悄悄跟着，夜里的能见度很低，他们不敢掉以轻心，以防跟丢。

封传宗朝前走着，时不时地回头望向身后，仿佛察觉到有人跟着他，于是经过一小片雪坡时，忽然改变了方向，迅速朝前跑去。

朱晓和孔末立即追上去，来到雪坡时，封传宗已经不见了。

"顺着脚印，追！"朱晓说着，立即朝前飞奔。

可是，由于不熟悉地形，他们很快就跟丢了，雪太大了，没一会儿就将留在雪地里的脚印覆盖，他们也没法儿再顺着脚印找人。

封传宗不知道谁在跟踪他，甚至不确定是否有人跟踪，其实，这些天来，他每天夜行都疑神疑鬼的。他在雪地里绕了一大圈后，来到了背坡的一个大坎前，这里堆积着不少砖块和还没搅和的水泥。

大坎下模模糊糊可以看见一个快要被完全封上的洞穴，洞穴里很暗，什么也看不清，隐隐约约能听见一道时有时无的呼吸声传来。

封传宗伸出手，透过洞穴上的口子，将两个碗递了进去。

就在此时，一只干瘪如骨的手伸了出来。

第 15 章

暴雪

　　艾凡一行人的帐篷搭在村口没有风的地方，已经是深夜了，众人还围着篝火聊天，丝毫没有要歇息的意思。

　　艾凡揣着藏在怀里的匕首，觉得心烦意乱。忽然之间，不知道是谁突然指着远处，惊恐道："你们看那是什么东西？"

　　艾凡顺着那个方向望去，借着微弱的光线，看到了一个摇摇晃晃的人影，人影不高，走路的姿势左摇右晃，非常缓慢。

　　"不会是传说中的野人吧？"

　　大家说着，都觉得背脊一凉，立刻钻进了帐篷。艾凡取出探照灯，照向远处，大家见他迟迟没有进帐篷，探出脑袋问："看清楚是什么了吗？"

　　艾凡将探照灯关了，摇头道："走了，没看清。"

　　大家都睡不着，有人提议再聊一会儿，艾凡没有阻止，而是趁着大家不备，将背包里的迷药碾碎，放进了烧着的热水里，而后给大家一人倒了一杯热水。

　　不久后，大家开始犯困了，终于肯钻进睡袋。

艾凡确认大家睡着了之后，拿起探照灯，握着匕首，朝着先前那道黑影的方向追去。

雪地一望无际，艾凡追了一会儿便追上了那道身影。

那道身影察觉到身后的光，回过头来。艾凡立即将光束打在了那道身影的脸上。那道身影的眼睛被强烈的光束刺激，下意识地拿手挡住脸。

艾凡握紧匕首，迟疑了片刻后，一步一步地朝前走去。

另一片雪地里，朱晓和孔末找了很久也没能找到封传宗。

"这小子倒挺机警！"朱晓被冻得瑟瑟发抖，"行了，咱先回去吧。"

他们回到封传宗家时，范雨希和余严冬醒了。没过多久，他们又听到了动静，是封传宗回来了。孔末透过门缝，发现封传宗的手里揣着两个空碗，样式和先前带出去的不太一样。封传宗的动作很轻，把碗放回灶台后，就进了屋子。

朱晓蹑手蹑脚地出了房间，来到灶台前，观察了一会儿两个碗，又拿起来嗅了嗅，回到房间对大家说："闻那味道，装的应该是吃的。"

"这么晚了，他鬼鬼祟祟地给谁送吃的去？"余严冬疑惑道。

"两个碗，该不会是封伟强和张桂丽！"范雨希捂着嘴，猜测道。

"等明儿一早，想办法再套套话。"朱晓的眉头拧成一团，掏出手机，"这鬼地方还是没信号。"

雪山上，信号本就很微弱，受暴雪影响，附近的信号基站容易损坏，就连报警电话都未必能够拨出去。朱晓担心宣尚烨和包一倩，可又联系不上，心里着急。

"您是要给谁打电话？"余严冬随口一问。

朱晓敷衍道："给赵队。我寻思着该向他汇报一下近况。"

"村里应该有座机电话，等天亮了，我出去打听一下吧。"余严冬说。

宣尚烨和包一倩从科拉家离开时，已经傍晚了。

包一倩问坐在摩托车后座的宣尚烨："怎么样，还是联系不上老朱吗？"

"电话打不通。"宣尚烨收起手机，"天黑之前，先回酒店吧。明天，我们要开始找那名保姆了。"

旧报纸里记录，辛芎作案当晚，由于凯多特的妻子带着家人出去旅行，因此庄园里的大部分保姆也都放了假，只留下了一名保姆。保姆名叫希尔拉，是这起案子的关键证人。

这场官司的前两年，希尔拉称辛芎父母被枪杀的当晚，听见了凯多特呼救的声音，这强有力地证明了凯多特关于辛芎一家谋财害命的说辞；之后一个星期，希尔拉称她打扫过辛芎声称自己被凯多特囚禁的地窖，并未发现有人被困，直指辛芎撒谎；同时，希尔拉称凯多特一家被辛芎枪杀当晚，庄园里十分安静，并表示如果辛芎被割脸虐待，反抗之下一定会有声响。

第三年，希尔拉竟然当庭翻供了，说辞与坚持了两年的说法完全相反：她在辛芎父母被枪杀的当晚，并未听到凯多特的呼救声，反而听到辛芎一家的求救；之后的一个星期，她因为凯多特的命令，没能靠近那个地窖；凯多特一家被枪杀当晚，辛芎痛苦的哀号响彻整座庄园。

希尔拉称辛芎父母被杀，辛芎被囚禁后，凯多特家大势大，用钱收买了她，还对她进行了威胁，她不得不替凯多特隐瞒；凯多特一家死后，因在外地上学而逃过一劫的凯多特的小女儿在远房亲戚的帮助下，继续对她实施威胁，要求她指证辛芎。到了第三年，希尔拉实在觉得辛芎可怜，便在律师科拉的鼓励下，当庭翻供。

希尔拉作为这起案子里至关重要的证人，她的证词对判决走向起到了关键性的作用。最终，当地法院结合辛芎脸上的伤疤和希尔拉的证词，宣布凯多特生前对辛芎一家的指控证据不足，同时，辛芎杀害凯多特一家的行为属于正当防卫。

"很显然，有人在暗中帮助辛芎，而且财力雄厚。"宣尚烨回想小科拉透露的信息，"一开始科拉没把辛芎的案子放在心上，还清了债务后，突然把精力全投入到了这场漫长的官司上。"

"不错，希尔拉翻供这事太不靠谱儿了。我琢磨着，科拉这个律师是个酒囊饭袋，否则不会欠一屁股债，还默默无闻了那么久。希尔拉之所以会翻供，指不定是收了科拉给的好处。"包一倩说着，突然刹了车。

不远处，有一大群骑摩托车的人将公路堵上了。

宣尚烨凝声说："来者不善。"

果然，那群大汉从摩托车上抄出了铁棍，朝他们走了过来。包一倩立即调转车头，却见另一端也有好几辆摩托车开来，顿时急了："怎么办？"

公路的一侧是超过四十五度的陡坡，另一侧是山壁，两端又都被堵上了，他们无处可逃。

"下车。"宣尚烨忽然说。

"啊？"包一倩怔了。

宣尚烨二话不说，跳下车，把包一倩拉到了后座，随后又跨上了车子。包一倩还没反应过来，就见宣尚烨发动了车子，朝着陡坡冲了下去。

包一倩失声惊叫："你要干吗！"

宣尚烨胸有成竹地喊道："抓紧了！"

车上的两人几乎面朝下地冲下了陡坡。包一倩紧紧地抱着宣尚烨，连眼睛都不敢睁开。陡坡上四处怪石凸起，还歪歪斜斜地长了一些树木，车子被颠得几乎要腾空飞起，车身数次倾斜，几乎是侧贴着地面朝下冲去的。

"这下死定了！"包一倩的心悬到了嗓子眼儿，可过了很久，也没发现车毁人亡，硬着头皮睁开了眼睛，顿时惊得结巴了，"宣尚烨同志，你可以啊！"

宣尚烨骑着摩托车，惊险地避开了一块又一块石头，眼看马上要撞上大树，却总能避开。

"开汽车我不怎么行，但对摩托车有所涉猎。"宣尚烨笑道。

宣尚烨为了混进猎手榜，苦练各项极限运动，摩托车的危险驾驶也是他熟练掌握的技能之一。

"这叫有所涉猎？"包一倩感受着耳边疾驰的风声，惊喜道，"您谦虚了！"

玉山迎来了天明，下了一夜的暴雪非但没有停下来的意思，反而越下越大。村口的帐篷都戴上了白帽，背包客们一大早便开始清理。

朱晓只睡了两个小时，就被浓郁的中药味熏醒了。

朱晓出了房间，见范雨希和孔末正在与封传宗搭话。

"雪下这么大，要是谁搁室外冻了一夜，怕是活不成了。"范雨希说。

孔末应和道："年轻人倒还好，如果是老人家的话，恐怕撑不下去。"

朱晓见范雨希和孔末你一言我一语地配合着，忍住想笑的冲动，给了他们一把助攻："镇里派出所见山上滞留了许多登山客，可能会派人来接人。"

封传宗盛药的手顿时一抖，抬起头问："谁说的？"

朱晓继续撒谎："我们上山之前听说的。"

范雨希装模作样地点头："就算真的有人冻死了，警察来了，肯定能找到尸体，也就不用担心没人收尸了。"

封传宗算不上聪明，被大家唬得一愣一愣的，放下药碗，出门去了。

朱晓得意一笑，正打算跟上去，发现余严冬不见了："余律去哪儿了？"

"刚刚出去打听哪里能打电话了。"范雨希回答。

就在这时，余严冬揣着双手跑回来了："我问过了，全村就一家小卖铺里有座机电话，我刚试过了，能拨通。"

"不急，回来再打电话。"朱晓出了门，"走吧，咱去看看封传宗到底在搞什么鬼。"

与此同时，艾凡一行人醒了。

大家都伸着懒腰："也不知道怎么回事，一起床，脑袋就晕乎乎的。"

另一个人也说："昨晚睡得太沉了，艾凡，你呢？"

艾凡正在清理帐篷上的积雪，心事重重地回答："雪山上缺氧，很正常。"

大家都没有把这件事放在心上，立刻帮着清理积雪。半个小时后，他们决定到村里的店铺里买点吃的。村里只有一家小卖铺，大家进去挑吃的，艾凡站在门口，尝试打电话。

昨天尚有一丝信号的手机，今天竟然拨不出电话了。艾凡朝小卖铺里扫了一眼，店里有一台座机，旁边贴着"收费"的字样。他走到电话旁，拿起了听筒。

现在正值白天，朱晓等人没有像昨晚那样跟丢了。他们在雪地里走了十几分钟后，跟着毫无察觉的封传宗来到了一处大坎。封传宗正对着坎下的一堵砖墙说话，由于距离太远，他们没能听清封传宗在说什么。

"这家伙在搞什么鬼？"朱晓疑惑道。

"上去看看就知道了。"范雨希说完，往前走了几步，对着封传宗喊，"你在跟谁说话？"

封传宗吓了一个激灵，这才发现被他们跟踪了，遮遮掩掩地说："没什么。"

大家都凑了上来，朱晓终于看清了，雪坎下有一个洞穴，洞穴快要被水泥和砖块封上了，只留下一个长宽分别有半米左右的口子。他推开阻拦的封传宗，把头探进了口子，只有一束光直射进洞穴里，光束周遭太黑，什么也看不清。

就在朱晓要将脑袋缩回来时，一张苍老的脸突然挪到了光束里，几乎要与他的脸贴上！

朱晓吓得往后趔趄，摔在了雪地上："里面是什么玩意儿？"

孔末定睛一看，那是一张七旬老人的脸，猜测道："你大半夜端两个碗是给他们送吃的吧？里面的人是你的父亲和母亲。"

封传宗低着头，咬着下唇，沉默不语。

朱晓拍着屁股从地上站起来，怒喝："你知不知道你这是囚禁，限制人身自由，得蹲号子！"

封传宗慌了，立即摆手："不是我关的。"

"不是你，难道是他们两个自己走进去的？"朱晓怒极而笑。

"的确是我们自己走进来的。"封伟强隔着砖墙口子，沧桑地回答道。

朱晓犯起了蒙："大爷，包庇孩子也不是这么包庇的吧？"

封传宗立即解释："他们这么做都是为了大顺。"

"关大顺什么事？"朱晓越听越觉得乱。

"大顺从小身体就不好，所以爹娘就想用自己的命换大顺的命。"

原来，云省玉山一带有一部分人笃信"活子孙寿"的说法。许多人都羡慕三世同堂甚至四世同堂的家庭，但相信"活子孙寿"的人完全相反。所谓"活子孙寿"，是指这些人认为，老人活的是子孙的寿命，老人的寿命越长，子孙后代的寿命便越短。

"倒是有一些地方的确有这样的说法。"余严冬说着，突然指着快被封堵上的洞穴，惊讶道，"难道这是'寄死窑'？"

"活子孙寿"的迷信由来已久，甚至可以追溯到几千年前，基于这种认知，"寄死窑"随之产生。关于"寄死窑"的说法不一，其中一种说法是"寄死窑"又称"自死洞"和"老人洞"，是让老人自行死去的场所。

笃信"活子孙寿"的人为了让子孙后代更长寿，会在岩壁上挖一个洞穴，将到了一定年龄的老人送进去，每天只给老人送一次餐，每过一天，便添一块砖，直至洞穴完全被封上。

"天哪！"范雨希听后，觉得不可思议。

"哥们儿，这都二十一世纪了，你们还信这个？"朱晓像听了一个天大的笑话，但见封伟强一脸坚定，又替他们觉得悲哀。

两个月前，玉山上的天气越来越冷，封伟强见大顺的身体快要撑不下去了，主动提出要进"寄死窑"。一开始封传宗不同意，反对的理由并非不相信"活子孙寿"，而是舍不得将他拉扯大的父母，但最终拗不过封伟强，只好同意了。

封传宗知道，在这个时代，这种事是不能传出去的，更不能让警察知道，于是对外谎称封伟强回乡探亲了，只在夜间偷偷摸摸地来送餐添砖。两个月过去，这个大洞穴眼看就要被封上了，多亏朱晓等人赶到。

"得亏老人家身体好，要不然早就冻死在荒郊野外了！"朱晓指着洞穴，"把砖墙给我砸了。"

封传宗刚要动手，封伟强就勃然大怒："不许这么做，不想让大顺活吗？"

封传宗止住了身形，有些犹豫了。

朱晓气得语无伦次："大爷，您这逻辑不对啊，就算这种方法真有用，续的也不是大顺的命，而是牙子的命！"

封伟强错愕地问："你怎么知道牙子？"

"我不仅知道牙子，还知道当年他根本不是被人贩子拐走的。"朱晓在怀里摸索了一会儿，掏出证件，终于表明了身份，"我是警察，这次来是向你了解一些关于牙子的信息的。"

"牙子还活着吗？"封伟强激动道。

"活得可好了，出来吧。"朱晓指着砖墙上留下的口子，"看您身体这么硬朗，能爬出来吧？"

封伟强刚想钻出来，却又不动了："别管是续大顺的命，还是续牙子的命，我都不出去。"

"那就甭怪我动粗了！"朱晓撸起袖子，从地上找了一块大石头开始砸砖，喊道，"孔末，余律，搭把手！"

孔末和余严冬也立即动手，很快，砖墙被砸开了。朱晓钻进洞里，想要将封伟强拽出来，没想到封伟强看着头发花白，但是力气不小，死活不出来。

"娘呢？"封传宗的疑问令朱晓停下了手。

洞穴里空空荡荡的，除了朱晓，就只有封伟强一个人，不见张桂丽。洞穴角落里有两个空碗，那是封传宗昨晚送来的。封传宗每次送两碗饭菜的同时，还会带回前一天送来的两个空碗。

朱晓走到空碗旁，发现了一堆被倒在角落里的饭菜，旋即不安地问："你爱人呢？"

封伟强支支吾吾地说："昨天晚上，她趁我睡着的时候，钻出去了，我以为她回家了。"

封传宗惶恐地摆手："娘没有回家！"

"你怎么不早说！"朱晓急了，昨夜的狂风暴雪足以冻死一个老妇人，"把这老头儿给我拽回屋里去，到村里小卖铺报警找人！"

第 16 章
三人

　　朱晓带着人来到了村里的小卖铺，拿起电话听筒后，发现听筒里什么声音也没有。他顺着电话线摸索，竟然发现电话线被人割断了，电话线里的金属丝还被人抽走了。

　　余严冬错愕道："怎么会这样，一大早我还给母亲打电话呢！"

　　"老板，谁干的！"朱晓咆哮道。

　　老板查看过后，心疼不已："哪个天杀的！"

　　朱晓心里着急，暂时没有深究，立刻发动村民一同寻找张桂丽。他们来到村口时，帐篷里热心的登山客询问过情况后，也加入了寻找的队伍。

　　朱晓举着手机，一边寻人，一边找手机有信号的位置，但结果不尽如人意，下了一整夜的暴雪后，山里的信号更差了，紧急报警电话根本拨不出去。

　　村民和登山客们浩浩荡荡地出发了，嘴里喊着张桂丽的名字，不肯放过任何一个可能藏人的角落。时间一分一秒地过去，转眼间，到了傍晚，仍旧没有人找到张桂丽。

朱晓一行四人分成两组，余严冬跟着朱晓，气喘如牛："张桂丽不会出事了吧？"

朱晓神情凝重："谁知道呢。"

张桂丽年过七旬，已经离开"寄死洞"快要一天一夜了，不仅可能被冻死，还可能遇上雪地里的野兽，虽然朱晓没有放弃找人，但心里隐隐感到有些不安。

黑夜的雪山是危险的，天快黑时，村民们和登山客都陆陆续续地回村了。没过多久，坚持在山里找人的只剩下朱晓一行四人和心急如焚的封传宗。五人为了自己的安全，便会合了，攥着手电筒继续找人。

雪越下越大，封传宗像疯了一样地吼着："娘，你在哪里！"

范雨希已经快要体力不支了，被孔末强拽着往前走。

天终于黑了，封传宗绝望了，一屁股坐在冰凉的雪地上，痛哭流涕："都怪我，我就不该同意！"

近日，天越来越冷，张桂丽被冻得关节发疼，夜以继日地哀号。封传宗有所察觉，但碍于封伟强的反对，没敢提要接他们回家。

朱晓回想起来，上山的那个凌晨，他不应该阻止孔末出去查探，他们听到的哀号原来就出自张桂丽之口。

"张桂丽趁着封伟强睡着的时候，钻出了'寄死洞'，最终没有回家，不是不想，怕是不敢。"孔末推测。

一开始，张桂丽是心甘情愿进入"寄死洞"的，但随着身体出现各种被冻伤的症状后，痛苦不堪，终于忍受不了，离开了"寄死洞"。事实上，离开"寄死洞"的那夜，张桂丽确实想过回村，但在距离村口几十米外的地方停了下来。她知道，一旦她回家，一定又会被送进"寄死洞"，这才调转方向，没有进村。

"起来，继续找人。"朱晓劝封传宗。

封传宗像是没听见一样，捶地痛哭。

"你这样能找着人吗！"朱晓怒不可遏，强行拽人。

范雨希和孔末不约而同地向远处望去，屏着呼吸听附近的动静，他们都隐隐约约地察觉到脚下的雪地正在颤抖。

"糟了，是雪崩！"

南港城里，阿二正在和几个人喝酒唠嗑。

曾经这几个人都替恭临城办事，恭临城死在T国后，他们都因涉嫌"暗光案"被捕，所幸如今证明他们不知道恭临城的犯罪行为，只是干着跑腿的小活，这才被放了出来。

"阿二，你把一头黄毛染黑了，看着还真不习惯。"

"是希姐吩咐我染成黑的，从前那样子不三不四。"阿二为他们接风，敬了酒，"以后你们干点正经的差事，别惹事，别闹事。"

"阿二，能不能替咱在希姐面前美言几句，继续在恭家大院打点杂，谋份差事？"

"倒也不是不可能。"阿二的眼珠子机灵地转了转，敷衍着，"问你们些事，你们知道孔末吧？他有个妹妹，叫孔笙，认识吗？"

范雨希前往玉山前，吩咐阿二找机会盯着孔笙。孔笙被安排在了警员宿舍里，除了去祭拜恭临城，这些天以来，几乎没有出过警员宿舍。

几人纷纷摇头，只有其中一个人点头了。

阿二心中一喜："你可别胡诌，这是希姐吩咐的事。"

"我哪敢胡诌。"那人喝了一口酒，"好几年前，我跟着恭爷出门，见到了孔笙。这小丫头长得水灵灵的，我印象很深刻。算起来，那会儿，孔末还在上警校呢。"

"都这会儿了，还叫恭爷？不怕希姐削你！"阿二提醒道。

"是恭临城！"那人轻轻掌了嘴，继续说，"那天，恭临城特地见了这丫头。"

"孔末呢？不在场？"阿二问。

"不在。"那人回答，"在一个羊肉馆里，恭临城把整个馆子都给包下来了。南港的冬天可真冷啊，他俩在里面舒舒服服地烤着火，吃着羊肉，待了足足半天时间！"

"谈论了什么？"

"谁知道啊！"那人十分不满，"都包了整个馆子，把我们晾在门外，站那儿干吹风，不让进。"

据那人回忆，孔笙出来时，低头不语，好像正在犹豫。恭临城拍了拍她的肩膀，让她考虑清楚后，就带着人回恭家大院了。

"后来呢？"阿二追问。

"后来我就不清楚了。"

阿二立即起身来到角落，给范雨希拨去电话，可是没打通。他的心里产生了担忧，已经两天了，范雨希的电话不仅打不通，发给她的信息也一条没回。

宣尚烨和包一倩骑着摩托车来到了一家寻人机构。

包一倩站在高楼前，狐疑道："看着是比沈探的沈氏探馆高端不少，但是靠谱儿吗？"

"试试吧。"宣尚烨掏出从报纸上裁下来的信息，"咱们人生地不熟，想要找到凯多特的保姆希尔拉，只能通过这种方式了。"

包一倩一边往里走，一边抱怨："现在国内是晚上吧？老朱真不仗义，总得想办法联系一下咱们。"

昨天，虽然宣尚烨和包一倩侥幸逃脱，但是坡体太陡，饶是技术高超的宣尚烨，在停车时还是侧滑翻车了，两人都受了一点皮外伤。拦截他们的那群大汉身份不明，宣尚烨推测和枪击他们的女人是一伙的。

今天一早，宣尚烨和包一倩出门时，特意换了衣服，还戴上了口罩，甚至换了一辆摩托车，以免被人认出来。他们知道，在这个陌生的国度，有一双眼睛正在暗处盯着他们。

宣尚烨和包一倩进了寻人机构，提供了希尔拉的基本信息后，对方表示能够找到，但价格不菲。

"他们这是打劫啊！"包一倩咬牙切齿，"跟沈探一个德行，张口就来！"

宣尚烨算了算剩余的经费，果断地交了钱。

"我说，您还真舍得花钱！换算起来，得要两万块钱了吧？"

宣尚烨笑道："赌一把吧，经费已经超了，我用工资垫。"

包一倩咋舌道："警察的工资就是高，哪像我当辅警的，没多少。"

"高不了多少，也就高一千多块钱吧。"宣尚烨调侃着，找了个地方坐下，开始了等待。

两个小时后，寻人机构给了回复：希尔拉正在一栋大厦里当保洁员。

宣尚烨和包一倩立即出发寻找希尔拉。谁也没想到，宣尚烨骑着摩托车经过行人很少的街区时，突然被人揪下了车，坐在后座的包一倩反应迅速，身体立即往前挪，握住摩托车的扶把，这才没有翻车。

宣尚烨倒地后，立即跃进了人行道，对着包一倩大喊："分头跑，回酒店，不要被他们跟踪到我们住的地方。"

宣尚烨说罢，朝另一个方向跑去。包一倩定睛一看，这些人正是昨天半道拦截他们的那群人。

"我们都打扮成这样了，还能被认出来！"包一倩不敢耽搁，立刻开溜了。

宣尚烨被一大群人追着，一路上跃横杆，跨障碍，跳楼梯，不知情的人以为他是跑酷爱好者，纷纷鼓掌，甚至有的拿出手机录像。

玉山上，朱晓带着大家躲到了一处崖洞里。暴雪依然下着，范雨希望着黑白相间的夜色，叹息道："朱晓，跟着你果真没有一天好日子。"

封传宗蜷缩在角落里，紧张地自言自语："娘不会被雪崩埋了吧！"

这场突发的雪崩出乎所有人意料。好在是小规模的雪崩，他们才得以及时逃走，找到了安全的落脚点。雪崩的位置距离村庄很远，村民和登山客早已经回村，都没有受到波及。

震耳欲聋的动静逐渐消停了下来，为了安全起见，朱晓带着大家继续窝了两个小时，才敢出崖洞。

"我下山去吧。"孔末突然说。

朱晓蹙着眉头："今儿的雪更大了，比起那天咱们上山，现在下山更危险。"

"茫茫雪山，如果不联系救援队，恐怕找不到人。"孔末坚决地说道。

朱晓没敢轻易同意，决定先回村再商量。余严冬和孔末搀着封传宗，五人朝着村子的方向走去。不知走了多久，失魂落魄的封传宗突然推开搀着他的两人，跌跌撞撞朝着远处跑去，嘴里喊着："娘！"

朱晓将探照灯的光束挪向远处，白茫茫的雪地里露出了一双穿着鞋子的脚。

"快，救人！"朱晓喊道。

大家不敢怠慢，立即一起动手挖雪。其中封传宗挖得最起劲："这是娘的鞋子和裤子！"

封传宗用尽全身的力气，抓住张桂丽的双脚猛地往外拽。他一用力，竟然轻而易举地将张桂丽从雪堆里拽了出来，由于用力过猛，还跌在了地上。

封传宗蒙了，随后发出撕心裂肺的尖叫声。

张桂丽的身体竟然只剩下了下半身，腹部还挂着被冻僵的肠子。

范雨希下意识地躲进孔末的怀里，余严冬被当场吓吐了。

朱晓倒吸了一口凉气，让孔末将封传宗拉开，以免破坏现场。他则小心翼翼地继续动手挖雪，没过多久，雪地里被挖出了一个坑，张桂丽的脑袋和所剩无几的上半身就躺在雪坑里。

尸体下的雪被染红了，张桂丽的内脏有明显被啃食的痕迹。

封传宗情绪激动，昏厥了过去。

"孔末，你怎么看？"朱晓累得坐在一旁。

孔末借着探照灯的光束，观察了一会儿之后，说道："像是野兽撕咬的。"

"野兽还挑食？"一时之间，朱晓没反应过来，"怎么还留下下半身和脑袋？"

"雪崩！"孔末联系到了两个小时前发生的小规模雪崩，"野兽啃食张桂丽尸体时，雪崩突发，所以没来得及叼走剩下的尸体就跑了。"

"死亡时间呢？"朱晓找了根树杈，掀起了张桂丽完好身躯部分的衣服。

张雪丽年纪大了，皮肤本来就很皱，如今尸体又被冻得发白坚硬，尸体特征不是非常明显。

"如果齐大夫在，一定能推断出准确的死亡时间。"范雨希插话。

孔末端详着尸体，揣测道："有时候，不通过尸体特征也能推测出大致的死亡时间。昨天晚上，张桂丽就死了。"

孔末根据雪坑的深度，结合从昨夜延绵到现在的雪的大小程度，目测出了覆盖在张桂丽尸体上的雪的厚度，从而推断出了张雪丽的死亡时间。

"昨天晚上，张雪丽就倒在了雪地里，即使当时没有死亡，她这年龄也撑不了太久。"孔末解释。

"是被冻死的吗？"朱晓问。

孔末摇头："不确定。可靠肉眼观察到的尸体特征不明显，需要进一步进行解剖鉴定，才能确定死因。"

朱晓心烦意乱："早知道就带上齐大夫了。"

让尸体留在荒郊野外很可能又被野兽啃食。于是，朱晓和孔末商量过后，顾不上破坏现场和尸体的痕迹，决定先将尸体和不完整的器官带回村里。孔末先跑回村子，找到了几个干净的麻袋，将张桂丽的躯体和器官装进麻袋，背回了村子。

屋里太暖，他们将麻袋放在了屋外，以免尸体腐烂。

余严冬的面色铁青，虽然他是刑事律师，也见过一些尸体照片，但从来没有见过如此血腥的一幕，一时之间头晕眼花。

封传宗终于醒来了，哭得撕心裂肺。

朱晓听着聒噪的哭声，更加头痛："封伟强那老头儿怎么这么安静，把他叫出来吧。"

孔末点点头，去房间敲门，可过了好久，也不见封伟强开门，情急之下，破门而入。

"糟了！"孔末大喊。

朱晓立即起身走进屋子，只见封伟强坐在墙角，耷拉着脑袋，左手下垂，血流满地，右手半握着一把生锈的匕首。

封传宗见封伟强也死了，再度崩溃。

"自杀？"朱晓蹲在封伟强的尸体旁，仔细观察。

封伟强的身下全是血泊，左手的手腕上有一道很深的割痕。封伟强被拽出"寄死洞"后，就回了家。他的尸体不受大雪和低温干扰，朱晓和孔末根据尸僵程度和尸斑特征，推断出了他的死亡时间大致在两个小时前。

"封伟强的右手明显比左手粗壮，说明他不是左撇子，用右手割左手手腕符合现场疑似自杀的情况。"朱晓分析，"以封伟强自己为参照物，手腕上的刀伤左端浅，右端深，也符合一般割腕自杀的特征。"

右手持刀割腕的自杀者一般是从左往右割腕，呈现的刀口特征一般为左端浅，右端深。一般人在自杀时，即使意志再坚决，也多多少少会产生怯意，所以在入刀时，往往不会割得很深，随着习惯疼痛和坚定死亡的意志，刀子会越割越深，呈现出入刀浅、出刀深的一般性特征。

"他是坐着割腕的，割腕时，左手放在腹前，所以，裆部的裤子和腹部的衣服染了血，也符合一般人的行为习惯。"孔末继续说，"屋内没有打斗的迹象，封伟强的身体也没有挣扎的痕迹，几乎可以断定为自杀。"

封传宗正歇斯底里地哭着，突然想到了什么，立即冲向大顺睡觉的屋子。几秒钟后，那间屋子又传来了一声尖叫。

朱晓和孔末立即去查探，只见封传宗躺在地上，又一次昏厥。

大顺躺在床上，盖着被子，闭着眼睛，仿佛正沉睡在梦乡里，只是，他的胸口却再也看不见一丝起伏了。

两天之内，同一户人家竟然死了三个人！

第 17 章
中毒

　　朱晓颤抖着轻轻掀开了盖在大顺身上的被子，查探过呼吸和脉搏后，确认大顺已经死亡，根据尸温判断，大顺的死亡时间大约也在两个小时之前。

　　屋子里飘浮着一股难闻的味道，门被打开后，这股气味被灌进来的冷风迅速吹散。朱晓轻轻褪去大顺身上的衣服，发现了一片鲜红色的尸斑，孔末立即看向屋子中央放置的暖炉。

　　"是一氧化碳中毒。"孔末走到暖炉旁，看向暖炉里马上就要熄灭的煤炭，伸手探了探，暖炉的温度所剩无几了。

　　一般而言，尸体在死亡后产生的尸斑呈暗紫红色，只有在特殊情况下，才会呈现不同的颜色特征。由于一氧化碳能够阻止氧和血红蛋白在人体中结合，合成了碳氧血红蛋白，因此，一氧化碳中毒者的尸斑一般呈鲜红色。

　　构成煤炭有机质的元素主要有碳、氢、氧、氮和硫等，在不充分燃烧时，将会产生一氧化碳气体，人体大量吸入一氧化碳气体后，血液中会产生碳氧血红蛋白，进而使血红蛋白不能与氧气结合，导致人体窒息死亡。

　　一氧化碳没有味道，屋子里飘浮的刺激性气味是煤炭中的硫与氧气经燃烧后，产生的硫氧化物。

大顺身体抱恙，虚弱无力，大部分时间躺在床上，暖炉出现异常后，他很可能正在睡觉，在无声无息中便死去了。

"把他拍醒。"朱晓指着封传宗说。

范雨希将封传宗叫醒了。

封传宗又号啕大哭了一阵，在朱晓的呵斥下，慢慢恢复了理智。今天一早，他刚给暖炉加过煤炭，确认煤炭烧起来后，才离开了屋子，同时，他还在窗户上留了一道小缝。

由于大顺的身体不好，年纪又小，封传宗每天都会仔细确认，以免发生意外。两天前的晚上，大顺趁着封传宗出门给两位老人送吃的，把窗户上的小缝关上了，封传宗回来后，还教训了大顺一顿。

朱晓走到窗户旁，发现门窗是紧闭的。

今天一天，封传宗都跟着大家一起找张桂丽的下落，连午饭和晚饭都没顾得上亲自喂大顺，只留了两个馒头在炕上，吩咐大顺自己吃。谁都没想到，大顺竟然死在了自己的家里。

"我觉得事情不简单。"孔末说。

朱晓点了点头："短短两天，一家四口死了三口，真是太蹊跷了。"

雪山上烧了几十年的煤炭和暖炉，从不见有人出事，就连小孩子都能熟练掌握烧煤炭的技能，朱晓不相信封传宗会犯这种低级的错误。而且，以封传宗对大顺的关心程度，不可能会忘记给窗户留道缝。

朱晓又想起小卖铺里被割断的电话线，推测这三个人的死极有可能是人为，凶手切断电话线是想阻止大家报警。

"丫头，你带余律去小卖铺打听一下，看能不能问出是谁切断了电话线。"朱晓分配了任务，"孔末，你跟我再一起好好研究一下这三具尸体。"

翌日清晨，赵彦辉穿着警服，刚要走进南港支队，便发现了在支队外鬼鬼祟祟的阿二。

赵彦辉对着阿二招了招手，把他叫到跟前："你是范雨希身边的小伙儿吧？"

阿二低着头："我叫阿二。"

"说吧，这两天总跟着我干什么？"赵彦辉厉声问。

阿二的心"咯噔"了一下，做贼心虚，结结巴巴地说："您发现了？"

赵彦辉严厉道："怎么说，我也是个警察，就你这点伎俩能瞒过我？"

阿二的眼珠子贼溜溜一转，立即说："我已经两三天联系不上希姐了，心里担心，所以想向您打听打听。"

赵彦辉盯着阿二看了片刻，挥挥手："她去雪山了，山里没信号，你回去吧。"

"荒郊野外的，也不知道会不会出事。"阿二呢喃着，转身想走。

"等等。"赵彦辉叫住阿二，掏出手机给朱晓打了电话，没人接，于是又给孔末打了电话，还是没人接，终于也担忧了起来，"照理说，山里没信号，也该有电话，两天了，也该向我汇报了。"

阿二听了赵彦辉的话，更着急了："您说该怎么办？"

赵彦辉又给玉山的派出所打了电话，让他们想办法给雪山上的座机打电话，几分钟后，派出所回信了："赵队，山上的电话打不通。"

赵彦辉彻底急了："你们立刻上山，看看他们安不安全。"

"赵队，我们这儿封山了，雪下得很大，车子根本上不去。"

"爬也要给我爬上去！立即确认范雨希是不是发生了意外！"赵彦辉大动肝火，过了好一会儿才察觉自己失态了，又压住焦急说，"从救援队里组织一批有登山经验的人上去确认一下。我会和你们领导通话，你们先准备着。"

赵彦辉说完，拿着电话大步走进了南港支队。

阿二望着赵彦辉的背影，自言自语："他刚刚说的是'确认范雨希是不是发生了意外'？朱晓才是他的手下，他不是更应该关心朱晓吗？"

赵彦辉进了办公室后，忐忑不安，不久后，接到了宣尚烨打来的电话。

赵彦辉看了看时间："这会儿，你们那边是晚上了吧？"

"赵队，我们联系不上朱队，有些事情只能向你汇报。"宣尚烨将近日来的调查结果一一告诉赵彦辉，"辛芗一家原本只是富人的下人，我们查过了，他们在这边没有能力出众的亲朋好友。"

"你是觉得奇怪，怎么会有人愿意费时费力地帮助辛芗？"赵彦辉反问。

律师科拉原本没有把精力放在辛芗的身上，但在还清了债务后，开始专心替辛芗辩护，据此可以推断有人给科拉支付了巨额的好处费。在M国，可以使用一个律师专打一起案子，但费用不菲，因此，暗中帮助辛芗的那个人财力雄厚。

"那个人很可能就是牙子。"宣尚烨说，"辛芗被无罪释放后，回了南港，没过多久，就替牙子杀死了陈雅。辛芗替牙子办事应该是为了报恩。"

"这么说，牙子也在南港？"赵彦辉问，"把筛查范围缩小到去过M国的南港富人倒是可以试一试。"

陈雅是澳区人，死前来到南港，而辛芗回国也到了南港，"暗光案"更是发生在南港，因此，牙子极有可能也在南港。

"我觉得不一定。"宣尚烨出于警察的直觉说道，"辛芗作为'撒旦'，表面上已经是暗光的创立人，牙子在辛芗的背后操控她，从未露面，更是利用辛芗脱身，这么聪明的一个人不太可能长住南港。"

"按照朱晓那小子的推测，牙子是把余严春当成了阿谷，所以才在南港成立暗光，与之作对。牙子小时候是在澳区失踪的。"赵彦辉结合种种线索，"所以，他也有可能在澳区。"

"恐怕南港和澳区都得查。"宣尚烨担忧道，"我们在这儿接连遇袭，不知道是不是牙子派人干的。"

赵彦辉深吸了一口气："不应该啊，你们此行是南港支队的最高机密，除了省厅总队高层和市局高层，支队内只有我和朱晓知情，算上范雨希和孔末，知道的人不超过五个。朱晓的保密工作做得很好，就连跟在他们身边的余严冬都隐瞒了。"

玉山之上，扎营在村口的背包客们议论着村子里发生的案子。

"听说这一家整了个'寄死洞'，想要延长孙子的命，没想到孙子没活，还搭进去两个老人家的命。"

"一个被野兽咬死，一个自杀了。"

"也许是有人谋杀，你们没听说吗，村子里唯一的电话被人割断了线，明显有人不想让警方知道。"

艾凡换了件外套，从帐篷里钻了出来，他的好朋友叫住他："艾凡，你听说村子里的案子了吗？"

艾凡望向村子的方向，微微叹气，摇了摇头："的确是可怜的一家。"

"欸，你换了一件外套啊？"有人发现艾凡穿了一件新的羽绒衣，调侃道，"马上要接手艾氏集团的人果然不一样，我们包里装满了装备，你竟然还多塞了一件外套。"

艾凡不再多说什么，看着漫天大雪，陷入了深思。

封传宗家门外聚满了看热闹的村民。

屋内，封传宗像是丢了魂一样倚在墙角。

朱晓和孔末一夜没睡，反反复复地查看了三个人的尸体，又挨家挨户地寻找目击证人。封传宗出门找张桂丽时十分着急，又考虑到封伟强已经归家，村里也从来没有发生过入室盗窃事件，因此没有锁门。

雪太大了，门前的脚印刚留下，很快就被雪覆盖住了，所以无法通过足印判断是否有人进入过封传宗的家。

封伟强和大顺死时，天已经黑了，村民们帮着找了一天的人，回家后要么在做饭吃饭，要么早早地歇息了，没人在外面瞎逛，因此没有注意到是否有人潜入封伟强的家中。

范雨希和余严冬问过小卖铺的老板，昨天余严冬打过电话后，的确还有人靠近过电话，但是最后没有打，又过了不久，朱晓就带着人进入小卖铺，发现电话线被割断了。

电话在店铺的角落里，老板在店前看摊，来买东西的登山客又多，老板根本没有仔细看那个人长什么模样，只能确定对方是穿着登山服的背包客。

众人坐在屋里，气氛压抑。

朱晓突然站了起来："老子就不信了，什么也发现不了！"

朱晓说着，又来到封伟强的尸体旁。经过一个晚上，尸体已经逐渐变了模样，他又一次反反复复地观察，还是什么也没发现，正要放弃时，突然瞄到了封伟强领口上的一抹暗红色。

那抹暗红色像是没被清洗干净的血迹，有点模糊。

"朱晓，你过来看看！"大顺的屋子里传来范雨希的喊声。

朱晓起身来到范雨希身边，从她手中接过两簇雪白的羽毛："这是鹅绒？"

范雨希点点头："刚刚我又在屋子里摸索了一会儿，是在暖炉旁的地上发现的。"

朱晓低头仔仔细细地检查了身上穿的羽绒服，又让其他人检查，都没有发现破损。

封伟强一家穿的都是棉服，所以地上的两簇鹅绒不可能来源于他们。

"都没破。"朱晓凝神道，"那可能是凶手的！"

朱晓还原了案发时的场景：穿着羽绒服的人轻轻推开了封传宗家的门，走进大顺的房间，扫了一眼正在熟睡的大顺后，悄悄地鼓捣起暖炉里的煤炭，身上厚重的羽绒服贴上了暖炉，被烧了一个小洞，两簇鹅绒从洞里飘到了地上。

"煤炭没有完全燃烧，果然不是意外，而是人为！"朱晓惊喜道，"只要找到羽绒服破了洞的人，就能找到凶手！"

孔末却摇头："没那么简单。如果凶手已经把破了洞的羽绒服丢弃，我们便不好找。我还是下山一趟吧，三具尸体都要通过尸检，这样才能得到更多的线索。"

"你想拉着三具尸体下山？"余严冬担忧道，"一个人下山都很危险艰难，带三具尸体怎么下山？"

朱晓想了想，说："这样吧，大顺死于一氧化碳中毒，已经很明显了；

表面上看，封传宗的确是自杀，死时门又从内反锁，他杀的可能性很小；唯一死因不明的是张桂丽，你带着她的尸体下山吧。"

"我去找登山客借点装备，看能不能给你省点力。"余严冬立即找到了村口的登山客借装备。

大家全都凑了上来："人死都死了，拉尸体下去有什么用？"

"有用的。"余严冬解释，"有尸体，就可以做DNA鉴定，还能判断死因。你们有没有小型的拉车？"

艾凡也在人群里，看了一眼天空，主动说："我这儿有，给你们送去。"

几分钟后，艾凡和一群背包客进了封传宗的家。

"外面雪大，等到了中午，天气暖和点再出发吧。不然，路途遥远，就算是有经验的登山客也很难撑下去。"艾凡提议。

大家纷纷应和，朱晓为了孔末的安全，便同意了。登山客们十分热情，你一言我一语地给孔末支招，谁都没有注意到艾凡悄悄来到灶台旁，把事先碾碎的迷药全撒进了水里。

过了中午，孔末装了一罐水，拉着张桂丽的尸体出了村口。

几分钟后，艾凡也借故离开了。

艾凡悄悄地跟着孔末，两个小时后，孔末打开水壶喝了一口水。

孔末拖着张桂丽的尸体，越走脑袋越沉，当察觉到异常时，已经来不及了，只见他缓缓地倒在了地上。

艾凡立即上前将张桂丽的尸体带走，找了一个偏僻的地方，烧得只剩骨头，随后又挖了一个土坑，将尸骨埋了。

艾凡回到村口时，已经是傍晚了。

"艾凡，你去哪儿了？"

艾凡敷衍道："到处转转。"

登山客们被滞留在山上，耐不住闲，四处转悠的人的确不少。

艾凡一直等到晚上，趁着村子里没人，又悄悄地来到了封传宗的家。中午，他不仅在水里下药了，还在锅里也下药了，目的是让朱晓等人吃完晚饭后，陷入昏睡。

果不其然，艾凡发现大家都睡得十分香。他悄悄地将封伟强的尸体带走，处理过后，再一次回到封传宗的家，又将封伟强留在地上的血迹用拖把拖得干干净净。

迷迷糊糊中，朱晓感觉有人闯了进来，但是身体使不上力气，转眼间又沉沉地睡了过去。

玉山镇上的派出所组织了一支救援队，傍晚时分出发，到了天黑，距离村子还有两个小时的路程。

救援队在路上发现了快被大雪覆盖的孔末，立即给他喂了水。

孔末迷迷糊糊地醒来："你们留一个人送我下山，其余人进村。"

"尸体都被偷走了，还下山干什么？"

孔末努力地保持着清醒："我还有东西要送去鉴定中心。"

于是，两个人扶着孔末下山，其余人进了村子。

救援队发现了昏迷的众人，想办法将大家弄醒后，朱晓暗道不好："牙子也进村了！"

范雨希惊讶道："尸体是他弄走的？"

朱晓点了点头："唯一有可能确定牙子身份的只有封伟强和张桂丽。这两个人都死了，已经很奇怪了，如今两个人的尸体又不见了，我更加确定是牙子干的了。"

封伟强和张桂丽的尸体一旦进入鉴定中心，将会留有DNA信息，将来，等警方找到疑似牙子的人，只需要进行亲子鉴定，便可以最终确定牙子的身份。

"那怎么办！"余严冬着急道。

"不要紧。我早有准备。"朱晓自信一笑，旋即将封传宗拍醒，"哭了一天了，够了吧，现在好好地给我讲讲牙子小时候的事。"

虽然封传宗是封伟强从人贩子手里买来的孩子，但这么多年来，封伟强以为两个亲生儿子都死了，便把他当成亲生儿子对待，从他的名字就能看出来，封伟强指着他传宗接代。

现在封伟强和张桂丽都死了，唯一知道牙子小时候遭遇的便只有封传宗。

"封伟强把你当成亲儿子，不可能没向你说过牙子小时候的事吧？别扯谎，这关系你爹娘的死。"朱晓严肃道。

封传宗想了想，说："爹的两个亲生孩子，一个死了，一个失踪了，的确不是人贩子干的。当时，牙子的奶奶也被送进了'寄死洞'。"

第 18 章
悲剧

三十多年前，玉山上一如既往地飘着雪。

"爹，奶奶在哪里？"牙子问封伟强。

封伟强正值壮年，挨着暖炉烘手，听牙子这么问，给牙子的哥哥阿莱使了一个眼色，阿莱立即替牙子盖好被子："弟，奶奶过些天就回来了。"

封伟强和阿莱陪着躺在炕上的牙子聊了一会儿，见牙子的呼吸声逐渐均匀，这才套上外衣，出了屋子。封伟强对着正在灶台旁忙活的张桂丽催促道："还没做好吗，怎么这么慢？"

张桂丽擦了擦被火烤得红通通的脸颊，回答："好了，好了。我这不寻思着是最后一顿饭了，给多做点菜。"

封伟强从锅里端出热腾腾的饭菜，将其揣在怀里后，带着阿莱出门了。张桂丽匆匆地套上棉衣，追了上去。他们离开没多久后，装睡的牙子从炕上跳了下来，悄悄地跟在他们身后。

村子背坡的雪地里，封伟强将被风吹冷的饭菜从砖墙的小口子递了进去："娘，最后一顿饭了，您多吃点。"

"寄死洞"里的老人接过饭菜后，狼吞虎咽。她也不知道在"寄死洞"里待了多少天，每一天，她都没能吃饱，没能睡暖，身体被冻得生疼。

"娘，您别怪咱。"张桂丽和起了水泥。

牙子蹲在不远处，借着阿莱攥着的手电筒看清了，那正是已经走了很久的奶奶。许久不见，奶奶已经瘦得皮包骨头，凹陷的脸颊在光束下显得可怖。

封伟强叹了一口气，从地上捡起一块砖。就差一块砖，"寄死洞"的洞口就将被完全封上了。

牙子吼叫着朝他们跑来。

封伟强看清朝他们奔来的牙子，吩咐阿莱："把你弟弟拽住。"

阿莱立刻将牙子紧紧抱住。封伟强不再迟疑，让张桂丽在砖墙的口子上抹了水泥。

牙子拼命挣扎着，眼看封伟强就要添砖了，他用力地咬了阿莱的手。阿莱惨叫一声，被牙子推开。可是，牙子拼尽全力冲到封伟强身边时，"寄死洞"已经被完全堵上了。

牙子坐在雪地上痛哭，这时，张桂丽突然尖叫。

阿莱正躺在雪坡下一块尖石旁，身下全是血。

牙子愣愣地望着一动不动的阿莱，刚刚是他不小心将阿莱推下了山坡。

封伟强和张桂丽连滚带爬地下了雪坡，抱着阿莱的尸体哀号，牙子一步一步地后退，最终逃进了苍茫的夜色里。

"作孽！"朱晓听封传宗讲述从封伟强口中听来的陈年往事，怒不可遏，"相信什么不好，信这个？"

牙子的遭遇终于浮出水面：他与奶奶的关系最为亲密，为了救下奶奶，不小心推搡了哥哥，导致哥哥死亡，因害怕而远走他乡，之后遇到了阿谷，两个人开始了长期的流浪生活。

"牙子真的回到玉山了吗？"余严冬不敢相信，"难道封伟强和张桂丽都是他杀的？"

"封伟强和张桂丽是不是被谋杀的还需要等孔末的消息。"朱晓透过窗子，忧心地望向村口的方向，"如果牙子真的回来了，应该是混在那一群登山客里了。"

"张桂丽的尸体不是被偷走了吗？孔末还有办法？"余严冬不解地道。

朱晓还没回答，范雨希便又问："牙子对封伟强和张桂丽杀了奶奶而怀恨在心，又为了阻止警方留有父母的血样以便将来用于亲子鉴定而杀人偷尸，这可以说得通，那他为什么要对大顺动手？"

这一家一共死了三个人，但被偷走的尸体只有封伟强和张桂丽的。这说明对凶手来说，大顺的尸体不构成任何威胁。这进一步印证凶手是已经回村的牙子的可能性。并且，牙子做这一切都是为了完美脱身，因此，朱晓断定牙子不会买凶杀人，留下新的证据，而是亲自回村动手，毕竟谁也不知道牙子是谁。

余严冬满腔义愤："大顺是无辜的啊！"

"或许他是为了终结'寄死洞'的悲剧。"朱晓推测道。

牙子亲眼看见最亲爱的奶奶被封在"寄死洞"里，封伟强对"寄死洞"和"活子孙寿"深信不疑，这种迷信甚至可以追溯到封伟强的祖祖辈辈。如今，封传宗深受封伟强影响，也信了这种毫无依据的说法，不难想象，这种迷信极有可能通过大顺继续传递下去。如今，想再通过人贩子购买养子难如登天，封传宗也很难通过合法收养获得养子，只有大顺死了，这种悲剧才能真正地被切断。

"接下来怎么办？"范雨希问。

朱晓想了想，回答："张桂丽的尸体被偷了，孔末应该猜出一二了，他下山之后，一定会让警方封锁雪山的各个出口，大雪封山，警方把守出口，牙子逃不出去。"

余严冬记得，牙子的身上有一块十分明显的烫伤。但是，热衷登山的背包客身上有各种伤痕再正常不过，即使朱晓让每一个滞留村子的登山客脱光了衣服逐一进行排查，最终确定了谁是牙子，光靠余严冬关于烫伤的记忆，根本不足以实施逮捕。

辛芗必然不会指认牙子，因此，想要逮捕牙子，除了筛查出谁是牙子，还需要找到牙子在雪山上行凶的证据。

"唯一的证物只有他穿着的被烧破了洞的羽绒服。"朱晓分析道。

"如果我是他，早就把羽绒服烧了或丢了。"范雨希提醒道。

朱晓沉思了片刻："羽绒服被暖炉烧破了洞绝对是他意料之外的事。无论他有没有将那件羽绒服烧毁或丢弃，他一定不会再穿。登山客都是成群结队上门，所以我们只要询问一下，看谁没有外套或者换了新外套，就能锁定他的身份。"

登山客们为了减轻负重，通常不会带两件厚重的外套，即使有，也是少数。朱晓决定等天一亮，就出去盘问登山客，先锁定牙子的身份，再找证据实施抓捕。

大洋彼岸，宣尚烨和包一倩来到了保姆希尔拉工作的大厦楼下。

包一倩紧张兮兮地朝四处张望："不会又有人追杀咱吧？"

宣尚烨也东张西望，确认没有危险后，拉着包一倩进了大厦："先找人再说。"

这是一栋办公大厦，保洁部门位于大厦的顶层。两人进了电梯，看着楼层慢慢升高，心里都有些忐忑不安。算起来，他们已经被袭击三次了，第一次是从报社出来，第二次是从律师科拉家离开，第三次是去寻人机构之后。尽管不知道袭击他们的女人是谁，但可以肯定的是，那个女人一直在阻止他们接近真相。

终于，电梯门开了。

宣尚烨和包一倩迅速朝着保洁部门的办公室走去，打听过后，发现希尔拉果然在这里当保洁，这个时间，她应该正在清扫楼道。于是，他们又朝着楼道走去，刚跨过紧急通道的门，便有一个戴着鸭舌帽的金发女人拽着另一个低着头、看上去有四十多岁的女人从紧急通道里走出来，与他们擦身而过。

宣尚烨和包一倩原本没有将这事放在心上，但下了两层楼梯，看到随意放在地上的水桶和拖把后，立即朝着那两人追去。他们来到电梯间时，电梯门正在关闭，透过逐渐关上的电梯门，他们看到戴着鸭舌帽的金发女人正是那天枪击他们的那个人，而被她拽在身边的正是不再年轻的希尔拉。

宣尚烨没能阻止电梯下行，立刻按了另一个电梯的按钮。那个电梯从一层缓慢地往上升，还时不时停驻在某层。包一情急得像热锅上的蚂蚁："希尔拉这是被她挟持走了？"

"一定要追回来！"宣尚烨握紧拳头。

终于，电梯升到了顶层，电梯门缓缓打开，宣尚烨刚要进电梯，便被包一情拉住了。电梯里挤满了人，站的全是壮汉，他们立即认了出来，这些人正是接连两次追杀他们的那群人。

宣尚烨和包一情一步步往后退，随后马上冲进了紧急通道。

包一情一边跑，一边抱怨："大哥，这大厦有三十多层，咱们跑下去不得累死？大厦里人多，谅他们也不敢胡来！"

"姐，咱们得追上希尔拉啊！"宣尚烨三步并作两步，速度很快。

那群大汉在他们身后紧追不舍，一直追到了一层。

宣尚烨和包一情跑出大厦后，女人早就带着希尔拉不知去了哪里。

"怎么办？"包一情问。

宣尚烨摸了摸兜里的东西，回头望了一眼朝他们追来的大汉，咬牙说："赌一把，你先回酒店，如果明儿一早我还没有联系你，你就报警。"

"我也不是那么不讲义气的人，要行动就一起！"包一情决然道。

宣尚烨招了一辆车，将包一情推了上去："咱们不能全军覆没。"

车子迅速开走了，宣尚烨深吸一口气，对着身后的大汉挑衅地勾了勾手指，而后拔腿便跑。

宣尚烨顺着人行道快速地跑，一直从傍晚跑到了天黑，终于来到了没有人的街区。他弯着腰，靠着墙，大口地喘着粗气，再也跑不动了。

追他的壮汉们个个汗流浃背，见宣尚烨不跑了，停下脚步，原地歇息了片刻后，朝着宣尚烨聚拢了上来。

宣尚烨的手插在兜里，等到大汉们来到跟前时，突然掏出了一把枪，指着对方领头人的脑袋："带我去见那个女人。"

玉山上，天终于亮了。

孔末在两个人的护送下，成功下了山。他没顾得上休息，在派出所民警的陪同下，开车去了城里的司法鉴定中心后，才终于疲乏地倒头大睡。

与此同时，玉山之上，朱晓等人起了个大早，唯有经受了重大打击的封传宗还在昏睡着。

"我帮不上什么忙，就待在家里照看封传宗吧。"余严冬忧心忡忡地望了一眼封传宗的屋子，"父母和孩子都死了，我担心他想不开。"

朱晓同意后，带着范雨希出门了。现在，雪没有那么大了，村子里鸡鸣犬吠，村民们纷纷起床，冷清的乡间小道逐渐热闹起来，其中还混杂着些许到小卖铺购买食物的登山客。

朱晓和范雨希都没有注意到，在封传宗家门外徘徊许久的艾凡与他们擦肩而过。倒是余严冬注意到了，远远地喊："哥们儿，你有事吗？"

艾凡朝着余严冬走去，若无其事地问："请问能不能借口热水喝？"

余严冬上下打量艾凡，点了点头："进来吧。"

朱晓和范雨希来到村口后，分头打听。朱晓的方法简单粗暴，直接对着登山客们亮出证件，以警察的身份盘问，范雨希则是观察着每个人的表情变化，优先挑可疑的人询问。

朱晓一一盘问了一个多小时，终于来到了艾凡的帐篷外。

"谁换了衣服？"艾凡的朋友狐疑道，"问这个干什么？"

"老实回答。"朱晓晃了晃手中的证件，"听你们的口音，不是本地人吧？"

"我们来自澳区。"

不远处的范雨希听到了动静，也凑了上来。

"艾凡倒是换了件外套。"那人回答。

"他人呢？"朱晓紧张道。

"去村子里买食物了。"那人看了看手表，"去了一个小时了，也该回来了。"

朱晓说："他的行李和装备在哪儿，我要搜！"

那人拒绝了："没经过他的同意，你们怎么可以搜？"

朱晓一把揪住对方的衣领："都说了我是警察，少废话，我在查案！"

"查案？村子里的命案？"那人愣住了，"怎么可能是艾凡干的，他是澳区艾氏集团的继承人，怎么可能杀村子里的人。"

"少废话！"朱晓咆哮道。

大家被吓得不轻，终于给朱晓指了艾凡的行李包。范雨希立即将行李包打开，在里面发现了一小瓶所剩无几的不知名药丸和一把防身用的匕首。

瓶子上的标签被撕掉了，朱晓接过药瓶，放在鼻子前嗅了嗅："我猜这是把咱迷晕的迷药。"

范雨希重点观察了那柄匕首，刀锋和刀把都很干净，没有发现血迹。

"你们不是说他换了外套吗，旧外套呢？"朱晓问。

那人翻了翻艾凡的行李包，纳闷儿道："奇怪，不在行李包里，那会在哪里？"

"丫头，进村找人！"朱晓将匕首和药瓶收好，从艾凡朋友手里拿到艾凡的照片后，与范雨希重新回到村里，四处找人。

十几分钟后，他们没找到人，便回到了封传宗家，掏出照片问余严冬："余律，见过这个人吗？"

余严冬大惊："这个人是牙子吗？他刚刚来这儿讨了热水喝。"

朱晓被吓出了一身冷汗，立即前去确认封传宗的安全，见封传宗毫发无损后，才放下心来："他和你谈了什么吗？"

"问了我一些封传宗家命案的事。"余严冬着急了，"我不知道他是牙子，以为是热心的普通登山客，早知道就抓住他了！"

"他朝什么方向走了？"

"西面！"余严冬指了一个方向。

朱晓和范雨希立即跑了出来，逮住距离封传宗最近的街坊，询问过后，确认艾凡从封传宗家出来后，朝着村子西面去了。这个方向直指朱晓等人当初上山时走的小道。

朱晓和范雨希一路寻找，摸索了两个小时，也没发现艾凡的身影。

"要不要发动村民一起找？"范雨希问。

朱晓的眉头紧蹙："牙子是一个很危险的人，我担心牵连到无辜的村民。"

"但是雪山这么大，靠我们两个人想将其抓住无异于大海捞针。"范雨希顺着雪坡往下望，"他是不是顺着捷径下山了？"

"山下有派出所的民警和孔末在，艾凡这个时候下山，一定会引起怀疑，跑不了。"朱晓呼出一口白气，"他什么都没带，我就不信他为了活命，会不主动回村。"

朱晓与范雨希又朝着回村的方向艰难地走了两个小时，来到了村口，向艾凡的朋友打听情况。

艾氏集团是澳区的一个家族式企业，艾凡的父亲艾可生病重，艾凡即将接任。

"艾凡是艾可生的亲生儿子吗？"朱晓问。

"当然是亲生儿子了，艾氏集团是家族企业，怎么可能把集团交给外人？"艾凡的朋友回答。

另一个人则犹疑道："不过有风言风语，说艾凡不是亲生的，只是艾可生的另一个孩子不学无术，所以艾可生才想把集团交给艾凡。听说，董事会强烈反对。"

这个人也是一个公子哥，所以经常能听到一些内部消息。据说，艾氏集团董事会里的一部分董事认为艾凡的来历不明，不支持他接手艾氏集团，这么多年来，他们一直在寻找艾凡的身世，试图加以抹黑，阻止艾可生的决定。

第 19 章
推手

孔末昏昏沉沉地睡了许久，傍晚时分，终于清醒了。

"司法鉴定中心的结果出来了吗？"孔末问陪同的民警。

民警摇头道："哥们儿，这儿的设备和人才都不比京市和南港，没那么快。司法鉴定中心已经在加急处理了，明儿一早应该就能出结果。"

孔末下榻的旅店在城里，紧挨着司法鉴定中心，他看了看表，放心不下，决定先回玉山镇派出所。

车上，孔末问民警："有人从玉山上下来吗？"

"我没有收到消息。"民警让孔末放心，"我们按照你的意思，特地从城里借来了警力，将所有能下人的地方都堵住了，除非你们要抓的人会飞，否则绝对逃不走。"

"那就好。"孔末略微松了一口气，掏出手机给山上的小卖铺打了一个电话，没打通，"电话还没修好？"

孔末下山之后的第一件事便是让派出所再派两个人山上修电话，以便能和朱晓与范雨希保持联络。

"哥们儿，哪有那么快啊。"民警无奈道，"我们这儿条件艰苦，一到了大雪封山的季节，车子上不去，就算我们能借到直升机，这天气状况，也飞不上去，只能靠步行。修电话的人白天就出发了，天黑之前应该能到。"

车子开了一个小时后，马上就要进入小镇了。这时，孔末的手机响了，归属地显示澳区。

"是孔末吗？"手机听筒里传来浓重的澳区口音，"我是陈淼。"

"是我。"孔末回答。

陈淼长舒了一口气："朱晓怎么老不接电话，我有重要的事要告诉他，还好当时向他要了你的电话号码。"

孔末回想起来，陈淼在与朱晓道别时，声称会通过海外的警察朋友调查给姚娜汇款的海外账户户主，立即问道："查到户主了吗？"

"查到了。"陈淼说，"户主是一个名叫艾凡的澳区人。他在海外开设了一个账户，先给一个已经死了三年的澳区人汇了两百万人民币，然后又用那个死了三年的人的账户给姚娜打了款。"

"这个艾凡是什么来路？"孔末问。

"艾氏集团的继承人。我查了，他已经离开澳区，据查，他的目的地是云省。"

孔末的神经立刻紧绷，向陈淼询问了更多关于艾凡的信息。

"对了，我们靠你们给的证据，对曹夏宁实施了抓捕，但是他抢先一步离开澳区了。澳区已经对他发出了通缉令。"

"我知道了。"孔末挂断电话的时候，目的地到了，他下了车，刚要跟随民警进派出所，就瞥见了远处鬼鬼祟祟张望的两个人。

孔末和民警的目光一投过去，那两人拔腿便跑。

孔末心里生疑："追！"

那两人跑得很快，眨眼便蹿进了民房后面的草丛。孔末拨开比人还要高的杂草，远远地大喝："站住！"

那两个人闻声之后，非但没有停下来，反而溜得更快了，像无头苍蝇一样到处乱窜。

孔末加快步伐，终于追上了他们。

两个人眼看跑不掉了，掏出身上的小刀，凶相毕露。孔末摩拳擦掌，迎面还击。

虽然这两人的身手不敌孔末，但也不错，绝不是普通的地痞流氓。

民警姗姗来迟时，孔末已经将这两个人制服了。

孔末和民警将两人铐上，并带回了派出所。

民警根据两个人的身份证信息调查，发现他们是大陆人，没有犯罪前科，疑惑了："你们也不是什么通缉犯，为什么看见我们就跑？说吧，犯什么事了？"

两个人遮遮掩掩，不肯说。

孔末回想起陈淼透露的消息，试探性地问："你们是艾凡的人吧？"

这一问，两个人都肩头一颤。

"说吧，你们替艾凡办什么事？"孔末推测艾凡便是牙子，以艾凡利用辛芎脱身的手段来看，必然不会直接培养知晓他秘密的手下，而是由辛芎代为出面，"你们应该也是辛芎的人，对吧？"

这两个人听到辛芎的名字，更是吓得面色铁青。

"果然还有漏网之鱼。我劝你们尽快说了，争取减刑。"孔末并不着急，等待时机，击垮这两个人的心理防线。

宣尚烨被那群大汉带到了一间仓库里，等了好几个小时，也没等到那个女人，终于不耐烦地晃了晃手里的枪："天都快亮了，还不打算让她来见我吗？"

终于，仓库的大门被推开了，一个金发女人手里握着一支枪，不急不缓地走了进来。

女人看上去不过三十五岁，一进门，便举枪对着宣尚烨："谁派你来的？"

宣尚烨丈二和尚摸不着头脑，气得发笑："你先是枪击我们，又连续三次雇了一群人来杀我们，我还没问你有什么目的，现在你反而这样问我？"

"你说不说都得死！"女人毫不犹豫地给枪上了膛。

宣尚烨手里的枪也对着女人："不瞒你说，我是个警察，让我们来比一比谁开枪快。"

女人微微一愣:"你是警察?"

"我看着不像吗?"宣尚烨反问,"天亮之后,如果我没有回去,我的同伴就会报警,那时候,你们一个也跑不掉。"

女人没有把枪放下:"怎么证明你的身份?"

宣尚烨一手举枪,一手从怀里掏出证件丢给了女人:"还好我把证件带在身上了。"

女人认真确认了证件,才把枪放下:"你们为什么要查凯多特的案子?"

"辛芗在我们国家犯了重罪,我以私人的身份来调查她在M国的经历,寻找她的犯罪动机。"宣尚烨见女人的敌意有所减弱,老实回答。

女人的眼眶乍然泛红,泪水模糊了绿色的瞳孔:"她被抓了吗?"

"已经被抓了,死刑无疑。"宣尚烨根据女人的反应,推测出了一二,"你和辛芗有仇?"

"我是凯多特的小女儿,我叫桑切斯。"

"啊?"宣尚烨无比震惊,见女人不像是撒谎,怒得把枪砸得稀碎,忍不住爆了粗口,"那你他妈的追杀我们干吗?害我弄了把假枪跟你们拼命!"

夜幕将白茫茫的雪山笼罩住。

朱晓和范雨希等了一天,也没见艾凡回来。孔末派上山修电话的人终于进了村,将电话修好了。

朱晓立即给孔末拨了一个电话:"有人下山吗?"

"艾凡没有下山。"孔末回答。

朱晓挠着脑袋:"你是怎么知道艾凡的?我问过艾凡的朋友,艾凡的身上的确有一块很明显的烫伤,可以确定,艾凡便是咱们要找的牙子。"

孔末将陈淼的答复复述给朱晓,又将刚抓到的两个人的供词说了一遍:"一年半前,辛芗调给艾凡一拨人,帮助艾凡在全国范围内寻找牙子的故乡。"

这一拨人一直跟随着辛芗,并不知道辛芗的背后还有牙子这么一个幕后推手。他们以为艾凡与辛芗之间有交易，之所以替艾凡办事，完全出于辛芗的命令和丰厚的酬金。

半年前，辛芗落网，这拨人惶惶不可终日，但始终没见警方发布对他们的通缉令，便断定警方没有发现他们，于是继续替艾凡办事，准备拿到尾款之后，立即出逃国外。

被抓到的两个人称，他们一共有八个人，其中两个人奉了艾凡的命令，在镇上盯着派出所的动静，其余六个人去盯着艾氏集团董事会派出来的人。镇上的派出所套出消息后，已经部署了行动，正在对其余六人实施抓捕。但是，这一行八人都不知道艾凡寻找这座雪山的目的。

"艾凡给他们的订金是两百万人民币，由辛芗直接给他们现金。他们拿了钱之后，四处奔波，只为找到牙子出生的雪山。"孔末说，"半个月前，他们终于找到了玉山。"

"两百万？"朱晓纳闷儿道。

"不错。"孔末分析道，"艾氏集团的董事会不同意艾凡接任，一直想找出艾凡的出身背景，从而借机抹黑。基本上可以确定偷尸的是艾凡无疑，他的目的除了脱身，还有接手艾氏集团。"

朱晓推测，辛芗主动落网是艾凡的脱身之策，但他也没想到，朱晓竟然会揪着辛芗建立暗光的动机不放，查到了天使孤儿院，恰好辛芗给他派的那批人找到了他的故乡，于是主动来到玉山，试图杀死两个可以在法律意义上确定他身份的人，实现最终的完美脱身，并成功接手艾氏集团。

"让山下的派出所多调点人，一定不能让他跑了。"朱晓叮嘱道，"鉴定结果出来了吗？"

"明儿一早能出。"

包一倩在酒店里来回踱步，眼看马上就要天亮了，宣尚烨还没回来，急躁万分，就在马上要报警的时候，门铃响了。

包一倩透过猫眼看到平安归来的宣尚烨后，惊喜地开了门："宣尚烨同志，您真要急死我了！"

宣尚烨还没来得及解释，包一倩就看到了站在他身边的桑切斯和希尔拉。包一倩吓得魂都丢了，立即逃进了房间。

宣尚烨笑着带桑切斯和希尔拉进门，耐着性子给包一倩解释。

桑切斯正是凯多特的小女儿，十七年前，"庄园灭门案"发生时，正在外地上学的她躲过了一劫。十四年前，辛芎被判无罪，法院采信了凯多特强奸辛芎、残忍枪杀辛芎父母的说法，她为了躲避辛芎的报复和舆论的谴责，改名改姓，成了如今的桑切斯。

"她的仇人是辛芎，那她杀我们干啥？"包一倩没有打消疑虑。

宣尚烨继续解释："桑切斯不相信父亲凯多特会干出那种事，一直想方设法替父亲翻案。她有一个朋友在报社里上班，那天发现咱们潜入报社偷辛芎案的报道，就给桑切斯通风报信了。"

桑切斯与辛芎仇深似海，十四年来，一直担心辛芎不放过她。她误以为宣尚烨和包一倩是辛芎的人，想通过旧报纸找到她的下落，从而谋害她，这才主动出击。

"这些年，我一直尝试说服希尔拉，让她替父亲正名。我发现你们也在找希尔拉，以为辛芎想要杀人灭口，所以才带走了她。"桑切斯说。

希尔拉也点头："桑切斯带我走的时候，我是自愿的，她告诉我，有人要害我。"

宣尚烨做了翻译后，包一倩的顾虑终于打消了，拍着胸脯："合着是大水冲了龙王庙呗？"

"不错，咱们的敌人都是辛芎。"宣尚烨严肃道，"不过，科拉律师是你杀的吧？"

桑切斯坦诚地回答："是我杀的。都是因为他，我的父亲才含冤而死。等我替父亲洗刷冤情，我就会去自首。"

"除了辛芎，他是唯一一个知道幕后推手身份的人，却被你杀了。"宣尚烨惋惜地摇了摇头，"希尔拉，你愿意说出当年的实情吗？"

这些年，桑切斯总是三天两头地找希尔拉，但是希尔拉总是闭门不见。

希尔拉叹了一口气："桑切斯，不是我不愿意替凯多特正名，而是我翻供时说的话都是真的。"

桑切斯不敢相信自己的耳朵："父亲不可能干出那样的事！辛芗已经被抓了，你不用怕她报复！"

"正是因为知道辛芗被抓了，我才敢堂堂正正站在你的面前。在十七年前的那起案子中，辛芗的确没有过错。"

桑切斯崩溃了，她没有想到，为了替父亲翻案，她努力了十几年，却换来了这样一个结果。

包一倩看着可怜的桑切斯，给她递去纸巾："你觉得希尔拉说的是真的吗？"

"希尔拉已经没有必要撒谎了。"宣尚烨思考了片刻，"辛芗杀了凯多特一家后并没有逃走，而是等着警方抓她，说明当时她已经没有活下去的欲望了。"

辛芗欠幕后推手的恩情并非救命之恩，而是替辛芗还了辛芗父母一个公道，替她证明了她的父母没干过凯多特口中谋财害命的罪行。

希尔拉告诉桑切斯，那场官司的前两年，她认为辛芗的胜算不大，怕得罪桑切斯，因此才一直撒谎。第三年，她见原本一无是处的科拉律师逐渐在法庭上占据了优势，这才翻供。

科拉找过希尔拉，恳请希尔拉说实话，一开始，希尔拉没答应，但是他言之凿凿地告诉希尔拉，他的背后有高人相助，官司只赢不输，终于，希尔拉妥协了。

"高人相助？"宣尚烨沉思着，手机突然响了，是国内的一个座机电话，"喂？哪位？"

"我是朱晓。"

"朱队！您终于联系我了！"宣尚烨大喜。

包一倩在一旁嚷嚷着："老朱，你太不够意思了，你知道我们差点儿死在这儿吗？"

宣尚烨抢话道："我有重要消息汇报！"

玉山上，朱晓挂断了电话，又与赵彦辉通了一个电话。

朱晓回到封传宗家时，已经接近天黑了。

封传宗醒着，还没完全从父母和孩子接连死亡的事实中缓过劲来。

"找到牙子了吗？"余严冬焦急地问。

朱晓摇了摇头，问："封传宗，你家的墓地建在哪儿？"

封传宗呆若木鸡，一言不发。

"你听着，要想抓到凶手，你就一定要配合。"朱晓把封传宗拽了起来，"牙子和他的奶奶最亲密，此次回来，很有可能去墓地里祭拜，如果我们运气好，可以将他抓个正着。"

封传宗终于有了反应，起身带路。

"余律，劳烦您搀着他。"朱晓说。

范雨希攥着手电筒和朱晓并排走在后面，给封传宗和余严冬照明。

墓地在村子后面，山路难走，雪天路滑，余严冬和封传宗的步伐很快，路上数次滑倒，足足走了十几分钟，才终于抵达。

封传宗看见自家的墓地，痛苦地哀号着："爹，娘，我对不起你们，没有保护好你们的尸体，连把你们葬进墓地的机会都没有。"

余严冬站在封传宗的身后，不禁叹了一口气，眼眶发红："这一家太可怜了。"

范雨希劝慰余严冬："余律，世界上处处有悲惨的人，同情不过来的。"

朱晓拿着手电筒四处查探，没有发现异常："看来咱们运气不好。牙子这个狼心狗肺的东西，不按常理出牌，不来祭拜一下奶奶吗？"

朱晓一阵抱怨后，又搀着封传宗回了家。

隔天，朱晓起了个大早，又出去寻找艾凡的下落，仍然没有找着人。不久后，小卖铺来了消息，孔末来电话了。

第 2 0 章
样本

南港城里人山人海，赵彦辉一大早就来到了出入境管理局。

"替我调一份十四年前到十七年前之间的出入境档案。"赵彦辉将档案交给了工作人员，同时又拨了一个电话，"陈淼警官，你好，是朱晓让我跟你联系的。"

"有什么可以帮助您？"

"麻烦您调一下艾凡十四年前到十七年前的出入境记录。"赵彦辉客气道。

赵彦辉打完电话后，从工作人员手里接过打印出来的资料后，扫了一眼，匆匆往外走，刚要上车，又看见了远处跨在摩托车上的阿二，招了招手将阿二叫到跟前："你怎么又跟着我？"

"希姐找着了吗？"阿二低着头问。

"找着了，应该很快就会回来，你再等等。"赵彦辉说罢，将阿二打发走。

阿二没走多久，又听见赵彦辉喊他，急忙问："您还有什么吩咐？"

"范雨希是不是让你查我？"赵彦辉严肃地问。

阿二结结巴巴地摆手回答："那哪能……希姐查您干什么？"

"你不适合说谎，回去吧。"

阿二如释重负，灰溜溜地跑了。

赵彦辉叹了一口气："这丫头，果然什么都瞒不过她。看来得找个机会好好和她谈谈。"

玉山上，朱晓将村民都叫到了封传宗家门外的院子里。

"今儿把大家叫来是要还封传宗家三条人命一个公道。我是个警察，今儿就把案子给破了，近期，山下的派出所会上山进行后续的取证，希望大家配合。"朱晓的目光扫过一众村民的身上，"大家应该都听说了，张桂丽和封伟强的尸体都被偷了，偷走他们尸体的人是畏罪潜逃的艾凡。"

围上来凑热闹的还有一众登山客。尽管艾凡的朋友不愿意相信，可艾凡至今未归，实在令他们不能不信。

"艾凡是艾氏集团的继承人，来自澳区，但最早是从这个山头走出去的，他便是封伟强的亲生儿子，牙子。"朱晓大声说道，"当年，他无意间杀死了哥哥阿莱，害怕得逃走，经辗转后到了澳区，被艾可生收养。如今，他又回来了。"

村民们听了，一片哗然。

"我们在艾凡的行李包里发现了一瓶不知名的药，昨晚我喂了村里的野狗，好家伙，野狗睡了一整宿。"朱晓将那瓶药掏出来给众人展示，"这可以证明迷晕我们和盗尸的的确是艾凡。"

"我的爹和娘都是他杀的吗？"封传宗撕心裂肺地咆哮，"那可是他的亲生爹娘，他怎么下得去手！"

"咱有一说一，你爹和你娘不是他杀的。"朱晓示意范雨希将情绪激动的封传宗拉到一边去，"封伟强死时，屋内的门窗紧闭，根据现场线索，排除密室杀人这种高智商的犯罪类型，并且通过手腕上的刀口深度、方向以及血迹位置，可以断定他为自杀。"

封伟强已死，朱晓只能根据封伟强的性格和生前的行为推测一二。

封伟强直至死前，仍然相信"活子孙寿"，一开始不愿意走出"寄死洞"，是朱晓等人强行拽着他回家的。他的年事已高，心甘情愿拿自己的寿命换大顺的命，眼看计划被朱晓等人破坏，于是选择了自我结束生命，以免影响孙子的寿命。

同时，封伟强见朱晓亮明了警察的身份，又从朱晓口中得知牙子没有死，心中有喜有忧，喜的是亲生孩子还活着，忧的是他以为朱晓是来追究牙子杀了阿莱的罪过的。而他和张桂丽是唯一的目击证人，只有他们死了，牙子才不必担心他们透露当年的真相而主动认罪。

虽然封传宗也从封伟强的口中得知了当年的真相，但多年来一直保守秘密，因此，封伟强对他十分放心。

"封伟强也不知道自己活的究竟是大顺的寿命，还是牙子的寿命，但在他看来，无论是帮助大顺长命，还是帮助牙子长寿，都是赚了。"朱晓说道。

"爹和娘都是目击证人，难道爹就不担心娘会向警察透露当年的真相吗？"封传宗哭着问。

"不担心，你爹很确定，他死了之后，这件事就可以尘封了。因为你爹早就知道你娘已经死了。"

朱晓的话犹如一道惊雷，在封伟强心中炸开："你的意思是……娘是爹杀的？"

"你爹笃信'寄死洞'的说法，甚至甘愿自杀，你觉得你爹发现你娘从'寄死洞'逃走后，会是什么反应？"朱晓反问。

当天，朱晓等人悄悄跟着封传宗来到"寄死洞"前时，封伟强已经知道张桂丽逃走了，但他表现得十分平静，并没有向封传宗透露半分。哪怕真如封伟强所说，他以为张桂丽逃回了家，以他的性格，非得回家把张桂丽重新揪到"寄死洞"不可。

"封伟强发现张桂丽离开'寄死洞'后，知道张桂丽不肯心甘情愿地死去，于是悄悄跟着她，索性一不做，二不休，杀了张桂丽，以免她影响大顺的寿命。"朱晓推测道。

"不可能！"封传宗咆哮道，"这是你猜的！"

"兄弟，接受现实吧，不是我猜的。"朱晓叹了一口气。

孔末拖着张桂丽的尸体下山之前，朱晓在封传宗的领口上发现了像是被清洗过的模糊血迹。封传宗是割腕自杀，血迹到不了领口，即使抬手时触碰到了领口，呈现的血迹也不可能是模糊的。因此，朱晓确定封传宗领口上的血迹是别人的。

于是，朱晓将封传宗领口上带血迹的一块割了下来，又将封传宗裤子上带血迹的地方也割了一块下来交给孔末。

根据封传宗自杀时的坐姿可以判断，裤子上的血迹肯定是他自己的。

同时，朱晓担心路途艰难，张桂丽的尸体有丢失的可能，又从张桂丽的身上裁下了一块染血的棉布。

这便是朱晓在得知尸体丢失之后，仍然不慌不忙的原因。算下来，朱晓一共准备了三个血迹样本。

根据司法鉴定中心的血迹配对，封传宗领口上没被清洗干净的血迹属于张桂丽。

"那是封传宗在杀害张桂丽时，溅到领口的血。作案后，封传宗用雪地里的血处理了领口，只是没有处理干净。"朱晓说道。

封传宗又一次受到了巨大的打击，昏厥了过去。

"艾凡有机会杀死他的父母，或许是血浓于水吧，最终他也下不了手，只是出于无奈，偷走了这两个人的尸体。"朱晓继续说，"最后是大顺的死，凶手是艾凡，根据他朋友的证词，他换了外套，因为他在作案时，外套被暖炉烧破了一个洞，钻出了几簇鹅绒。如今，他下落不明，确实有畏罪潜逃之意。"

"能抓到人吗？"怒意难平的村民吼道。

"山下被派出所封了，他逃不出去。只要他不想冻死或饿死在荒郊野外，就必须回来。"朱晓向众人交代，"大家也不用担心，虽然封伟强和张桂丽死了，但是司法鉴定中心留有二人的血迹样本，只要找到艾凡，强制进行亲子鉴定，就能确定他是牙子。"

三天就这么过去了，雪山上依旧银装素裹。

艾凡没有回来，镇上的派出所联系了城里的支队，组织了许多批救援队进山搜人，但都一无所获。

山上滞留的背包客也纷纷被安排下山了。

朱晓进了镇上的派出所："怎么，还没找到人吗？"

民警回答道："能出动的人都出动了，警犬和生命探测仪都用上了，还是找不到他。"

"牙子不会真的死在了山上吧？"余严冬忧虑道，"虽然他罪大恶极，但毕竟和我相识一场，最后竟然落得这样的田地。"

"还有一种可能，他出了雪山。"孔末推测道。

尽管警方已经把各大出口封住了，但雪山茫茫，还有许多能走人的险峻路段没被把守，倘若艾凡铤而走险，尚有一丝可能可以出山。

"朱晓，我觉得他没有那么容易死。"范雨希凭直觉说。

朱晓点了点头，给赵彦辉打了电话："赵队，救援队没有找到艾凡，我觉得不能把所有希望都放在救援队身上，还是发布通缉令吧。"

赵彦辉举着电话："我会立刻安排。你们什么时候回南港？"

"明天吧。"

赵彦辉挂断电话后，在办公室里踱了两步，叫了两个人："跟我去一趟看守所，我要提审辛芍。"

半个小时后，赵彦辉在看守所里见到了辛芍。

"还是不肯说牙子是谁吗？"赵彦辉盯着辛芍的脸。

辛芍淡然一笑："我说了，可以免除死刑吗？"

"这件事得问法院，得问法律。这是你最后的机会，坦白从宽，抗拒从严。"赵彦辉严厉道。

辛芍一脸不屑，扭过头去。

赵彦辉沉声笑道："给你的最后一次机会，你没有抓住，可惜啊！其实，你说不说已经无所谓了，你派给艾凡的那些人已经被我们抓住了。"

辛芗的脸色突地阴沉："你们……查到了他？"

"有一句陈腔滥调的话叫'天网恢恢，疏而不漏'。"赵彦辉让人给辛芗倒了一杯水，"幕后推手打得一手如意算盘，让你替他顶罪，他从此逍遥快活。"

辛芗的额头青筋暴起，两只眼睛恶狠狠地瞪着赵彦辉。

"你知道，我为什么要给你最后一次机会吗？"赵彦辉问。

辛芗没有回答。

"因为我觉得你可怜。十七年前，你被人强奸，父母为了保护你而被杀，你正当防卫，结果险些入狱。"赵彦辉哀叹道，"你太可怜了。为你父母正名的人是在利用你，值得你用尽一切去报答吗？"

辛芗一怔："你们派人去M国了？"

"朱晓很执拗，一定要摸清你的犯罪动机。"赵彦辉翻开了口供本，"辛芗，这真的是最后一次机会，说吧。"

辛芗落寞地笑出了声："我不会说的。"

赵彦辉无奈地摇了摇头，合上口供本，离开了审讯室。

深夜，齐佑光脱下法医袍，离开了法医实验室。南港支队里除了值夜班的警察，已经空空如也了。

"齐法医，又这么晚下班。"

齐佑光笑着往外走："是啊，这两天送来的尸体有些多。"

齐佑光住在警员宿舍楼，宿舍楼距离南港支队不到一公里。他还在想着铁磊遇害的案子。这都过去十多天了，他没能从尸体上发现新线索，尸体也一直被冷冻在法医实验室里。

齐佑光一边深思着，一边往宿舍楼走去。忽然之间，他听到了一阵细碎的脚步声，是从身后传来的。他察觉到了危险，立即大步朝前走，没敢回头。现在已经很晚了，街上空无一人，街灯将身后之人的影子拉长，投到了他的跟前。

那人的影子变形了，隐隐约约可以看到其手中正握着一把刀。

齐佑光大惊，迅速朝前跑去，没想到身后的人也跟着跑了起来。他一慌张，被一块石头绊了一跤。那人已经来到了他的身边，他刚想奋起反抗，就听到了一道熟悉的声音："齐大夫，您跑那么快干什么？"

齐佑光抬起头，竟然是孔笙。

孔笙蹲下身子，将齐佑光扶了起来，满脸疑惑："看您这动静，我还以为有危险，也跟着您跑，都没敢喊。"

齐佑光低头看向孔笙的手里，那是一支不亮的手电筒，在街灯的映照下，由于角度的原因而变形了，这才被投影成了一把尖刀。他尴尬一笑："我还以为是坏人。"

孔笙指着眼前的宿舍楼："您多虑了，这是警员的宿舍楼，谁那么想不开，敢在这儿犯事啊？"

"也对。"齐佑光挠了挠脑袋，"对了，听说孔末跟朱队出任务去了。你不是在京市吗，怎么来这儿了？"

"我是瞒着哥，悄悄来到南港的，本来想着找您和一倩姐帮点忙，后来被哥知道了。"孔笙吐了吐舌头，"赵队就把我安排进了警员宿舍，不让我去支队里抛头露面，所以就没找你们。"

"原来是这样。"齐佑光带着孔笙往宿舍楼里走，"这么晚了，你去哪儿了？"

"出去买点吃的。"孔笙指了指身后背着的包。

"'暗光案'还没结束，你别一个人到处乱跑。"齐佑光嘱咐道，"我工作忙，今儿包一倩刚回国，明儿就上班了，也忙，找个周末咱们聚聚。"

"好嘞！"孔笙开心道。

两人又聊了一会儿，才各自回宿舍。

宿舍楼不远处，悄悄跟着孔笙的阿二正躲在一条小巷子里，给范雨希拨了一个电话，心惊肉跳地说："希姐，我不知道我看没看错！"

"怎么了？好好说话。"

"我按照您的意思盯着孔笙。刚刚，我看到孔笙跟着齐大夫，手里还握着一把刀。"阿二的声音有些颤抖。

范雨希凝重道："看清楚了吗？齐大夫没事吧？"

"我不确定有没有看清。"阿二都快哭了，"我看到齐大夫跌倒了，孔笙去扶他的时候，把手里的刀收了起来，换成了手电筒。希姐，求您了，别让我跟着孔笙了。"

范雨希沉默了许久："明儿我就回去了。今晚你看到的事不要告诉任何人！"

隔天，朱晓和范雨希等人来到了云省的机场。

范雨希时不时地偷瞄孔末，若有所思。

"死女人，你是不是偷看我了？"孔末突然回过头。

范雨希犹豫了很久，不知道怎么跟孔末说，于是挤出了一个白眼："你确定你的治疗成功了吗？怎么还是这么自恋！"

余严冬笑着看两个人斗嘴，这时，朱晓突然停住脚步，接了一个电话。朱晓挂断电话后，余严冬问他："朱队，怎么了？艾凡有消息了？"

朱晓摆手："还是没找着，是艾凡的家属赶到云省了，派出所正在应付着。"

他们在机场里等了一个多小时，终于登机了。朱晓坐在座位上，惶惶不安。

余严冬坐在另一侧，问身边的范雨希："朱队这是怎么了，天也不热啊，怎么满头大汗的？"

范雨希瞥了朱晓一眼："紧张，大概是觉得'暗光案'终于要结束了吧。"

"是啊，只要艾凡一落网，这起案子就彻底结束了，弟弟也不算白死了。"余严冬唏嘘道。

范雨希和孔末对视一眼，默契地不再说话，齐齐闭上眼休息了。

飞机在空中飞行了两个多小时，伴随着一阵强烈的颠簸，终于落地了。朱晓拖着行李箱，带着大家往机场到达大厅外走。

范雨希和孔末走在最后，余严冬被夹在中间。

余严冬停下脚步，身后的两人也停了下来。他的手心微微出了汗，总觉得像是犯人一样被人看着。

"余律，走吧。"孔末沉声道。

余严冬点了点头，继续朝前走。

终于，他们出了通道，来到了到达大厅。

赵彦辉带着一批警察将到达大厅清场了，余严冬一眼望去，不远处，邓文佩焦虑不安地站着，甚至连卧床不起的余书墨也在护士的陪同下，躺在推床上，打着吊瓶，来到了这里。

余严冬停住了步伐，长舒了一口气，像是不甘，又像是卸下了重担："你们是怎么发现的？"

朱晓转过身："你不准备反抗吗？"

余严冬轻轻地摇头："反抗有用吗？"

"没用。你是学法律的，应该知道自己会有什么下场。"朱晓伸出一只手指向前方，"余律，请吧。哦不，应该叫你，牙子。"

第 21 章
名字

三十多年前，云省迎来了温暖的春天。

"我叫阿谷，你叫什么？"

"我叫牙子。"

牙子和阿谷都穿着又脏又破的衣服，在街头相遇了。从那一天起，他们相依为命，一起捡破烂，一起经历日晒雨淋，一起讨食。

阿谷的家人死在了一场巨大的泥石流灾害里，只有他一个人从废墟和泥泞中爬了出来。举目无亲的他一边哭，一边走，错过了被救援队发现的机会，成了一个流浪儿。

阿谷把自己的经历全部告诉了牙子，但牙子对自己的遭遇只字不提。

后来，牙子和阿谷误入一个人贩子团伙，被辗转送到了澳区。之后，他们拼了命地逃了出来，在这座车水马龙的城市里开始了新的流浪。

陈雅的出现改变了两人的命运。

那个夜晚，大雨滂沱，牙子和阿谷蜷缩在黑漆漆的货车厢里，又闷又热，透过车窗间隙的雨水不停地洒在他们的身上。其他孩子都睡着了，唯有他们还醒着。

阿谷发起了高烧，剧烈地咳嗽着。

"阿谷，那个阿姨说，孤儿院能查出咱们的身世，是真是假？"牙子感到忐忑不安，轻声地问。

"以前我听爹娘说过，城里的人很厉害，什么都能办到。"阿谷强忍着咳意。

牙子的身体瑟瑟发抖，低下头："那我不去孤儿院了。"

阿谷无力地问："牙子，你为什么从来不肯说你来自哪里？"

牙子看了一眼熟睡的其他孩子，像是下定了决心："我杀了人。"

牙子终于把他在雪山之上的经历全部告诉了阿谷。

黑夜里幽幽的"寄死洞"、洞里风烛残年的奶奶、血泊下死状凄惨的哥哥无不震撼着阿谷年幼的心灵。

"阿谷，我不想流浪了，可是，我听说杀了人就会被抓起来，会坐牢，会被枪毙，我不想坐牢，也不想死。"牙子抹着眼泪，倾诉得不到回应。

阿谷已经昏昏沉沉地睡了过去，额头上沁满汗珠。

牙子伸手摸了摸阿谷的额头，被烫得吓了一跳。他轻轻地摇晃阿谷的肩膀，阿谷没能醒来，身子时不时地颤抖，仿佛正在做着可怕的噩梦。

牙子惶恐不安地望着窗外的夜色，心里满是不甘。他以为终于能不再风餐露宿了，可是，他必须逃。

车子颠簸了一路，雨越下越大，伴随着一道惊雷，阿谷醒了。

"你醒了？"牙子担忧地问。

"我杀人了！"阿谷的呼吸声急促。

牙子疑惑道："你说什么？"

"我杀人了！"阿谷慌张道，脑海里闪现出了一张沧桑的脸庞和一具被尖石刺穿的尸体。

"你在说什么！"牙子不敢相信自己的耳朵，"你烧糊涂了？"

"我是谁？"阿谷的情绪激动，"你是谁！"

车子突然停在了雨夜里，他们听到了陈雅的抱怨声："车子坏了！"

车厢里的孩子们微微翻动身体，似乎马上就要醒了。

阿谷的脸红得发紫，呼吸滚烫如火，眼里噙着泪珠，全身战栗。牙子看着他，紧紧地揪着衣角："我……我是阿谷啊。"

"阿谷？"阿谷呢喃着，"我是谁？"

从那一刻起，牙子的眼神不再清澈："你是牙子。"

"我是牙子……"阿谷疯疯癫癫地捂着嘴，目光无处安放，"我杀了我的哥哥，我得逃走！"

机场大厅，南港支队的警察在赵彦辉的带领下，持枪将余严冬包围。

"所以，一场高烧烧不了阿谷的脑袋，导致他记忆错乱，把你告诉他的经历当成了自己的？"朱晓听余严冬坦白后，震惊无比。

病因不明的高烧对于成年人来说都是危险的，更何况是对于一个孩子。许多孩子因高烧入脑，导致精神残疾甚至死亡，或许，对于阿谷来说，记忆错乱只是轻的，又或许，阿谷宁可直接死在那场高烧里，免去往后三十多年的煎熬。

余严冬卸下了挂在心头多年的包袱，轻松地坐在了地上。

对于任何孩子来说，牙子的经历都是可怕的。当时尚且年幼的他也没有想到，自己对阿谷的那段倾诉竟然会铭刻阿谷心头长达三十多年。

事实上，众人以为的阿谷竟然是牙子，而失踪的牙子其实是蒙在鼓里的阿谷。

"你从小就是恶魔！"范雨希怒道，"你竟然为了自己能住进舒适的房子里，让你最好的朋友代替你去受苦！"

余严冬微抬起头："你流浪过吗，你快被饿死、冻死过吗？我是恶魔，但为了活下去，我只能成为一个恶魔！"

"难道你对阿谷没有心存一丝愧疚吗？"朱晓也盘腿坐到了余严冬的面前，赵彦辉担心他的安危，刚要派人将余严冬铐上，他便摆了摆手。

"曾经有过。"余严冬淡漠地笑道。

牙子看着阿谷的身影消失在雨夜里时，痛苦得心如刀割；他住进天使孤儿院里，衣食无忧的时候，愧疚得肝肠寸断；他被收养的时候，心酸得无地自容。

牙子知道，这一切原本应该属于阿谷。

"他去天使孤儿院找过我。"余严冬回忆，"我曾以为他拖着发着高烧的身体一定会死在那个雨夜，但是他活了下来。我在孤儿院门外见到畏畏缩缩的他时，又惊又喜又怕。"

牙子不希望阿谷死，但见阿谷还活着，心里却无比忐忑。他担心阿谷记起雪山上的回忆根本不属于自己，从而夺回他好不容易得来的舒适生活。但他多虑了，阿谷依旧什么也没想起来。阿谷历经千辛万苦，只为再见他一面。

牙子从孤儿院里偷了一些食物给阿谷。阿谷狼吞虎咽之余，仍不忘对他说出那句令他记忆犹新的感谢："阿谷，你对我真好！"

往后的一个月，每天，阿谷都会在孤儿院外等候牙子给他送吃的，他并不知道，牙子正在想办法驱赶他。直到有一天，他穿着一身干净的衣服，又来到孤儿院外，牙子告诉他："院长发现院里的食物少了一份。"

阿谷笑了笑，主动说："以后我不会来了，阿谷，我是来告诉你，我被人收养了。"

牙子一怔："牙子，是真的吗？"

"以后你也会被人收养的，我怕以后我们再也见不到了。"阿谷失落道，"阿谷，你记住，我的新名字叫艾凡。"

一年后，牙子被余书墨收养，与阿谷再也没有过联系。

"过去了三十多年，你还是不肯放过他。"朱晓叹息着问，"艾凡还活着吗？"

"死了。我亲手杀死的。"余严冬坦白道，"他的尸体被我埋在了雪山之上。"

这些年来，寻找那座雪山的不仅有误以为自己是牙子的艾凡，还有余严冬。艾凡不是牙子，所有关于雪山的记忆全部来自牙子的诉说，因此，只凭借一个名字找起雪山难如登天。余严冬不一样，他不仅知道牙子，还知道父母的名字，所以，早在许多年前，他就已经得知了雪山的位置。

艾凡和余严冬寻找雪山的目的也不相同。艾氏集团的董事会一直反对艾凡接手艾氏集团，一旦被董事会找到封伟强和张桂丽夫妇，基于牙子小时候的经历，他的人生将染上污点，无法顺利接手集团。而余严冬寻找雪山只是想给"暗光案"画上一个完美的句点。

余严冬利用辛芎创立暗光，从未在人前露面，目的是有朝一日，让辛芎作为替罪羔羊，助他完美脱身。在他的脱身之计里，辛芎不是唯一的赌注，艾凡也是计策的一环。

早在一年半之前，余严冬就让一批手下伪装成专门寻人的团队去接近艾凡。艾凡寻找雪山多年无果，在董事会的压力下，聘用了这批看似专业的、来自内地的人继续寻找雪山的位置。

"艾凡支付的订金是疑点之一。"朱晓说，"他支付了两百万人民币的订金，这笔钱由辛芎直接给了手下，用的是现金。而孤儿院的姚娜收到的匿名汇款，换算前正好也是两百万人民币。"

据辛芎派给艾凡的那群手下供述，他们收到的订金不仅与姚娜收到的匿名汇款数目相等，时间也大致相同。

"如果我猜得不错，辛芎以这个寻人团伙的行为不合法为由，要求在澳区交易，以躲避内地警方侦查。但她给的收款账户是姚娜的，不知情的艾凡以为支付了订金，实际上却成了'孤儿院案'的推手。"朱晓问。

"不错。"余严冬老实地回答。

艾凡十分谨慎，担心被董事会知悉，所以他不仅通过海外账户汇款，还想方设法搞到了一个已经死了三年的人的账户作为中间人。他千算万算，却没有想到这笔钱几经辗转，进入了姚娜囊中。

"十四年前，你指示辛芎杀了陈雅，又在一年前，设计姚娜，导致潘英彤重伤不醒，是因为这两个人知道了你的秘密？"范雨希冷漠地问。

"潘院长对我很好，她很善良。"余严冬人畜无害地说，"在我被收养前，她把我叫到办公室，问我那天晚上究竟发生了什么。"

小孩子的心思总是很难隐瞒成年人。潘英彤见牙子终日郁郁寡欢，猜测他有事瞒着大家。潘英彤让他想起了自己死在"寄死洞"里的奶奶，情绪崩溃之下，他将一切都坦白了。

潘英彤震惊无比，但眼看牙子即将被收养，不愿意毁了他的人生，哀怜地抚摸着他的头："你也是可怜的孩子，以后一定要善良地活着，我会替你保守这个秘密。记住，以后你就是阿谷。"

"但是，陈雅那个贱女人躲在门外听到了一切。"余严冬提起陈雅，眼神里闪烁着凶光，"十四年前，她给我打电话向我勒索。"

当时，余严冬已经成为一名小有名气的优秀律师，为了隐瞒秘密，对陈雅起了杀心。他要求陈雅带着天使孤儿院的档案，偷出潘英彤的日记本，到南港找他拿钱。

撕毁档案和日记本的是陈雅，她原以为可以借此凑足老母亲的手术费，却没想到被辛芗杀死了。

"潘英彤呢？她对你那么好，替你保守秘密，你竟然对其痛下杀手！"赵彦辉呵斥道。

"朱晓接手'暗光案'后，我就知道，这个局总有一天会被破开。为了守住这个秘密，潘院长必须死。"余严冬无奈一笑，"她没有死，只是再也醒不过来了，不能开口说话了，这算是我对她的报恩吧。"

"丧心病狂！"朱晓啐了一口。

从帮助艾凡寻找雪山的位置到利用姚娜谋害潘英彤，余严冬的脱身计划正式展开了。

朱晓等人查到天使孤儿院后，余严冬甚至利用曹夏宁帮助他们破案，同时透露出还存在一个幕后推手的信息。就在朱晓等人疑惑幕后推手牙子是谁的时候，余严冬主动以阿谷的身份出现在他们的面前，提供许多关于牙子的信息，在洗刷自身嫌疑的同时，还让艾凡进入了他们的视野。

"艾凡找了那么久的雪山，一直没有结果，但在我们去雪山之时，他恰好找到了。这是另一个疑点，我不相信会有这么巧的事。"朱晓盯着余严冬。

余严冬点了点头："我想办法让那群人看到了玉山警方当年发布的寻人

启事。"

余严冬原本的计划是让艾凡杀死封伟强和张桂丽夫妇，并销毁尸体，让朱晓等人误以为艾凡就是牙子后，再杀死艾凡。

但谁也没想到，艾凡上了山后，竟然下不了手，反而为了终结"寄死洞"的悲剧，杀死了大顺，反倒是偏执的封伟强杀死了张桂丽后自杀了。

余严冬担心警方留有封伟强和张桂丽的尸体日后做亲子鉴定，于是在孔末下山之前，以借装备之名，故意向艾凡透露保留尸体存在的风险，引诱艾凡毁尸灭迹。

余严冬没想到朱晓和孔末留了封伟强和张桂丽的血迹样本，于是又决定提前杀死艾凡。

当天一早，朱晓和范雨希要出村调查破洞的羽绒服，余严冬看见艾凡在街道上观察着封传宗的家，于是以照顾封传宗为由，没有同行。两人走后，余严冬将艾凡叫进了屋子，与他相认了。

艾凡见到小时候的挚友，心情激动，但是余严冬告诉他，朱晓和范雨希很快就能锁定他的身份，他必须尽快逃亡。

余严冬答应帮助艾凡逃走，于是让他先往村子的西面走，到没有人烟的地方，再通过后山，绕到村子的东面。朱晓和范雨希回到封传宗的家后，余严冬给他们指了西面，自己则跑到东面与艾凡会合。

艾凡完全信任余严冬，在全然没有防备下，被余严冬杀害。余严冬将尸体掩埋后，回到了村子。

警方找不到艾凡，自然无法替艾凡做亲子鉴定，只要余严冬不出纰漏，警方绝不可能无缘无故给余严冬做亲子鉴定，从而发现三十多年前的秘密。

"可是，我还是露出了马脚。"余严冬苦笑，"你们是怎么查到我的？"

"我秘密地派人了去M国。"朱晓说。

余严冬若有所思，旋即恍然大悟："原来如此。"

南港警方在M国没有侦查权，辛芗当初的官司已经过去十几年，想要调查清楚绝非易事。倘若不是朱晓死揪着辛芗的犯罪动机不放，没有人想到要千里迢迢地跨洋调查。

辛芎的辩护律师科拉收到一大笔好处费后，用了三年时间专心替辛芎辩护。据此可以推断，幕后推手财力不小，同时，科拉原本寂寂无闻，却替一桩原本没有胜算的官司扭转乾坤，凭此可以推测出有一个精通律法的团队或个人在帮助科拉。

"澳区和南港是我们重点排查的两个地方，财力不小，精通律法。"赵彦辉解释道，"我根据这两个特征，筛选出了一份名单，调查了这些人在十四年前到十七年前的出入境记录。"

余严冬的名字赫然在列，十四年前到十七年前，出入境记录显示，他被律师事务所调到了M国，处理国际业务。

艾凡是艾氏集团的继承人，身后有强大的法务团队，又是重点嫌疑人，于是，赵彦辉托陈淼他的出入境记录。结果显示，艾氏集团专注澳区和内地之间的生意，艾凡也从未去过M国。

"赵队通过电话告知我你的嫌疑后，我故意让封传宗带我们去墓地，目的是试探你。"朱晓说，"倘若你真的是幕后推手，那就证明你是一个极其擅长伪装的人，能瞒过范雨希这丫头的眼睛。"

"像你这种人，平时不显山不露水，只有在一些特殊情况下，才会露出马脚。"范雨希接过话，"牙子与奶奶的关系最为亲密，所以，我们把你带到了她的坟墓前。"

当时，余严冬搀着封传宗，步伐十分着急，甚至几度跌倒。封传宗因悲恸而虚弱无力，着急的并非封传宗，而是余严冬。

在坟墓前，余严冬忍不住红了眼眶，尽管他以可怜封传宗一家为借口而掩盖情绪，但还是被范雨希看出了眼底隐藏着的情绪：对奶奶的思念。

"那晚回去，我从枕头上找到了你掉落的头发。"范雨希说。

第 22 章

认可

　　范雨希拿到余严冬掉落在枕头上带有毛囊的头发后，悄悄交给了司法鉴定中心，与封伟强的血迹样本进行亲子鉴定。受血迹干涸程度和温度影响，DNA鉴定的难度很高，直到今天众人上飞机之前，朱晓才接到司法鉴定中心的结果通知。

　　"昨天，我给过辛芗最后一次机会，她仍然不肯将真相告诉我。"赵彦辉指着坐在地上的余严冬，"她已经够可怜了，你竟然利用她，为你杀人，为你建立暗光，为你顶罪！"

　　余严冬望向远处惴惴不安的邓文佩和躺在推床上的余书墨，落寞地问："他们都知道了？"

　　"知道了。"赵彦辉哀叹，"发现你的嫌疑后，我与二老接触过了。他们知道今天的抓捕行动，决定亲自前来。余先生的身体不好，年纪又大了，可能今天之后，再也没有机会去看守所看你。"

　　余严冬扶着行李箱站了起来，所有警察立即戒备，举枪瞄准他。他无力地摆了摆手："放心吧，我不抵抗，会坦白一切。既然父亲和母亲都来了，我就当着他们的面，给他们一个交代吧。"

朱晓同意了，铐着余严冬走向余书墨和邓文佩。

余严冬来到邓文佩的面前，轻声唤道："妈。"

邓文佩泪眼婆娑："孩子，你怎么这么傻？"

余严冬又看向躺在推床上输液的余书墨，惭愧地低下了头："爸。"

余书墨缓缓抬起了手，余严冬明白了他的意图，躬下身子，把脸凑了上去。

"逆子！"余书墨无力地给了余严冬一个耳光，气得胸口剧烈地起伏，"你对得起我们，对得起你的弟弟吗！"

余严冬的眼里含着泪："从小到大，我都清楚，我不是你们亲生的，我只有比弟弟更加努力，才能获得你们的认可。可是，你们从来都不肯认可我。"

余严冬感激余书墨，但也怨恨余书墨。

余书墨的思想保守，为了不让余严冬在外人面前抬不起头，谎称余严春才是收养来的孩子。为了报答余书墨，他比余严春更加勤奋刻苦，然而，长大后，他终于知道，自己无论如何也比不上余严春。

在外人看来，余书墨培养出来的孩子都十分优秀，一个是大名鼎鼎的律师，另一个是南港支队的副支队长。只有余严冬知道，余书墨对他的教育比对余严春不知道严厉了多少倍。

"他能出去玩，我不行，天天被关在书房里！"余严冬愤怒道，"他犯了错，您责骂几句；我犯了错，您对我大打出手！这一切我都认了，可我那么努力，为什么始终得不到您的认可！"

余严冬选择这个职业时，遭到了余书墨的强烈反对。

余严冬是个刑事律师，余书墨固执地认为余严冬在替坏人们辩护，为了钱，泯灭了良心。而余严春是个警察，他的职责便是抓坏人。在余书墨看来，兄弟二人走的是完全相反的路子。

古时候的讼师屡遭歧视和轻蔑，人们甚至称呼他们为"讼棍"，认为他们是为了钱财搬弄是非，倒黑为白，替恶人开脱的阴险小人。即使到了今日，这种顽固的偏见仍然普遍存在。

每逢刑事律师替犯罪嫌疑人在法庭上据理力争，极端的舆论时常将辩护律师吞没。在许多人眼中，穷凶极恶的犯罪嫌疑人就该死，不应该有任何人站出来替他们说话。

余书墨便是持有这种固执观念的典型。

"书香世家，正人君子，可为商为官，就是不能当律师。"余严冬自嘲一笑，"我努力了那么多年，好不容易成了一个律师，您却让我放弃。"

"逆子，你为什么不能跟你的弟弟学一学！"余书墨情绪激动之下，咳嗽不止。

"又是这句话！"余严冬的眼里布满了红血丝，"凭什么他做什么都是对的，我不偷不抢，做什么都是错！"

十七年前，余严冬与余书墨大吵一架，前往M国。

"那时我还天真地以为，一定是我不够优秀，才得不到您的认可。"余严冬声泪俱下，"于是，我更加拼了命地向您证明！"

余严冬遇上了辛芎的案子，由于不具备在当地出庭的资格，于是他在暗中不惜重本地帮助科拉，最终使科拉打赢了那场原本不可能获胜的官司。当他拿着科拉手写的感谢信回到家时，正值余严春升职之际，余书墨当场要求余严冬辞去刑事律师的职务，以免"余严春抓，余严冬救"。

余严冬回想起那一幕，面目狰狞地吼道："凭什么！您告诉我，凭什么！"

从那一刻起，余严冬产生了前所未有的嫉妒心和怨恨。

"余严春干什么，我都要破坏！我要让你们不再以他为傲！"余严冬咬紧牙根，"所以，我成立了暗光！"

朱晓等人默默地站在一旁，此时此刻，他们突然觉得余严冬有些可怜。

"他为南港建立了庞大的情报网，那我就摧毁这张情报网，杀死他的卧底和线人！我要让他身败名裂！"余严冬提起余严春，情感复杂，号啕大哭，"但是，我从来没有想过要杀死他！他是我的弟弟！"

十二年前，暗光成立之初，便定下规矩：只猎杀卧底和线人，不对明面上的警察和无辜的人动手。这是因为余严冬的目的仅仅是与余严春作对而已。然而，雪球总是越滚越大，"天叔"的加入使得局面逐渐不受余严冬的控制。

余严冬的财力不足以支撑暗光的运行，在掮客孟萧的介绍下，"天叔"凭借强大的财力，成了暗光的第二把手。"天叔"仿佛与余严春有仇，总是想着杀死余严春。辛苄奉余严冬的命令，不断阻挠和拖延"天叔"的行动，这彻底惹火了"天叔"。

九年前，"天叔"从辛苄手中夺权，辛苄险些被杀。余严冬对暗光失去了控制，只能让辛苄组织一批人，在调查"天叔"身份的同时，阻止"天叔"对余严春的暗杀计划。

从针对到保护，余严冬对余严春的情感无比矛盾。两年前，"天叔"还是将余严春杀死了。余严冬痛不欲生，誓要揭开"天叔"的面具，替余严春报仇。同年，朱晓来到了南港，组织了一大批线人和卧底彻查"暗光案"。

余严冬看到了找出"天叔"身份的希望，也开始思索让自己完美脱身的计划。

直到半年前，恭临城身死他乡，连落叶都无法归根，余严冬才算是替余严春报了仇。

"你真是罪该万死！"余书墨听余严冬坦白了一切，火上心头，"你过来，你这个逆子，我要打死你！"

"您知道吗，我多么希望拥有一个完整的家庭，多么渴望能得到您的认可！可是，无论我怎么努力，在您的心里，我还是比不上您的亲生儿子。"余严冬转过身，对朱晓说，"抓我走吧。"

"难道你看不出来吗？余先生爱你。"范雨希对着余严冬的背影喊道。

余严冬驻足，自嘲道："爱吗？这种东西，我没有感受到。"

"即使知道他的亲生儿子因你而死，但他眼里流露出来的对你的情感还是爱大于恨。"范雨希看穿了一切，走到余书墨的身边，掀开被子，从余书墨手里夺过攥着的匕首，"他之所以让你去他身边，是想让你挟持他，从而逃走。"

余严冬不可置信地回过头，霎时泪眼蒙眬。

"虽然余先生思想传统，对刑事律师带有偏见，但他从来没有不认可你这个儿子。我想，正是因为你并非亲生，余先生才会更感责任重大，对你严加管教。他可以接受自己的亲生儿子终生平庸，但决不允许你误入歧途。"范雨希扭头看向邓文佩，"邓女士，是这样吗？"

邓文佩呜咽道："孩子，刀子是你父亲让我准备的，我们今天来就是想帮你逃走的。"

余严冬的心头一暖，跪在余书墨和邓文佩的面前掩面痛哭。

余严冬被捕了，朱晓带着范雨希和孔末回到了南港支队。

孔笙、包一倩、齐佑光和宣尚烨在支队大门外等候已久。

"老朱，这一次我可是立了大功！"包一倩厚着脸皮，"你给赵队说说呗，让我升个正职。"

"你给宣尚烨惹了不少麻烦吧？净知道邀功！"朱晓的心情大好，"给你升个辅警小组组长倒是没问题，想正式成为警察，得考试去！走不了后门。"

包一倩满脸嫌弃："你也老大不小了，怎么这点权力都没有。"

孔笙拽住孔末的胳膊："哥，我好担心你。"

孔末捏着孔笙的脸："你偷偷跑到南港来，我还没找你算账呢！"

孔笙吐了吐舌头，向范雨希问好："雨希姐姐。"

范雨希强行挤出一个微笑，孔笙见状，略显慌张，扭过脸去。

孔笙因超忆症而具备强大的学习能力，在朱晓的安排下，进行了方方面面的学习和训练，微表情学同样有所涉猎。她从范雨希的眼神里看出了对自己的怀疑。

范雨希看破不说破，对大家说："先进去吧。"

众人往支队里走去，谁也没有察觉到远处正有一双眼睛盯着他们："我要弄死你们！"

"老朱，刚回来，你又要去哪儿？"包一倩见朱晓喝了口水，又往外走，急忙问道。

朱晓停住脚步："余严冬刚被抓了，马上就要送到看守所了，我趁着这工夫，赶紧先在支队里问一些问题。"

朱晓走后，包一倩失落道："余严冬落网了，老朱是不是马上就要回京市了？"

"天下没有不散的筵席。"宣尚烨劝道，"现在交通这么方便，又不是以后都见不到了，这么多愁善感干什么？"

"咱们出生入死了这么久，确实有些舍不得。"齐佑光也叹了一口气，"朱队应该比我们任何人都舍不得吧。"

"老朱这狼心狗肺的东西，齐大夫，您还真高估他了。"包一倩耸了耸肩。

"这群王八羔子！又背着我说坏话！"朱晓正躲在门外，悄悄地擦干眼角的泪花，落寞地自言自语，"如果吴点点没有背叛，周旱也没有死，那就好了。"

赵彦辉正在给余严冬录口供时，朱晓推门进来了。

"怎么样，赵队，都招了吗？"朱晓问。

"大部分是招了。"赵彦辉的语气凝重，"不过，他不承认杀害铁磊。"

朱晓坐到了余严冬的面前："余律，都到这个分儿上了，没必要撒谎了吧？"

"就像您所说的，我是个律师，我知道自己会有什么下场。"余严冬平静地说，"事到如今，我多认一桩命案或是少认一桩命案，结果都一样。"

赵彦辉和朱晓都沉默了。

"人不是我杀的，我和辛芗所有的手下都已经被你们抓了。"余严冬坦诚道。

"朱晓，你怎么看？"赵彦辉问。

"我相信他。"朱晓深吸了一口气，"他确实没有必要撒谎了。那杀铁磊的究竟是谁？"

"据我所知，恭临城的猎手排行榜上还有一个猎手没有被你们找到。"余严冬提醒道。

"关闻泽透露，恭临城一直无法轻易使用这个猎手。自始至终，这个神秘猎手都没有露过面，哪怕恭临城在T国遇到危险，其都没有现身搭救。现在，恭临城死了，你觉得对方出于什么样的意图，会继续猎杀线人和卧底？"朱晓摸着胡楂儿，实在找不到神秘猎手的犯罪动机。

余严冬被带走后，赵彦辉试探性地推测："有没有可能铁磊的死与'暗光案'根本没有直接的关系，只是恰好遇上了命案？"

"不排除这种可能。"朱晓怒而捶桌，"恭临城、辛芗和余严冬都栽了，反而是猎手榜上的这条小鱼跑了，真他妈不甘心！"

目前，关于神秘猎手身份的所有线索已经全部断了，除非神秘猎手自首，否则警方根本找不到这个人，甚至连对方是男是女都不知道。

"你打算什么时候回京市？"

朱晓回想起铁磊的尸体，心像被刀割了一样，这种感觉与看到周旱尸体时的心情如出一辙："余严春死后，铁磊就归我管了，是我的人，他死了，不管是谁杀的，报不了仇，我就不走了。"

朱晓回到办公室时，大家正在互相调侃着。

"怎么样？"范雨希立即起身，"铁磊是余严冬杀的吗？"

朱晓摇了摇头。

范雨希的心底无比希望余严冬能认下这桩罪行，这样就能替孔笙洗刷嫌疑。

孔笙的嫌疑太大了：铁磊死亡当天，孔末正在集训，孔笙一个人在家，倘若她乘坐不需要实名登记的黑车到达南港，作案后再回京市，孔末不会知道；齐佑光二度赴犯罪现场、差点儿遇袭的那天，孔末到南港找了范雨希，二人一同前往澳区，而孔笙也在同一天瞒着孔末到了南港；阿二看到孔笙手里握着刀，跟踪齐佑光；孔笙偷偷去祭拜恭临城。

"朱队，有没有可能铁磊的死和'暗光案'根本没有关系？"孔笙突然问。

范雨希眯着眼睛，观察着孔笙的一举一动。

"你倒是和赵彦辉想到一块儿去了。"朱晓握紧拳头，"不管凶手是谁，我都要把他揪出来。"

"这么说，你暂时不走了？"包一倩欣喜道。

朱晓点了点头，问宣尚烨："你什么时候回京市？"

"队里忙，明儿就走。"宣尚烨回答。

"孔末，你呢？"朱晓又问，"特招快要开始了吧，不参加集训，当心当不了警察！"

孔末一阵头痛："那玩意儿也叫集训？一点用处没有，只是浪费时间。"

"你这段时间的表现刚刚让我有一点满意，怎么又开始了？"朱晓厉声道，"我看你就是主人格的性子留得太多了！"

孔笙立即打圆场："朱队，您放心吧，哥一定能通过特招的。他就是想念雨希姐姐了，就让他多待两天吧。"

"行了，行了。"朱晓不耐烦地挥了挥手，"丫头，今晚在你院子里摆上一小桌，刚好宣尚烨马上要走了，以后各有各的忙，机会少，今晚大家好好聚聚。"

包一倩立即鼓掌："无论怎么说，咱们也抓到了余严冬，就当开个庆功宴。"

范雨希收起盯着孔笙的目光，答应了。

忽然，门被推开了，赵彦辉站在门外，犹豫了几秒后，唤道："范雨希，来我办公室一趟，我有话和你说。"

"赵队，有什么话不能当着大家的面说啊。"包一倩问。

"少废话。"赵彦辉训斥道，继而柔声地对范雨希说，"来一趟吧。"

赵彦辉走后，包一倩抱怨道："你也不是编制内的人，赵彦辉想干什么？你别搭理他。"

范雨希的内心微微起伏，朝着门外走去。

第 23 章
送别

　　赵彦辉在办公室里走来走去，每隔几秒就要看一下手表。他迫不及待地想要见到范雨希，又希望范雨希不要那么快来。终于，在他矛盾的情绪下，响起了敲门声，他清了清嗓子，激动地说："进来。"

　　范雨希低着头，缓缓地走了进来："赵队，您找我。"

　　赵彦辉手忙脚乱地招呼范雨希坐下："你喝茶吗？我给你沏。"

　　"不了。"范雨希不敢看赵彦辉的脸，只觉得胸口发闷，想要迅速离开这里，"您找我有什么事吗？"

　　赵彦辉见范雨希如此冷漠，心里一酸："你先坐下。"

　　范雨希绕过赵彦辉，找了个位置坐下，但仍然低着头，手指不停地抠着衣角。

　　赵彦辉深吸了一口气，仔细地打量范雨希，这是他第一次这样肆无忌惮地观察自己的女儿，范雨希的眉眼之间隐隐透着范巧菁年轻时的影子。

　　"你一个人过得好吗？"赵彦辉声音颤抖地问。

　　范雨希猛地站了起来："我很好。如果没什么事，我就先走了。"

赵彦辉心急地追上去，抓住范雨希的手："我知道，你已经猜到了。你就那么讨厌我吗？"

范雨希的视线模糊了，狠狠地将胳膊从赵彦辉的手掌里抽了出来："没错，我讨厌你！"

"我知道，是我对不起你和欣桐。"赵彦辉哽咽道。

"妈妈的名字是范巧菁，不是陈欣桐！"范雨希将赵彦辉推开，"她改名改姓的目的就是不想让你找到我们！"

"我错了，我不该抛下你们母女。可是，当时我有任务在身，而且，我根本不知道她怀了你。"赵彦辉急切地想乞求范雨希的原谅，"我的任务很危险，我不能让人知道她的存在，否则……"

"闭嘴！"范雨希不想再听下去，一想起范巧菁带着自己艰难度日的岁月，就心如刀绞，"既然没有能力照顾好她，为什么要和她在一起？"

赵彦辉哑口无言，狠狠地给了自己一巴掌。

范雨希擦干脸上的泪水："既然你当初选择走，就永远不要回来！就算要回来，你早点回来啊，你不知道妈妈一直在等你吗！"

范雨希终于明白，范巧菁总是盯着最心爱的蔷薇花发呆，原来是在思念抛下她的赵彦辉。

"直到死时，她还深爱着你！她从不允许我说连是谁都不知道的爸爸一句坏话，她一直在维护着你！可你呢，你是怎么对她的！"范雨希呜咽地喊道。

"这么多年来，我从来没有放弃过寻找她。"赵彦辉痛心疾首，"我不明白啊，她为什么不主动来找我。"

"找你？"范雨希冷笑，"她生我的时候大出血，为了保住我，她差点儿连命都没有了。她为了养活我，花光了所有的积蓄，甚至到舞厅抛头露面，你知道外人都是怎么说她的、怎么说我的吗？她是风尘女子，我是野种，我们无名无分，你让她怎么敢找你一个堂堂的支队长！"

"我不介意！"

"她介意！"范雨希嘶吼道，"我无数次地问过她，我的爸爸究竟是谁，但她连一个字都不肯说。今天我终于明白了，她在等你，却不敢找你，原来是怕影响你的前程。"

"雨希，是我对不起你。"

"请你以后不要再来打扰我！"范雨希毅然决然地摔门而去，在门口撞上了久候在门外的朱晓。

范雨希抹干眼泪："我回去准备，今晚带大家过来吧。"

朱晓点了点头，进了赵彦辉的办公室。

赵彦辉转过身，不想让朱晓看见自己满脸泪痕的模样："为什么要偷听？"

"我可没偷听，几里外的人都能听见你们的声音。要不是我把隔壁办公室的人都轰走，全支队都知道了。"朱晓赶紧摆手，"赵队啊，这丫头性子烈，您太心急了。"

赵彦辉长长地叹了一口气："行了，出去吧。"

"得嘞。"朱晓往外走，调侃了一句，"赵队，没想到您年轻的时候也是一个渣男啊。"

赵彦辉回过头来，眼神仿佛要将朱晓吞了，朱晓吓得赶紧关上了门。

天黑了，阿二替范雨希筹备了一桌丰盛的酒菜。

"希姐，您没事吧？"阿二问一直在发呆的范雨希。

范雨希回过神来，摇了摇头："没事，你去休息吧。"

阿二三步一回头，十分担心范雨希。

夜里七点整，朱晓带着大家进了恭家大院。包一情远远地闻到了菜香，连蹦带跳地坐到了桌边："快点儿，快点儿，饿死了。"

孔笙晃了晃孔末的胳膊："哥，雨希姐姐好像有点不开心。"

孔末扫了范雨希一眼，见她正在笑着，白了孔笙一眼："死女人这不是笑得挺开心吗？"

"哥，不是我说你，你真的是恋爱的木头。"孔笙无语道，"你忘了，我也会读心。"

孔末将信将疑地坐到范雨希身边，笨拙地给她夹了一筷子菜。

包一倩夹了许多肉大快朵颐，还开了几瓶酒，刚要给朱晓倒上，朱晓就推辞："一会儿还要回队里，有事。"

包一倩埋怨道："扫兴，来，齐大夫，咱们喝。"

没想到齐佑光也推辞了："一会儿我要跟朱队回队里。铁磊的尸体已经拉出来解冻了。"

"不喝就不喝，提什么尸体？"包一倩胃里作呕，"雨希妹妹，孔末，宣尚烨同志，孔笙，你们总能喝吧？"

"我陪你喝。"范雨希接过酒瓶，满满地倒了一杯，二话不说就下肚了。

"痛快！"包一倩浑然没有察觉到范雨希的异常，又给范雨希倒了一杯酒。

朱晓不停地给孔末使眼色："孔末，范雨希喝酒，你怎么不替她挡一挡？"

孔末疑惑道："她比我能喝，我替她挡什么？"

朱晓满脸无语，孔笙无奈地摇了摇头。

范雨希越喝越多，谁也拦不住，喝着喝着，突然开始大笑，笑着笑着又哭了。

包一倩蒙了："雨希妹妹，你这是怎么了？是不是赵彦辉那老东西训你了？"

范雨希听到赵彦辉的名字，哭得更厉害了。

包一倩立即把范雨希搂在怀里："赵彦辉就那样，最喜欢训人了。别委屈，明儿姐替你找补回来。"

"行了，包一倩，你闭嘴。"朱晓看不下去了，"孔末，把范雨希扶回去歇息。"

孔末刚要牵范雨希的手，范雨希就跟跟跄跄地站了起来，抹干眼泪："我没事，扫了大家的兴，大家继续喝。"

"不早了，早点儿结束吧。"朱晓站了起来，以茶代酒，"明儿宣尚烨就要走了，大家给他送送别。"

包一倩看了看手表："这才八点多，怎么就结束了？"

齐佑光看得明白，立刻举起酒杯："来，祝你一路顺风。"

"朱队说得不错，早点结束吧。"宣尚烨立即起身，"感谢大家为我送行。"

大家碰过杯后，朱晓强拽着包一倩往外走，出了恭家大院后，训斥道："你看不出来范雨希这丫头心情不好，老给她灌酒干吗？"

包一倩摸不着头脑："我看她挺开心的啊。"

"你这木头脑袋怎么和孔末一模一样？"朱晓不再说什么，拉着包一倩和齐佑光上车了。

宣尚烨是拖着行李来的，范雨希早就给他和孔笙准备了客房。

孔末抱着醉醺醺的范雨希回了房间，孔笙担心道："哥，今晚你就睡这屋吧，好好照顾雨希姐姐。"

孔末点了点头："你早点去歇息吧。"

孔笙退出范雨希的卧房后，往恭家大院外走去，恰好宣尚烨正在收拾餐桌："你去哪儿？"

"我的行李还在警员宿舍呢，这不，看时间还早，回去拿件换洗的衣服。"孔笙笑着说，"宣大哥，恭家大院里有人会收拾，您是客人，不用动这手。"

宣尚烨放下碗，擦了手："行，我送你一趟吧，大院附近全是胡同，你一个女生不安全。"

孔笙没有拒绝，跟着宣尚烨一起出了恭家大院。

朱晓和齐佑光回到了法医实验室。

"怎么样，还是没有新的发现吗？"朱晓心情低落地看着停尸台上的铁磊。

齐佑光指着挂在白版上的尸体照片："尸体上没有新的发现。我一直在研究这道伤痕是什么类型的武器留下的。"

那是铁磊后脑伤痕的照片。

"可以推测出来的是，武器十分细长，击打铁磊后脑时，武器上的一段侧面在后脑上留下了长和宽分别不超过五厘米和一厘米的淤青。根据伤痕形态，还可以推断出这种武器具备一定韧性。"齐佑光无奈道，"我对工具痕迹学不是很精通，至今没有找到对应的武器。"

"能根据推测出来的特征，尝试还原武器吗？"朱晓问。

齐佑光指向一个角落："那儿全都是。"

角落里堆满了武器模型，全是这些天齐佑光制作出来的。

"全是一堆细条，看上去不像是常规的武器。"齐佑光分析道，"还有一种可能，那东西本身不是武器。"

"你的意思是凶手随便找了一根细长的东西实施了击打？"朱晓反问。

"只不过凶手捡到的那根东西比较奇特而已，倘若换作木棍和钢筋之类的东西，也不会影响他的作案过程。"

朱晓想都没想就摇头："不可能，你不是说那玩意儿很长吗，凶手带着走，反而引人注目。"

除了不明武器，在作案的过程中，凶手还使用了瑞士军刀，凶手用完瑞士军刀后，随手将其丢进了宿舍的垃圾桶里。

"他连主要凶器都留下了，怎么会特意带走辅助作案的不明武器？"朱晓向齐佑光分析，"除非那柄武器具备明显的特异性，能够帮助警方锁定或者缩小犯罪嫌疑人。"

齐佑光扶了扶鼻梁上的眼镜："有道理。那我再联系一些专门研究工具痕迹学的专家，一起探讨探讨。"

朱晓看向铁磊的尸体，又叹了一口气。

"朱队，铁磊的尸体冻了有一阵子了，什么也查不出来，是不是该给家属送回去了？"齐佑光问，"家属三天两头地来催，想要入葬。"

"让他们带回去吧。"

宣尚烨和孔笙终于走出了错综复杂的胡同。

"宣大哥，您在这儿等我一下，我去对面药店给雨希姐姐买点醒酒药。"孔笙说。

宣尚烨往对面扫了一眼："一起去吧？"

"不用，我顺便买点女生用的东西。"孔笙吐了吐舌头，朝着对面马路跑去。

宣尚烨站在胡同外等候，几分钟后，忽然间听见了一阵细碎的脚步声，他下意识地回过头，拿手挡在面前。

来人戴着口罩和鸭舌帽，把自己包裹得严严实实，分不清男女。

对方手持一件长条形的武器，由于胡同里太黑了，宣尚烨看不清那件武器的模样，只觉手被劈得生疼，仿佛快要断了，强大的力道使他闷哼一声，跌坐在了地上。

宣尚烨刚想起身逃走，对方就用手里的武器朝着他的胸口刺去。他的胸口一疼，那件看似攻击力不强的武器竟然刺进了他的心脏。

宣尚烨的胸口不断地往外冒血，喉咙干得连一句呼救都喊不出来。

对方将武器抽回，将口罩摘下了。宣尚烨看到对方的脸时，双眼瞪得溜圆。

那人弯下腰，抓住宣尚烨一侧的脚踝，朝着胡同里慢慢地拖去。

翌日一大早，朱晓就提着一袋肉包子进了南港支队，刚到办公室坐下，还没来得及啃上两口，就听外面的警察嚷嚷："朱队，我们接到报警，附近一栋旧楼的出租屋里发现了一具躺在床上的尸体。"

朱晓猛地站了起来："床上？"

"对，听报警人说，是一栋老危楼，楼里的二十几户主人都不住那儿，只用来出租。但是由于房子实在太破了，位置又偏，所以一直没人租。"接警的警察汇报道，"今儿一早，一间出租屋的主人恰好回去找东西，发现有个人死在了床上。"

朱晓立即联想到同样死在床上的铁磊，立即打起了精神："叫上齐大夫，出警！"

十几分钟后，几辆警车停在了旧楼的楼下。楼道口漆黑幽暗，隐隐约约可以看到星星点点干涸的血迹，血迹一直从台阶延伸到楼上。

"在几楼？"朱晓大步地往上走。

"五楼。"

朱晓来到了旧楼的五楼，报警人是个中年男人，此刻正坐在楼梯口抽烟，脸色苍白，看上去受了惊吓。

朱晓让人给报警人录口供，自己与齐佑光戴上鞋套和手套，小心翼翼地进了屋子。

屋里几乎没有血腥味，地上的血迹不多，从进门的地方一直到卧室里。

齐佑光先走进卧室，朱晓看了看出租屋的门锁，发现是被强行撬开的，与当初铁磊死时的宿舍一样。

"朱队！朱队！"齐佑光突然从卧室里踉踉跄跄跑了出来，"您快去看看！"

朱晓的心猛地一沉，不安地走进了卧室。

范雨希醒来时，发现孔末正伏在床边上睡得甜甜，心头一暖。

孔末听见了动静，迷迷糊糊地揉了揉眼睛："醒了？"

两人洗漱过后，出了房间。

阿二正在收拾餐桌，意味深长地打招呼："希姐，你们醒了？"

范雨希的脸微微发烫，瞥了一眼身旁的孔末，对着阿二扬了扬拳头："干你的活！"

"得嘞。"阿二赶紧埋头整理餐桌。

"孔笙和宣尚烨醒了吗？"孔末问。

阿二不经意地回答："昨晚他们没睡这儿吧？我一早看见他们的房门都开着，被子叠得整整齐齐的。"

孔末掏出手机给孔笙打了一个电话，但是没有人接，于是又给宣尚烨拨了一个电话。

一阵铃声从客房方向传来，范雨希和孔末循着声音走进为宣尚烨准备的客房。

宣尚烨的手机放在桌上，但是不见人，桌子旁还放着他的行李箱。

范雨希略感不安，看了墙上的时钟："宣尚烨不是今儿一早要回京市吗？这已经过了发车的时间了。"

孔末又立即去了孔笙的房间，果然，如阿二所说，床上整整齐齐的，没有人睡过的样子。

"是不是回警员宿舍了？她的行李都在那儿。"范雨希说着，这时，手机响了，是包一倩打来的，她刚接起电话，就听到了一阵断断续续的哭声，"你怎么哭了？怎么了这是？"

"你们快来吧，出事了！"

"出什么事了？"

"宣尚烨他……他死了！"

第 24 章
失踪

　　范雨希和孔末赶到案发的旧楼时，包一情正蜷缩在一处阴暗的角落，环抱着自己的双膝。她怎么也没想到，宣尚烨会在回京市前，死在了这里。

　　"朱晓呢？"范雨希焦急地问。

　　包一情扶着墙站起身，声音嘶哑："上去吧。"

　　范雨希搀过包一情，缓缓地往幽暗的楼道里走。

　　包一情的双腿颤抖，脑海里想的全是与宣尚烨在M国一起躲避追杀的回忆："'暗光案'那么艰难，咱们都挺过来了，M国之行那么危险，我和他都活下来了，他怎么就这么死了……"

　　孔末三步并作两步，率先上楼了。案发现场被拉起了警戒线，朱晓耷拉着脑袋，坐在出租屋外的台阶上，双眼无神，像是一具行尸走肉，任凭孔末怎么叫他也没有任何反应。

　　孔末只好戴上鞋套和手套，进了出租屋。

　　齐佑光正在卧室里思绪万千地检查尸体，现场勘验的警察拿着照相机，灯光不停地闪烁。

"齐大夫，怎么样？"孔末望向了躺在大床上的尸体。

宣尚烨闭着眼睛，面色惨白如纸，脸颊微微凹陷，脖子上裹着几圈血迹干涸的纱布。

"死亡时间大概是昨天夜间十点前，身上一共有三处伤口，第一处位于右手胳膊，是一道淤青；第二处位于胸口，目测刺穿了脏器；第三处位于脖子上，被纱布包裹，我还没拆开，推测是致死伤。"齐佑光极力保持着冷静，说着说着，眼眶红了，"我们发现他的尸体时，他正躺在床上盖着被子，并且被子恰好把脖子上的纱布挡住，看上去就像是在睡觉。"

孔末颤抖着手，又给孔笙打了一个电话，依旧没有人接，于是又联系赵彦辉，派人到警员宿舍去寻找孔笙。

门外，范雨希扶着包一情来到了旧楼的五楼。包一情颓然地坐到了朱晓的身边："老朱，你说，宣尚烨怎么就这么走了呢？"

"是啊，昨儿我们给他送别，没想到成了永别。"朱晓的眼神失焦，突然狠狠地抽了自己一个耳光，"我怎么当你们的头儿，周旱死了，铁磊死了，宣尚烨也他妈死了！"

范雨希不忍地劝说："朱晓，这不是你的错。"

"不是我的错？"朱晓苦笑着摇摇晃晃地站了起来，"那你告诉我，是谁的错？他们是我的线人、我的卧底，都在替我办事，他们死了，我还活生生地站在这里，我对得起他们吗！"

范雨希不知道该怎么安慰朱晓，只能木讷地站着。

"我来南港支队的第一天就发誓，决不让任何一个线人和卧底牺牲。你知道，当我把周旱的尸体从水里捞起来的时候是什么心情吗？我宁可死掉的是我自己！"朱晓又扇了自己一巴掌，粗糙的脸颊又红又肿，"周旱死后，我又一次发誓，一定要保护好你们所有人，可我他妈又一次食言了，铁磊和宣尚烨接连死了，我有什么资格当你们的头儿！"

"老朱，这真不怪你。"包一情轻轻地拽住朱晓的胳膊。

朱晓泣不成声，忽然眼前一黑，滚下了台阶，昏厥了过去，范雨希立刻让人把朱晓送去了医院。

"怎么办？"包一倩没了主意，"我一直都知道，老朱看着没心没肺，实际上比任何人都在意咱们。他遭受的打击一定很大吧。"

"朱晓倒了，咱们不能倒。总该有人替宣尚烨讨回公道。"范雨希目光坚定地走进出租屋。

包一倩见到宣尚烨的尸体，再度掩面而泣。

"和杀铁磊的是同一个凶手。"范雨希扫了一眼尸体，一口断定，"宣尚烨身上穿的衣服不是他自己的吧？"

与铁磊遇害时一样，宣尚烨的脖子被凶手用纱布包扎着，除此之外，尸体还被安置在了床上，换了干净的衣服，床上的血迹很少，最重要的一点是，尸体的脸孔明显被清理过，头发也被梳理得整整齐齐。

"宣尚烨和铁磊都曾是卧底，凶手真的是专门针对警方的卧底和线人。"包一倩捂着嘴，"'暗光案'真的还没有结束！"

宣尚烨的死彻底推翻了铁磊只是碰巧死于普通命案里的推测，接连两起命案绝非巧合。

"孔笙呢？"范雨希问满脸担忧的孔末。

孔末攥着手机，一直在等回复，终于，手机响了，接听后，脸色大变："孔笙没有回警员宿舍！"

现场勘查结束后，宣尚烨的尸体被带回了南港支队法医实验室。齐佑光平复了心情后，争分夺秒地对尸体进行解剖尸检。

范雨希、孔末和包一倩则跟着一大批警察四处寻找孔笙的下落。赵彦辉吩咐附近的派出所出动警力，调取各个路段的监控录像搜寻她的踪迹。南港支队技术队同时出动，想要通过她的手机信号源锁定她的位置。

孔末走在人来人往的街道上，六神无主，每隔几分钟就给孔笙打一个电话，可是始终无人应答。

"孔末，你别担心。"包一倩见孔末急得满头大汗，嘴上安慰着，但心里没底，已经做好了最坏的打算——孔笙也遭到毒手了。

孔末望着人头攒动的街区，绝望地蹲在地上。这已经是孔笙第二次失踪了，上一次是被杨荣的干儿子吴强所绑架。

"先找人吧。"范雨希劝道，"孔笙的线人身份没有对外界公开，知道她是线人的只有我们和警方的少数几人。"

孔末仿佛看到了希望："没错，孔笙不应该是凶手的目标。"

此时，比起担心孔笙的下落，范雨希心里产生了更多怀疑：孔笙本就嫌疑重重，宣尚烨被杀后，她还突然下落不明了。

范雨希见孔末这么着急，暂时没有透露内心的想法。

不久后，技术队和派出所几乎同时来电。技术队根据GPS定位，发现孔笙的手机位于恭家大院胡同群附近，而派出所通过排查监控录像也发现，昨天晚上，孔笙在胡同群附近走动过。

胡同群附近的监控探头很少，能发现孔笙的身影已是万幸，但无法据此查出孔笙的行动路线。

他们得到消息后，立刻赶往胡同群。

孔笙和宣尚烨原本待在恭家大院里，于是他们先回到了恭家大院，从这里出发，沿途寻找。

胡同群里的暗巷纵横交织，一共有三条常走的小道能够走出胡同群。他们挨条搜索，终于在其中一条小道的出口发现了满地干涸的血迹。

"可能是第一案发现场。"范雨希推断道。

根据出租屋里稀少的血迹判断，那里不是第一案发现场。警方从旧楼一楼的楼道里开始，沿途不断发现滴淌状的血迹，证明宣尚烨是被人搬运上楼的，那时，宣尚烨很可能已经死亡了。

胡同口里的血迹呈线条状，一直从胡同口延伸进胡同里，孔末立即还原了当时的场景：宣尚烨倒地后，被凶手拖行至胡同里，留下了一地高度符合拖行特征的血迹。

孔末为了尽快找到孔笙，努力地保持冷静，仔细观察："如果这里是第一案发现场的话，地上和墙上没有雾状血迹，所以宣尚烨只是在这里倒下，不是被割喉。"

"齐大夫说，尸体上一共有三处伤，其中两处是出血性伤口。凶手刺中了宣尚烨的胸口，导致他失去了抵抗的能力。"范雨希推测着，沿着血迹往胡同深处走。

胡同深处的地上铺满不知道放了多少年的稻草堆，血迹延伸到这里后，彻底没了。孔末弯腰掀起了铺在地上的稻草，发现了更多的血迹。

包一倩立即通知南港支队带人来此处勘查。

孔末走出胡同后，拿着孔笙的照片向沿途的店铺打听。

"见过这个人吗？"孔末进了一家药店后，心急如焚地问。

药房的老板仔细地看过照片后，确认道："来过，昨天晚上来买了些醒酒药和女性用品。"

"之后呢？"孔末激动道。

"之后就出门去了。"药房的老板没注意孔笙离开药房后去了哪里。

孔末出了药房，抬头观察，药房附近不仅没有监控探头，而且店铺和行人也十分稀少。

"这是孔笙的手机吗？"范雨希突然在药房旁的巷子里发现了一个手机。

孔末确认过后，惊慌不已："是她的！胡同群里的血迹不会是她的吧！"

天又黑了，南港支队里，赵彦辉头痛不已。他派出许多人寻找孔笙的下落，但忙活了一整天，仍然一无所获。

齐佑光结束对尸体的初步勘验后，擦着满头的汗水，出了法医实验室。

范雨希在此处等候许久了："齐大夫，怎么样？"

齐佑光看向坐在地上发呆的孔末，问："孔笙呢？还没找着？"

包一倩叹了口气："没有，我们问遍了胡同群附近的人，都没有收获，只能先回来等支队的消息了。"

他们只在药房旁的暗巷发现了孔笙的手机，幸运的是，现场没有发现任何血迹。

"胡同群里发现的血迹是谁的？"范雨希忐忑地问。

"比对过了，是宣尚烨的。那里是宣尚烨遇害的第一案发现场。"齐佑光说。

孔末听到结果后，不知是该笑还是该哭。他默默埋下头，心情慌乱不堪。

第一案发现场被确定后，警方发现了更多线索。

警方在稻草堆里发现了凶器，同样是一柄锋利的瑞士军刀，上面除了宣尚烨的血迹，没有发现指纹，和上一次一样，凶手戴着手套作案。另外，稻草堆里还发现了宣尚烨的衣服，胸口破了洞，这与尸体胸口上的伤口相吻合。现场有清晰的、成型的血脚印，但并非宣尚烨所有，证明凶手此次作案没有穿鞋套，但是鞋印上没有任何纹路。

"和第一案发现场一样，尸体发现现场同样有鞋印，同样没有纹路。有两种可能：凶手穿的鞋子本就没有任何纹理；或者凶手在鞋底贴了类似塑料薄膜的东西，防止留下纹路。"齐佑光解释道，"根据鞋长和步伐距离，大致推测凶手的身高为一百七十五厘米，这与上一次推测出的凶手特征一致。"

"有办法判断男女吗？"包一倩问了关键性的问题。

齐佑光摇了摇头："更像是男性的鞋印，但是无法百分之百确定。"

宣尚烨手上的淤青特征与铁磊后脑上的淤青特征相似，齐佑光据此推测凶手又一次使用了不知名的长条形武器，只是武器被凶手带走了。

"凶手大概率采用了和杀铁磊时一样的方式——先偷袭。宣尚烨极有可能发现了身后的动静，用手格挡，因此在胳膊上留下了淤青。"齐佑光说。

包一倩咋舌："宣尚烨发现了，还被对方杀了？"

虽然宣尚烨不善打斗，但长期从事极限运动，步伐灵敏，反应也很快，包一倩亲眼见识过。

"不错。除了胳膊、胸口和脖子上的三处伤，尸体上没有新伤。所以，打斗和抵抗并没有持续很长时间，宣尚烨就被对方刺中胸口而倒下了。"齐佑光分析道，"随后，凶手将宣尚烨拖进暗巷子的稻草堆，实施了割喉。"

"那凶手是怎么把尸体带走并转移到尸体发现现场的？"范雨希问。

196

"胡同里发现了可疑的车胎印，车胎印很细，推测是垃圾车一类的交通工具。"齐佑光头痛地道，"第一案发现场和尸体发现现场相隔近三公里，支队正在排查沿途各个路线的监控录像，目前还没有发现。"

"铁磊和宣尚烨被杀案"疑点重重，其中最令人想不通的疑点之一是凶手为什么要转移尸体。一般而言，凶手转移尸体的目的是毁尸灭迹，可这两起案子，凶手转移尸体的目的显然不是藏尸。凶手将两具尸体安置到了床上，在第二起案子之中，甚至不惜推着垃圾车，冒着被发现的风险，徒步三公里，将尸体送进出租屋。

"而且这一次，凶手为宣尚烨换了不止一次衣服。"齐佑光说，"取证人员在尸体发现现场的垃圾桶里发现了一件染了血的衣服。"

"你的意思是凶手在胡同里杀死宣尚烨后，给他换了一件衣服，把尸体挪动到出租屋后，又换了一件？"范雨希惊讶道。

"不错，纱布也一样，出租屋的垃圾桶里还发现了许多染血的纱布。可以推测，凶手给尸体的脖子包扎上纱布后，到出租屋里，又给尸体换了相对干净的纱布。"

因此，出租屋里的床上没有太多的血迹。

"凶手究竟在干什么？"范雨希凝重道，"发现头梳了吗？"

"铁磊和宣尚烨被杀案"另外一个暂时解释不通的疑点便是凶手替死者换衣和梳妆。

"有，和铁磊的案子一样，我们在尸体发现现场找到了头梳。可惜的是，头梳上也没有指纹。"

"齐大夫，难道真的没有发现可以确定凶手身份的线索吗？"包一倩不甘心，"宣尚烨就这么白白地死了？"

"凶手十分谨慎，穿着处理过后的鞋子，戴着手套，现场也暂时没有发现可疑的毛发，可以推测，凶手为了防止头发掉落，戴了帽子。"齐佑光叹了一口气，"我正在对宣尚烨原本穿在身上的衣服、凶手第一次给他换的衣服和凶手第二次给他换的衣服进行化验，看能否提取到凶手的毛发。"

由于静电效应，衣物时常能够附着毛发。与"铁磊案"相比，这起案子中，凶手两次给宣尚烨换衣服，并长途搬运尸体，因此掉落毛发的概率要大得多。

"只能碰碰运气了。"齐佑光想起了宣尚烨胳膊上的淤青和胸口的伤，"接下来，我会对尸体进行进一步解剖化验。目前看来，尸体胸口上的伤孔很小，绝对不是瑞士军刀所伤。"

一开始，齐佑光认为凶手使用了三种武器：割喉用的瑞士军刀、偷袭用的长条形不明武器和刺胸用的利器。但他仔细一想，认为在打斗中，如若切换不同的武器，反而碍事，加之尸体胸口的伤孔细小，符合长条形不明武器细长的特征，因此断定凶手只使用了两种武器。

"这种不明武器的端部是锋利的，又细又长，没有刃，劈打时留下的淤青是长条状的，大致可以判断武器的纵截面或其中一个侧面是近长方形。"齐佑光向范雨希描绘武器的模样，"只要再得到这种武器的横截面形状，我就能进一步模拟出武器的模样。"

"推演出武器类型就可以抓到凶手？"包一倩不解道。

范雨希做出了与朱晓一样的分析："凶手两次都留下了瑞士军刀，带走了不明武器，说明那个武器有可能会暴露他的身份。"

"不错。"齐佑光又戴上了手套，"我歇息够了，该进去继续尸检了，通过尸体胸部伤口的形状有可能得到不明武器的横截面形状。"

范雨希回过头，发现原先坐在角落里的孔末不见了："孔末呢？"

"哦，你和齐大夫聊天的时候，他接了一个电话后，就匆匆忙忙跑出去了。"包一倩回答说，"估计是支队有孔笙的消息了。"

第 25 章
绑架

范雨希跟着包一情来到办公大厅，孔末并不在这里，警方也没有找到孔笙的下落，倒是有人声称看见孔末十万火急地冲出了支队。

赵彦辉闻声后赶来："怎么了，孔末也不见了？"

这个时候，范雨希把对赵彦辉的情绪暂时搁在了一边："打电话没有接。"

"技术队，把支队大门外的监控录像调出来。"赵彦辉带着范雨希来到了技术队办公室。

技术队立即调出监控录像，只见孔末是飞奔出支队的，途中还撞倒了一个警察，出了支队后，又朝着西面跑去了。不等赵彦辉开口，赵彦辉又把支队往西沿途的安防监控录像调了出来。

"他这是要去哪儿？"赵彦辉沉声道。

录像里的孔末速度非常快，还闯了一个红灯，险些被车撞倒。半分钟后，孔末的身影彻底消失在了画面中。

"赵队，孔末跑的那个方向是安防监控盲区。"

赵彦辉想了想："顺着那个方向，将下一个监控录像调出来。"

"孔末跑进的监控盲区是一个长一百米的路段，这百米之后，的确还有一个安防监控探头。"技术队的警察说着，将画面调了出来。

范雨希和赵彦辉等了好几分钟，也不见孔末重新进入监控探头的视野。

"会不会往其他地方去了？"赵彦辉问。

技术队的警察否定道："这是一条只通东西的封闭路段，道路的南北两侧全是商户。这都夜里十点了，商户全关门了，两侧又没有暗巷，他要么往往东回来，要么向西去，走不了南北。"

"这么说，孔末还在监控盲区的百米路段内？"赵彦辉反问。

"我去找他。"范雨希说着，立刻往外跑。

赵彦辉立即派了几个人跟随范雨希一同前往。

范雨希进入监控盲区的路段后，一眼望去，没有发现孔末。如技术队的警察所说，道路两旁的商户已经关门了，路上的行人也十分稀少，而孔末却不知所踪了。

"你打电话回去问问孔末出监控可视区域没有。"范雨希吩咐一个警察。

那个警察打过电话后，向范雨希确认："没有，队里盯着监控看呢。"

另一个警察挠着头，纳闷儿道："一个大活人还能这么凭空消失了？"

范雨希静下心来，仔细地观察这长达百米的路段。这段路是单行道，由四条道组成，其中三条车行道，一条人行道，靠右的车行道隔着栅栏与人行道紧挨着，人行道再往右便是商户。

街道上的行人寥寥无几，夜行的车子也不算多。

"他上车了。"范雨希望着五十米处栅栏的一个开口说。

那个栅栏开口专供车子临时停车用，车子靠右停在开口处后，人行道里的行人通过栅栏开口上车。

范雨希迅速跑到栅栏开口处，在地上发现了一个被踩碎的手机，是孔末的。

"他这是上了谁的车？"一名警察忧心忡忡地说，"车来车往的，又是监控盲区，怎么办？"

范雨希攥着手机，立即往南港支队的方向跑去。

临近十一点时，朱晓带着满身的擦伤赶到了南港支队，是包一倩把他叫来的。

"孔笙和孔末都不见了？"朱晓满脸倦容，冲进了技术队办公室。

范雨希低着头，焦急地等待着技术队对手机信息的还原结果。

"孔笙失踪的时间和宣尚烨遇害的时间差不多。"赵彦辉说着，又解释了一遍孔末失踪的过程，"我们推测孔末在监控盲区的百米路段里上了别人的车，百米路段西北方向的下一个监控不是高清探头，拍不到车里的人。"

技术队正在加紧还原孔末被踩碎的手机，看能否找到关键信息。

朱晓的脑袋犯浑，怎么也没想到一天之内竟然会发生这么多令他崩溃的事。

"如果他们都出事了，我真的不配继续活着。"朱晓给了自己一个耳光。

包一倩见不得朱晓这副窝囊相："有种你把凶手揪出来，抽他去啊，老抽自己算什么本事？"

"我怕我抓不到他。"朱晓的心里乱糟糟的，自责、内疚与悲恸侵占了他的大脑，令他无法静下心来思考。

"朱晓，现在不是难过的时候。"赵彦辉老成稳重地劝说，"我们的敌人不简单。"

"齐大夫说了，基于铁磊和宣尚烨的卧底身份，基本可以确定凶手是那个还没落网的神秘猎手。"包一倩提醒道。

宣尚烨发现凶手偷袭后，仍然连抵抗都来不及就被瞬间杀死，证明凶手的身手非常好，普通人根本办不到。

"虽然不知道神秘猎手为什么在恭临城死了之后还要继续作案，但我们要引起足够的重视。关闻泽说过，这个神秘猎手的危险程度很可能是猎手榜里最高的！"赵彦辉警告道。

"今天之前，我在怀疑孔笙。"范雨希的嘴里突然吐出了几个字。

"啊？"包一倩大惊，"雨希妹妹，我没听错吧？"

范雨希终于把孔笙的疑点全部说了出来。

朱晓木讷地坐下："她去祭拜恭临城干什么？"

包一倩想起孔笙柔柔弱弱的模样，不肯轻易相信，立即去找齐佑光确认，没想到的是，当天晚上，齐佑光的确看到孔笙握着一把刀的影子，只不过当时以为是光线问题造成的误会。

"天哪，太可怕了！"包一倩想起与孔笙的亲密接触，冒出了一身冷汗。

朱晓头痛欲裂："还有其他端倪吗？"

"她有时候表现出来的神情的确是在刻意隐瞒某些事。"范雨希不确定道。

"你说你对她的怀疑是在今天之前？"赵彦辉不解道。

范雨希回答："她去了药店。"

赵彦辉反问道："你就没想过这是她制造的不在场证明？"

赵彦辉推测，孔笙很可能以买醒酒药为借口，让宣尚烨在胡同口等候，之后再杀人挪尸，营造出自己出了药店后被绑架的假象，从而制造不在场证明。

"她给我买了醒酒药，所以我相信她。"范雨希的理由很简单。

当范雨希从药店老板那里得知孔笙为她买了醒酒药的时候，回想起孔笙与大家接触的点点滴滴，表现出来的单纯和善良是绝对没有办法伪装出来的。孔笙明明那么关心她和大家，但她竟然怀疑孔笙，那一刻，她的心里产生了前所未有的愧疚感。

"你这是意气用事。"赵彦辉反驳道。

"我相信她。"朱晓也替孔笙说话，"我被吴点点骗过一次，不会再被骗第二次。"

包一倩犹豫片刻后，也说："其实我也相信孔笙妹妹。当务之急是赶紧找到孔末和孔笙，这其中应该有误会。"

就在此时，孔末的手机信息被恢复了。有一个陌生的号码给孔末发了消息，以孔笙的性命要挟孔末到指定位置等候，并且不允许他告诉任何人。

"绑架孔笙的人特地选了一个监控盲区载走了孔末。"范雨希的手心出了汗，"孔末上车前，还被要求踩碎手机，以免被定位。"

"有没有办法定位那个陌生号码的位置？"朱晓问。

"定位不到，那个号码关机了。"技术队的警察回答，"那段时间里，通行监控盲区路段的车子少说有上百辆，难道我们要一一查询车主信息？"

朱晓站在屏幕前，看着录像里飞速疾驰的车子，心烦意乱。他闭上眼睛，努力地让自己冷静下来，终于，他睁开了眼睛："我有办法。"

临近午夜，一辆车子在郊区小道上颠簸着。

孔末坐在后座，冷声问："曹夏宁，你亲自开车，不怕被我偷袭吗？"

"不怕。"曹夏宁操着浓重的澳区口音，双手握在方向盘上，"除非你再也不想见你的妹妹。"

陈淼说过，曹夏宁在被警方抓捕前，抢先离开了澳区，一直下落不明。孔末没有想到，他竟偷偷来到南港并且绑架了孔笙。

孔末压抑着内心的怒火，在确认孔笙安全前，决定不轻举妄动。

曹夏宁通过后视镜瞥了一眼孔末，笑道："果然不简单，遇到这种情况，还能心平气和，你不着急吗？"

"该着急的是你。南港的警方可没澳区的那么好对付。"孔末轻蔑地说。

曹夏宁丝毫不惧："我特地选了一个监控盲区载你上车，恐怕他们连你上了哪辆车都搞不清楚。"

"你太小看南港支队了。"孔末索性闭上了眼睛。

车子又颠簸了十几分钟，停在了郊外的一个废仓库外。

曹夏宁下了车："进去。"

孔末心急如焚地往里走，推开大门后，果然见孔笙被绑在了柱子上，脸上多了许多伤口。

"孔笙，你没事吧！"孔末刚想往前，跟着曹夏宁一起逃出港区的花臂青年阿坤就掏出匕首架在孔笙的脖子上。

孔笙的嘴巴被堵上了，只能不断地摇头，脸上全是泪水。

孔末远远地看着孔笙可怜的模样，握紧双拳，转过身，冷声问："你知道上一次绑架她的人是什么下场吗？"

曹夏宁见孔末满眼怒火，满意道："说说。"

"差点儿被我活生生打死。"

"小子，你是挺能打，但是拜托搞清楚状况好不好，"曹夏宁像听了一个天大的笑话，"你妹妹在我手上！"

曹夏宁说着，飞起一脚踹在了孔末的腹部。孔末被踢飞，硬生生地趴在地上，落地的声音在空旷的仓库里回响了许久。

"在道上混的，我还没见过你这么不讲信用的。"曹夏宁蹲到孔末的面前，揪起他的头发，朝他脸上打了一拳，"说好了，你把那个手机给我，我把你要的东西给你，而你却留了备份，让澳区的条子抓我！"

孔末双目猩红，面目狰狞，嘴角溢血。

孔笙心疼地摇着头，喉咙发出阵阵听不清的哀号，仿佛在告诉孔末，不要管她。

"安静点！"阿坤用刀身在孔笙的脸上拍了拍。

孔末扭过头，对着阿坤怒吼："你要是敢动她一下，我就把你碎尸万段。"

阿坤被孔末的气势吓住，往后退了一步。

"管好你自己吧。"曹夏宁站起身，对着地上的孔末勾了勾手指，"起来。"

孔末双手撑地，刚刚艰难地站直身体，又被曹夏宁挥拳打翻在地。

曹夏宁一脚踩在孔末的胸口上，猖狂地大笑："你让我在澳区待不下去，我就要你的命！"

"你杀我可以，但放了我的妹妹。"孔末摇摇晃晃地站起身。

"你觉得我会答应吗？"曹夏宁奸险地笑着问，"你很在意你的妹妹是吧，那我今天就让你亲眼看看她是怎么死的！"

"你敢！"孔末转过身，朝着孔笙跑去。

曹夏宁当然不会坐视不理，他从地上捡起一块砖块，飞身朝孔末的脑袋砸去。砖块碎了，鲜血从孔末的脑袋上涌出来。

孔末的视线变得模糊，踉踉跄跄地朝前走了两步后，无力地倒在了地上。他努力地想保持清醒，可眼皮却越来越重。

曹夏宁把砖块丢到一旁，踩过孔末的身体，来到了孔笙的身边，把塞在孔笙嘴里的东西取了出来。

"哥！"孔笙一边尖叫，一边挣扎，却始终无法挣脱紧束的绳索。

"感人。"曹夏宁装模作样地擦了擦眼角，从阿坤手里接过匕首，架在了孔笙的脖子上，"孔末，还能睁眼吧？不要错过这精彩的一幕啊。"

孔末的眼睛快要看不清了。他用尽全身的力气往前爬，想要阻止曹夏宁，可是，脑袋和身体却浑浑噩噩，不听使唤。

就在孔末彻底闭上眼睛的一刹那，他隐约听见了一道惊天巨响。

一夜过后，天气晴朗，阳光大好。

孔末醒来时，正躺在纯白色的病床上，脑袋上缠着纱布，范雨希就坐在一旁为他削着苹果。他猛地坐起来，急忙问："孔笙呢？"

"放心吧，没事，只是受了一点皮外伤。"范雨希让孔末坐好，给他递去苹果，"在隔壁病房，包一倩陪着她呢。"

孔末终于放心下来，捂着脑袋，疼得倒吸了一口气。

"你还真的不要命了，一个人就敢去救人。"范雨希的眼眶微微泛红，"你知道我有多担心你吗？"

孔末把范雨希的小手包裹在手掌里，坚定地说："我知道你们会找到我的。"

昨天夜里，就在曹夏宁马上要对孔笙痛下杀手时，朱晓带人及时赶到，击毙了曹夏宁。

"你上车的路段是监控盲区，是朱晓想出办法，锁定了目标车辆。"范雨希说。

从孔末跑进监控盲区到范雨希到监控盲区找人，一共过了十五分钟。那十五分钟内，通过的任何一辆车都有可能是目标车辆。当时附近商户已经打烊，通行的车子有上百辆，对每一辆通行的车子进行排查耗时耗力。由于那条道是单行道，朱晓想到法子后，调出了监控盲区路段入口处的电子眼录像和监控盲区路段出口处的电子眼录像，并进行了计算。

"那条路限速六十公里每小时，根据监控盲区路段入口处的电子眼显示，所有车辆在进入监控盲区路段前的行驶速度是四十公里每小时到六十公里每小时。"

由于当时是夜间，不堵车，所有车辆都是按照正常速度行驶，处于监控盲区的路段共长一百米，监控盲区路段入口处的电子眼和出口处的电子眼相隔二百米，经过计算后，车子从前一个电子眼到后一个电子眼只需要十二至十八秒。

"附近商户都打烊了，行人也少，所以在监控盲区路段内停车载客的车子绝对是少数。"范雨希解释说，"算上误差时间，只有一辆车足足用了一分半的时间，才被第二个电子眼拍到，其他车子都在半分钟内通行了。"

朱晓据此判断那辆车在该路段内停下车载走了孔末。锁定目标车辆后，他又调了车主信息，发现是租车公司被租的车辆，于是根据车上的GPS定位，及时赶到了郊外，成功救下了孔末和孔笙。

"朱晓呢？"孔末问。

"累坏了。你和孔笙没事，总算给他吃了一颗定心丸。"范雨希无奈道，"周旱、铁磊和宣尚烨，他送走了三个替他办事的人，受的打击太大了。"

就在这时，孔笙在病房外敲门了："哥，我有话对你说。"

范雨希马上站了起来："我先出去。"

"雨希姐姐，您留下来吧，我知道您怀疑我，所以我想解释清楚。"孔笙对门外做了一个手势，"一情姐，您也进来吧，我要给你们一个交代。"

孔末满脸疑惑："怎么了？"

包一情扶着孔笙进了病房："孔笙，其实我们已经不怀疑你了。"

"孔笙，你不需要给我们交代，我们都相信你。"范雨希轻轻拍了拍孔笙的肩膀，"但有些事，你一定要和孔末说实话，他是你唯一的亲人，也是这个世界上最关心你的人。"

孔笙咬着下唇，感激地看着范雨希。

范雨希甜甜一笑，带着包一情出去了。

第 ２６ 章
基地

　　许多年前一个萧瑟的冬天，南港的深宅大院里再也不见翠绿的杨柳，三街六巷里的摊贩推着小车吆喝着，有卖烤番薯的，有卖炸串的。

　　"我每次到这附近来，都会到这家羊肉馆。"恭临城从热腾腾的锅里给孔笙捞了一碗肉，"羊蝎子，地道！"

　　孔笙怯怯地坐着，没有动筷子。

　　恭临城老成地笑："见你之前，我还担心你忘了我了。毕竟我去你家串门的时候，你还小。"

　　孔笙患有超忆症，小时候的每一天都记忆如新，怎么可能忘记这位父亲的忘年之交。她微微抬头，看着满脸和蔼的恭临城，问："恭伯伯，您这次找我是有什么事吗？"

　　"孩子，我知道你很聪明，你猜猜，我为什么瞒着孔末而找你？"恭临城放下了碗筷。

　　孔笙想了想："听哥哥说，当年您提出过资助我们，但他拒绝了。"

　　"我就是为这事来的。"恭临城担忧道，"我知道，你们父母的死对你们打击很大。尤其孔末这孩子，患上了那种病，我实在担心哪。"

孔末和孔笙的父母死后，恭临城忙里忙外地为孔末找了许多医生，医治无果后，孔末便带着孔笙一边打工，一边上学。

"哥哥不想连累任何人。"孔笙解释道。

"这孩子要强，我知道。"恭临城劝说道，"但是，你想看你的哥哥那么辛苦吗？"

孔笙想起省吃俭用、早出晚归的孔末，于心不忍地摇了摇头。

"这孩子上了警校，我怎么会不知道，他是想成为像你们父亲一样的人。我相信，他一定会成为一个好警察。"恭临城起身坐到了挨着孔笙的凳子上，"那你呢，将来有什么打算？"

"哥哥不让我上警校。"孔笙低着头，委屈地回答，"我能理解他，他只想让我好好活着，不想让我有任何危险。"

"你是怎么想的？"

"我也是爸爸的女儿，也想成为像爸爸那样的人。可是，我更不想让哥哥为我担心。"孔笙咬着下唇。

"成为像你父亲一样的人并不是一定要成为警察。"恭临城的目光里透露出一丝不易察觉的狡黠，"恭伯伯知道，你的记忆力很好，学习能力很强。你想不想将来在有需要的时候，帮你的哥哥一把？"

"所以，恭临城比朱晓还要更早地找上了你？"孔末听孔笙述说当年的旧事，惊讶道。

孔笙担心孔末生气，不敢抬头，轻轻地点了点头："往后几年，他暗中资助了我，时常瞒着你去看望我，为我安排了各项学习。"

孔末的背脊发凉，一阵后怕："他是想培养你成为猎手。"

孔末从警校毕业后，因病无法进入警察系统，孔笙见他终日消沉，只想好好地陪着他，这才中断了与恭临城的联系。在孔笙的提议下，他们开了一家花店，以求安安稳稳地度过一生。直到有一天，朱晓走进了那家花店。

恭临城接近孔笙的目的是想培养一个猎手为己所用，但他也没想到，他为朱晓做了嫁衣。

"你成为朱队的线人后，我瞒着你恳求他，让我也能尽一份力。"孔笙说，"我在恭临城的帮助下，已经颇有能力，所以朱队给我安排各项学科训练时，我得心应手，很快就得到了朱队的认可。"

当时的孔笙一直以为恭临城是个好人。但线人身份关系孔末和她的性命安全，所以她从未向恭临城透露。

"你到南港达之后，恭临城还偷偷找过我几次，让我劝你，带着我一起到恭家大院，但是我坚定地拒绝了。"

直到恭临城的身份曝光，后知后觉的孔笙才终于明白恭临城接近她的目的。她庆幸自己没有被恭临城洗脑，从而成为坏人。

"他死在了国外，墓园里是一座空坟，冷冷清清，我之所以去祭拜他，是因为那些年，他确实帮助了我。"

"你这丫头就是太心善，这才会引起误会。"孔末看着满脸伤口的孔笙，心疼道，"疼吗？"

"不疼。"孔笙用力地摇头，"还有那天晚上，我没有跟踪齐大夫。"

孔末的确是出门买东西去了，由于天色已晚，所以持着小刀和手电筒用作防身和照明。她远远地看见齐佑光后，担心吓着齐佑光，于是把刀收了起来，没想到还是闹出了误会。

"好了，不用解释了。"孔末握住孔笙的小手。

"哥，你一定要向雨希姐姐说清楚。"

"不用说，她相信你，大家都相信你。"

孔笙受的只是皮外伤，孔末的伤重一点，脑袋被磕破了，由于身体素质好，经检查后，确定没有大碍。两天之后，他们一起出院了。

朱晓消沉了两天后，终于逐渐缓了过来。

齐佑光对宣尚烨的尸体进行局部解剖后，有了新的发现。

"宣尚烨的胸口被刺穿，的确伤及了脏器，这也是一道致命伤。但经过我的鉴定，宣尚烨的直接死因仍然是被割喉。"齐佑光取出了几张照片，

"这是胸部伤口的特征。"

齐佑光发现，伤口被撕裂，隐隐约约呈三棱形。

"三棱形？这可以代表不明武器的横截面为三棱形吗？"朱晓接过照片，仔细地端详。

"大致可以这么认为。"齐佑光解释道，"如果以刺中宣尚烨的武器部位为端部，以凶手握住武器的部位为根部，端部和根部之间的部位为身部，那这个长条形的不明武器的端部是尖锐的，由端部向身部逐渐变粗成形后，不再变化，一直保持横截面为三棱形的形状，持续到根部。并且，武器身部没有开锋。"

武器端部刺入宣尚烨的伤口后，随着刺入程度的加深，伤口由一个点逐渐被武器身部撑开、变大，并且，武器身部并不锋利，因此，伤口才呈现出武器横截面的形状，并伴有撕裂的特征。

"铁磊和宣尚烨身上的长条形淤青便是遭武器身部劈打时留下的。淤青没有开口出血，这也可以证明武器身部没有开锋。"齐佑光在白板上画出了武器的大致模型。

"这是什么玩意儿？"朱晓盯着看了半天，也没能看明白。

"我已经把伤口照片和武器模型图发给一些专门研究工具痕迹的专家了，暂时还没有得到回复。"齐佑光建议，"朱队，虽然关闻泽不知道神秘猎手的身份，但可以试着问问他有没有在恭临城身边见过类似的武器。"

朱晓拿着照片，出了法医实验室，唤了个人："去看守所，提审关闻泽。"

半个小时后，朱晓在看守所里见到了关闻泽。

"什么时候开庭？"关闻泽问。

"近期就会进入司法程序。"朱晓算了算，关闻泽已经被羁押在看守所里大半年了。一般而言，公安机关对犯罪嫌疑人的羁押期限不得超过一个月，但案情复杂的特重大案件，经过合法申请，犯罪嫌疑人被羁押的期限很长。

"神秘猎手也抓到了？"关闻泽平静地问。

"今儿就是为这事而来的。"朱晓给关闻泽递过去照片，"你放心吧，余严冬落网后，'暗光案'的侦查阶段基本已经结束了，漏网的神秘猎手抓没抓着不影响对你们的审判。"

关闻泽接过照片后，细细地查看："三棱形？"

"不错。神秘猎手使用了某种暂时不明的武器，齐大夫让我来问问你，替恭临城办事的时候，有没有见过类似的武器。"

关闻泽的眉头蹙成一团，模棱两可地回答："好像见过。"

"见就见过，没见过就没见过，什么叫好像见过？"朱晓不解道。

"我在基地里好像见过三棱形的印记。"

十二年前，关闻泽离开南港，被恭临城送到了一个神秘基地进行了长达六年的训练，最终成了恭临城引以为傲的武器。六年前，他从基地离开，以"声音"的身份接触余严春，两年前，余严春被恭临城杀害，朱晓接任南港支队副支队长，他又在恭临城的安排下，继续以"声音"的身份给朱晓传递情报。

关闻泽的经历非常坎坷，但最令他难熬的还是在基地里度过的那六年。每一天，他都要与恭临城安排的打手以命相搏，直到浑身浴血，才能罢休。就连睡觉的时候都可能被打手偷袭，他的神经时刻紧绷着，片刻不能放松。那种感觉真是度日如年。

"恭临城以母亲的性命相要挟，两年前，我以'声音'的身份，从余严春口中探出了当初参与恭美琪案的卧底和线人身份。我以为，恭临城报了仇之后，就会放过我和母亲。"

但是，恭临城的仇恨早已经蔓延开来，继续以关闻泽之母的性命要挟关闻泽为他卖命。关闻泽幡然醒悟，私底下开始四处调查其母的下落。

"最危险的地方就是最安全的地方，我查到恭临城把我的母亲关在了基地。但我回基地的时候，她又被转移走了。"关闻泽不确定道，"重回基地时，我好像见过三棱形的印记。"

朱晓打听了基地的位置后，起身要走。

"范雨希还好吗？"关闻泽叫住他。

朱晓止住身形："你放心吧，她很好。"

关闻泽苦笑一声，缓缓起身，正要跟随看守员回去，又被朱晓叫住了。

"原本两年半之前，我就应该接任余严春了。"朱晓耿耿于怀地问，"我想知道开车撞我的到底是谁，是你吗？"

朱晓奉命来到南港的第一天就被一辆套牌车撞进了医院，足足躺了大半年才出院，这才于两年前正式接任，否则，他上任的时间应该更早。根据当时的目击证人称，套牌车的司机是一个戴着口罩和鸭舌帽的男人。

暗杀朱晓这么重大的任务，恭临城不会派普通手下执行，因此，撞他的人一定是猎手榜上神通广大的猎手。猎手榜上的井娅、吴点点和小R是女性，怀疑目标只剩下七人：零序猎手孟萧早就与恭临城分道扬镳；蒋海性格孤傲，两年前还不完全受恭临城掌控，不受信任；白洋则在被捕后，为了减刑而坦承了一切，这件事的确不是他干的；秦力人高马大，具有明显的外形特征，被排除了嫌疑；而宣尚烨是警方的卧底，不可能刺杀朱晓，并且，他同样不受恭临城信任。

"那就只剩下你和神秘猎手了。"朱晓看向关闻泽。

关闻泽摇头："不是我。"

"原来我早就与神秘猎手打过照面了。"朱晓凝重道。

"早在你来南港的三年前，恭临城就知道你了。"关闻泽向朱晓透露了一则从未说过的信息，"或许他一直等着你到南港的那天，伺机动手。"

"我查了'暗光案'两年，加上三年。"朱晓震惊道，"你是说，五年前，恭临城就知道我会到南港来？你怎么不早说！"

当时，关闻泽以"声音"的身份，从余严春口中探知了一些消息：京市准备在合适的时机派遣朱晓到南港，配合余严春一起调查"暗光案"。

"暗光案"过于复杂，一些不重要的线索时常被大家忽略，如果朱晓没问，关闻泽也不会面面俱到地主动提起。

朱晓离开看守所后，回到支队里给江军打了电话，确认关闻泽所说属实。

"京市警方确实早就想把你调到南港，给余严春打下手，只是基于侦查策略，一直没有实施这个计划。"

直到余严春被杀，朱晓才终于临危受命，被调南港。

"原来恭临城这家伙早就想杀你了。"赵彦辉听说一切后，沉声道。

朱晓立即摇头："不对，暗光向来只猎杀卧底和线人，恭临城之所以杀余严春，是因为余严春和他有仇。我和他没仇没怨的，为什么要杀我？"

余严春的死在南港掀起了轩然大波，朱晓认为恭临城刚作了案，一定不会冒险地再次作案，而是先避避风头。

"我问了关闻泽，恭临城杀了余严春之后，的确下了命令，吩咐所有的手下先消停一阵。"朱晓纳闷儿道。

"或许恭临城没想杀你，只是向你挑衅，给你一个警告？"赵彦辉推测。

"两年前，我也是这么想的。但是通过两年的侦查，我已经摸清了恭临城的性格。他老谋深算，狐狸尾巴藏得那么深，您觉得他会冒着暴露的风险，只为警告一个还没正式接任的副支队长吗？"朱晓轻敲桌面，"而且，当时我差点儿就死了，那根本就不像是一个警告。"

"接下来你打算怎么做？"

"我要去关闻泽说的基地查一查。"朱晓做了决定，"我带上范雨希和孔末就行了，刚好这两个人能打，比支队里的警察强。"

基地不在南港，开车需要近十个小时。

"不行，多带点人去。"赵彦辉要求道。

"赵队，我知道您担心您的女儿，您放心吧，这丫头厉害着呢，就算她不行，还有孔末呢。"朱晓拍了拍腰间的枪，"再说，敌人再厉害，还能生扛子弹不成？您也不想想，如果多带几个人浩浩荡荡地去了，万一基地里真的有什么线索，敌人闻风跑了，咱们怎么抓人？"

就在此时，齐佑光敲门进来了："朱队，司法鉴定中心有了些进展，让咱们下午过去开个会。"

"知道了，你等我一会儿。"

赵彦辉趁机说："你留下来继续查案，我和他们一道去。"

朱晓一直在一线调查，一举一动都有可能被对方关注着，反倒是成天坐办公室负责指挥的赵彦辉带人偷偷去调查更不会打草惊蛇。赵彦辉年轻时也担任过卧底，能力值得信赖。

朱晓想了想，便同意了："也好，给您和范雨希一个机会，您可欠我一个人情。"

赵彦辉稍做准备后，立刻带上孔末和范雨希出发了。为了不引人注意，他没开警车，而是开了自己的私家车。

范雨希挨着孔末坐在后座，心情复杂。她发现，赵彦辉一边开车，一边透过后视镜偷偷看自己。

赵彦辉时不时地找话题与范雨希搭话，范雨希不想理会，索性闭上眼睛，佯装睡着了。

赵彦辉和孔末轮流开车，十个小时后，车子迎着夜色，停在了关闻泽口中的基地大门外。

同一时间，朱晓和齐佑光正坐在南港司法鉴定中心的会议室里，与各路专家你一言我一语地讨论着。这个会议开了一整个下午，始终得不出关于不明武器的结论。

就在朱晓不耐烦地准备离开时，忽然有人猛地拍桌而起："我好像知道那是什么了！"

朱晓将信将疑地坐下："说来听听。"

当朱晓听到对方说出武器的名称时，眼前一阵恍惚，又一次想起了两年半之前的那场车祸。

第 27 章
剑手

南港的空气清新湿润，很适合生活。

两年半之前，朱晓踌躇满志地来到了南港，打算在南港继续干一番大事业。第二天一早，他就要到南港支队报到，接任副支队长一职，清闲的时刻不多了。他在出租屋里安置好行李后，便迫不及待地出门了。

朱晓走在南港的街头，心情十分舒畅，唯一的糟心事便是京港警方联合侦查多年无果的"暗光案"。

街道上的车子不多，路口的信号灯闪烁着绿灯，朱晓踏上了斑马线，朝着街道对面走去。这个时候，一辆小汽车朝着他疾驰而来。他心惊肉跳地往后退，眼看马上就要被撞上时，车主终于踩了一脚刹车，将车子停在了距离他不到十厘米的地方。

朱晓拍着怦怦跳动的胸脯，一手指着信号灯，一手拍着车前盖，喊道："哥们儿，红灯！"

朱晓透过挡风玻璃，模糊地看见了握着方向盘的男人：戴着遮挡了大半张脸的口罩，头发被严严实实地藏在鸭舌帽里。

朱晓没有将这件事放在心上，正要继续过马路时，已经停下的车子突然再次飞速启动，将他撞上了挡风玻璃。车子没有要停下来的意思，顶着他开出了十几米后，才又猛地停下来。

朱晓被一股强大的力道撞飞了出去，身体在地上摩擦和翻滚了数米远，才终于停下来。他的呼吸急促，全身像是散架了一样，动弹不得，视线模糊，身下溢出了一大摊血，隐隐约约听到了路人的尖叫声。

朱晓微微侧过头，肇事车正扬长而去。他趁着尚有一丝意识时，望向越开越远的车尾。他的视线微微上移，在后挡风玻璃上看到了一件放在车内、似剑非剑的武器，那件武器的护柄是圆形的。

令关闻泽艰难度日的基地实际上是一个废工厂。废工厂的铁门锈迹斑斑，显然已经许久无人问津了。

范雨希、孔末和赵彦辉人手一支手电筒，进了废工厂。废工厂很大，砖房小屋围着一块巨型的空地，环绕林立。空地上安置着不少习武之人常用的木人桩和射击用的枪靶。许多木人桩已经开裂，枪靶上也满是弹孔。

废工厂位于郊外，四周杂草丛生，时不时地传来几声虫鸣。天上阴云密布，几颗水珠带着雨讯率先从高空掉落，不久后，大雨将至。

"为了把关闻泽训练成人型武器，恭临城好大的手笔！"赵彦辉忍不住倒吸了一口气，"这是一个大型的犯罪预备现场！"

"带照相机了吗？"孔末问。

赵彦辉点了点头："在车上，我去取。"

赵彦辉走后，孔末环顾了废弃工厂一圈，想起了关闻泽的身手，诚实地说："我不如他……我很确定，如果他想逃，南港的监狱困不住他。"

范雨希微微一愣："越狱？他会吗？"

范雨希和孔末走进了其中一间大型的砖房。砖房里十分空旷，除了一块铺着地垫的格斗场，只有几根矗立的圆柱形木桩。

孔末举着手电筒，仔细地观察木桩，发现上面有许多缺口，缺口又细又长，像是有人拿着某种细长型的武器不断劈打木桩时留下的。

"你过来看！"范雨希唤道，"这就是关闻泽看到的三棱形印记。"

另一个木桩上千疮百孔，每个孔的深度不一，通过目测，有的只有几毫米深，有的深度可达一至两厘米。浅一点的木孔看不出形状，但深一点的木孔正是三棱形的形状。

"这不是关闻泽留下的。"范雨希沉声道，"难道关闻泽离开基地之后，又有人在这里被训练？"

孔末把光束挪向铺着地垫的格斗场，大步跨了上去，居高临下地四处观察后，在一个角落里看到了一些被丢弃在此处的白色衣服。

范雨希走了过去，拿起白色的衣服抖了抖，霎时间灰尘四散。

"这是什么衣服，质地有些奇怪。"范雨希摸着这些衣服，"面料结实坚硬，但好像穿在身上又不会影响行动。"

孔末又从地上捡起了一个金属面罩，面罩上分布着网眼。

孔末和范雨希看看白色的奇怪衣服，又看看金属面罩，不约而同地惊讶道："击剑服！"

"伤口是击剑手的剑留下的？"齐佑光诧异地问，"击剑运动员手里拿的剑？"

司法鉴定中心的专家给出了结论："不错。根据不明武器的身部侧面的形状和横截面形状，基本可以得此结论。"

击剑手用的剑主要分为花剑、佩剑和重剑，三种剑的特征不一样，基于此产生的剑种比赛的规则也不同。

花剑总长一百一十厘米，剑身长九十厘米，重量不超过五百克，护手盘为小圆形，剑身的横截面为近似长方形，比赛时只允许直刺，不可劈打，得分的有效部位为对方躯干。

佩剑总长不超过一百零五厘米，重量小于五百克，护手盘为较大的月牙形，剑身横截面为近似梯形，比赛时既可劈打，也可直刺，但得分的有效部位仅限上半身。

重剑全长不超过一百一十厘米，最大重量为七百七十克，护手盘为大圆形，剑身为钢制，长度不超过九十厘米，剑身的横截面为三棱形，比赛时同样只允许直刺，不可劈打，但全身都是有效的得分部位。

"三种剑种的比赛规则不太一样，但通用规则是不允许开锋，现代击剑比赛大多采用电子记分器。"

击剑手使用的三种剑种，尤其比赛用剑，剑端都不是尖的，凶手使用的武器显然进行改造了。

齐佑光听明白了："这么说，对方使用的是三种剑中的重剑，并且给重剑的剑端开了锋。"

朱晓回忆起车祸发生时，朦朦胧胧看到的圆形护盘手，怒道："凶手果然在两年半之前就试图对我动手了！"

现在，击剑作为一种运动，具有观赏性和竞技性，但不代表这种起源于西方骑士的格斗方式不具备实战性。

"根据伤口特征可以判断，凶手使用的是经过改良和特制的重剑，质地坚硬，可用作实际战斗。可以肯定的是，凶手是一个击剑高手。"

齐佑光听了司法鉴定中心里的专家的分析后，赞同道："凶手把重剑带走的目的就是不让我们缩小侦查范围，从而锁定他的身份。"

赵彦辉打开车子的后备厢，准备取相机时，眼角瞄到了停在几十米之外的一辆车子。一开始，他没有将其放在心上，但当他要关上后备厢时，突然发现车底隐隐闪烁着绿光。

赵彦辉蹲下身子，把手伸向车底摸索了一番后，取出了一个东西："追踪器！"

赵彦辉大惊，伸手探向腰间，拔枪后对准远处的那辆车子，但那里漆黑一片，一个人也没有。他连大气都不敢出，竖着耳朵听附近的动静，汗水止不住地往下流。恍惚间，他听见了鞋子踩在杂草上的脚步声，声音是从身后传来的。

赵彦辉立即转身，刚要扣动扳机，手腕便被什么东西劈中，枪也被迫脱手。

来人戴着面具和针织帽，手里拿着一柄重剑。

赵彦辉刚要捡枪，对方便一剑刺来。赵彦辉不得不放弃捡枪，迅速往后躲，不料对方改刺为劈，重重地打在了赵彦辉的背上。

赵彦辉觉得背上的骨头都开裂了，疼得趴在地上，凭借着本能朝着废工厂的大门爬去。

对方从地上捡起枪扔进了草丛里，而后一步一步朝着赵彦辉走去。赵彦辉本以为马上就要死在这里了，不料对方径直绕过他，朝着废工厂里面走去。

赵彦辉明白过来，对方的目标是范雨希和孔末。他用尽全身的力气拽住了对方的腿。

对方没有要杀赵彦辉的意思，狠狠地踢了赵彦辉一脚。赵彦辉咬着牙，忍着剧痛，不肯松手。

终于，废工厂里的范雨希和孔末听到了声音，匆忙地赶了出来。

对方被赵彦辉死拽着，行动不便，只好提剑要刺。

"不要！"范雨希猛地飞扑了过去，将赵彦辉护在身下。

这一刻，范雨希终于明白，她从小就没有爸爸，比任何人都渴望父爱，无论她怎么嘴硬，赵彦辉始终是她仅剩的亲人。她已经失去了范巧菁，不愿再看着赵彦辉也死在她的面前。

那一瞬间，时间仿佛随着赵彦辉因紧张而扭曲的面孔和范雨希落下的眼泪而定格了。只要赵彦辉能活下去，范雨希心甘情愿去死。

然而，范雨希预想中的疼痛并没有随之而来。

孔末已经攻了上来，神秘猎手只能将被赵彦辉抱住的腿抽开，朝着迎面而来的孔末还击。

孔末赤手空拳，在不到半分钟的打斗中，落尽下风，被对方劈中多次。

范雨希救下赵彦辉后，立即加入了打斗，没想到的是，她的加入根本没有扭转战势。

对方的速度太快了，手里的重剑十分灵活，总能轻而易举地劈中他们。

赵彦辉见情况不妙，吃力地站起身，踉跄到车里取了两把防身用的短刃，丢给了范雨希和孔末。

范雨希手握短刃，与对方拉开了距离，凝重地问道："你就是恭临城的神秘猎手？"

神秘猎手没有回答，显然不想让他们听见自己的声音。

孔末望向神秘猎手准备的车子，沉声说："看来你今晚准备再带走一具尸体。"

神秘猎手的身手了得，凭借手里的重剑，就算关闻泽在场，恐怕也难以与之匹敌。但自信归自信，他悄悄地跟踪孔末一行人，为了不被发现，不该将车子停在那么显眼的位置。孔末据此推测，他是想再一次制造命案，用车子将尸体带走，这才会把车子开到附近来。

神秘猎手的双脚开叉而立，上身微微弓起，单手持剑，随时会发起进攻。

"死女人，你带赵队先走，我拖一会儿。"孔末抓住机会，主动攻了上去。

没想到，神秘猎手的反应无比敏捷，躲过孔末的劈砍后，握剑朝着孔末的腹部刺去。孔末在空气里嗅到了死亡的气息，拼尽全力扭身闪躲，饶是如此，剑尖还是划破他的衣服，在他的腹部上留下了一道不深不浅的口子。

范雨希见状，拉过孔末，一刀朝神秘猎手的脑袋劈去。

神秘猎手横握重剑，挡下攻击后，往后跃了几步，与他们拉开了距离。

孔末捂着腹部的伤口，喘着粗气："你们先走，不然我们都走不掉！"

范雨希望向赵彦辉："你先走吧。"

"让我一个人逃，我办不到。"赵彦辉摇着头，拨了报警电话。

"死女人，走啊！"孔末深知今夜在劫难逃，将范雨希狠狠推开。

"我不走，如果你死了，我也不想活了！"范雨希执拗地吼道，愤怒地看向神秘猎手，"今天就算是死，我也要拖到警方的增援赶到！"

雨水一滴接一滴地往下掉，神秘猎手的目光从他们的身上扫过，突然转身走了。

赵彦辉愣愣地望着神秘猎手的背影："就这么让他走了？"

"不让他走，难道上去送死吗？"孔末的背脊发凉，论持械格斗，神秘猎手是他见过身手最好的一个人。

酝酿了许久的暴雨终于倾泻了下来。

赵彦辉带着范雨希和孔末上了车后，驾车飞驰，谁也不知道，突然放过他们的神秘猎手会不会又改变主意，再起杀心。同时，他联系了当地警方对目标车辆进行拦截。

孔末腹部的伤口不深，被范雨希处理过后，止住了血。

"雨希，你没事吧？"赵彦辉问。

"我没事。"范雨希温和地回答。

赵彦辉能明显地感觉到范雨希对他的态度发生了变化，抑制不住地觉得开心。

"既然他敢向我们动手，就一定有信心可以全身而退。"孔末望着玻璃窗外滂沱的雨幕，"想要抓他不容易。"

"总得试试，宣尚烨栽在他的手里算不上不光彩，原以为他只是身手不错，没想到你们联手都打不过他。"赵彦辉凝重地拨通了朱晓的电话，"这么危险的人，一定要尽快抓住！"

几秒后，朱晓接了电话："赵队，我们查出不明武器是什么了！"

范雨希插嘴道："我们差点儿死在了那武器之下，你才查出来！"

赵彦辉把今晚的遭遇一五一十地告诉了朱晓。朱晓听得胆战心惊，确认大家全都安全后，才松了一口气。

"我报了警，又刚好下大雨，他应该是担心与我们纠缠太久，无法冒雨逃脱警方的抓捕，于是只能撤退。放心吧，当地警方已经派人接应我们，再开半个小时，就能和他们会合了。"赵彦辉说，"你是说，两年半之前，开车撞你的就是这个神秘猎手？"

"不错。"

赵彦辉觉得奇怪："是恭临城的意思吗？"

"恐怕不是。"

余严春死后，恭临城下令所有猎手先躲一阵子，不要作案；恭临城无法轻易调用这名神秘猎手。综合关闻泽透露的两则关键信息，可以推测出那次车祸有可能是神秘猎手自己的意思。

"他开车撞我的时候犹豫了。"朱晓回忆彼时的场景。

当时，神秘猎手原本可以直接撞到朱晓，但就在马上要得手时，猛地踩了一记刹车，之后才又将朱晓撞伤。不难猜测出，神秘猎手的内心有过挣扎，但最终还是选择了对朱晓动手。

"你小子得罪了什么了不得的仇人吗？"

"我得罪的人多了去了，不过好像没有谁会击剑。"朱晓严肃道，"神秘猎手的击剑术高超，这身本事绝非短短几年的训练就能练成。"

"你认为他是专业的击剑运动员？"范雨希听懂了朱晓话里的意思。

"还有一种可能，虽然这个人是业余的击剑手，但从小热衷击剑运动，剑术本就高超，加之恭临城的训练，成就了如今的身手。"孔末分析道。

朱晓的下一步打算便是在南港范围内排查击剑运动员和剑术高超的业余剑手，以锁定对方身份。

"还是有疑点。你说神秘猎手在两年半之前就视你为目标了，为什么两年半以来不再对你动手？"赵彦辉一边开车，一边问，"如今他又动手了，却是以卧底和线人为目标，他放过了我，今晚，他明显是冲孔末和范雨希来的。"

"我也搞不清他的目标究竟是谁。正如你所说，若是以我为目标，疑点重重；但若是以线人和卧底为目标，恭临城生前与他的目标相同，为什么他无法轻易被恭临城调用，反而在恭临城死后才行动？"朱晓的脑海里乱糟糟的，无论如何也无法厘清思路。

神秘猎手不仅动机捉摸不透，行为更是古怪。他杀人之后，挪尸到床上，还为尸体换衣梳妆，这更是引发了南港警界的种种猜想，更有甚者，将神秘猎手描述为对尸体具有某种癖好的心理变态。

"我的车子被安装了追踪器，你调一下支队停车场的监控录像。"赵彦辉吩咐过后，挂断了电话。

被赵彦辉发现的追踪器用的是蓄电池，电量最多支撑半个月时间。最近一个月，赵彦辉加班加点，疲倦不堪，为了避免疲劳驾驶，夜间都是打车回家，只有在白天才偶尔用车。因此，这一个月，他的车子长时间停在南港支队的停车场里。

"赵队，您是怀疑支队里的人？"孔末眯起了眼睛。

"支队停车场不是普通人可以进的。"赵彦辉感觉到了不安。

很快，朱晓给了答复：近一个月来，除了赵彦辉自己，就只有齐佑光和包一倩碰过赵彦辉的车子。

第 28 章
报复

次日，赵彦辉带着范雨希和孔末回到了南港，亲自查看了南港支队停车场的监控录像。

大约在两个星期以前，齐佑光进了地下停车场，打开了赵彦辉车子的后备厢。后备厢的尾盖被掀起来后，恰好挡住了监控探头的视线。齐佑光在尾盖后待了近二十秒，才合上尾盖，离开停车场。

"齐大夫碰您的车干什么？"朱晓目不转睛地盯着屏幕问。

赵彦辉努力回忆了一番，那一天，齐佑光给了他一份尸检报告需要他签字。白天时他着急开车出去了，就随手把还没签字的尸检报告丢进了后备厢，和其他一堆文件放在一起。后来，他回到支队，齐佑光找他要签完字的尸检报告，他这才想起来尸检报告还放在车上。

"我太忙了，就给了他车钥匙，让他自己去取。"赵彦辉说。

朱晓无语道："您看您，签个字能花多少时间，搞这一出。"

"一倩姐呢？"范雨希问。

朱晓挪动电脑的鼠标，把包一倩进入支队停车场的录像调了出来。两天前，包一倩同样拿着车钥匙上了车，还开着车在停车场里转了一圈，下车后，也去了后备厢处，蹲下身，不知道正在干什么。

"我的车子有点异响，想着她不是精通门道嘛，就让她给我瞅瞅。"赵彦辉尴尬地挠了挠头，"你们说，会不会是包一倩安的追踪器？"

"赵队，您要是这么说，我就翻脸了。"朱晓严肃道，"不管是齐大夫，还是包一倩，他们是什么样的人，我门儿清。"

"我也相信一倩姐。"范雨希笃定道，"她只是在帮你检查车子而已。"

赵彦辉连忙摆手："我倒不是说一定是她。只是，她蹲下了，除非追踪器是后来才被人装上去的，否则她应该会发现。"

"支队停车场是露天的，大白天的，追踪器那么小，就算闪着绿光也不容易发现。"范雨希白了赵彦辉一眼，"反正我相信她。"

赵彦辉不敢再说话了。

"我明白赵队的意思。"孔末看着监控录像说，"不过，越是这个时候，我们越是要相信自己人。"

宣尚烨遇害当晚，齐佑光与朱晓正在法医实验室里研究铁磊的尸体，之后便回到了警员宿舍，朱晓和警员宿舍楼前的监控探头可以为他提供不在场证明。

当天晚上，虽然包一倩也和朱晓、齐佑光一起离开了恭家大院，但之后并没有去南港支队，而是回家去了，不在场证明还需要进一步调查。

神秘猎手身高一百七十五厘米左右，看身形像是男人，但出现时，要么戴着面具，要么戴着口罩，头发也被藏进了帽子里，从未开口说话，所以无法百分之百确定性别。而包一倩的身高也接近一百七十五厘米，平时大大咧咧，身形与神秘猎手相近。

而此次知道基地之行的不过寥寥数人，倘若追踪器是刚刚被安装上去的，那他们身边的人的确更加可疑。

"查她的不在场证明，太伤人了。"范雨希不同意。

"反正您受伤了，去歇着吧。"朱晓把赵彦辉往外推，等他走后，才郑重地问，"你们怎么想？"

"追踪器很小，带有磁石，轻轻一放就能安上去。虽然赵队大部分时间把车停在支队了，但也不是没使用，或许是白天用车时，被神秘猎手随手安放上去的。"孔末推测道。

"我还是觉得可疑，赵彦辉是临时决定代我去基地的，神秘猎手为什么会在他的车上安追踪器？"朱晓觉得不可思议。

就在这个时候，包一倩推门进来了，眼眶通红。

"你都听见了？"朱晓手忙脚乱地解释，"我们不是不相信你。"

"我是感动！"包一倩抹着眼泪，"谢谢你们相信我。"

下午，齐佑光给他们带来了一个好消息：他发现了疑似凶手的头发。

这两天，齐佑光和一众法医、鉴定员多次在宣尚烨自己的衣服、凶手第一次给尸体换的衣服和凶手第二次给尸体换的衣服上摸索排查，发现了数根长长短短的头发和毛发。

齐佑光花了两天时间对这些样本进行DNA比对，将属于宣尚烨的头发和毛发全部排除后，发现了一个陌生人的头发。头发是黑色的，很短，带有毛囊，于是，他又提取了毛囊内的DNA，与DNA数据库进行比对，可惜的是，没有匹配到对应的人。

凶手多次给宣尚烨的尸体换衣服，过程烦琐，终究百密一疏，留下了证据。

"虽然数据库里没有凶手的DNA信息，但只要咱们有怀疑的对象，进行DNA比对，就可以坐实怀疑对象的嫌疑。"齐佑光兴奋道。

"问题是咱们连怀疑对象都没有。"包一倩打不起精神来，"更可怕的是，就算他站在咱们的面前，咱们能不能联手制服他都是个问题。"

鉴于神秘猎手极度危险，南港支队已经向所有卧底、线人和曾是卧底与线人的人员发出警告，并视情况对部分人员进行保护。

"如果不持枪，这家伙的确堪称无敌。"朱晓摸着胡楂儿，一阵头痛。

"齐大夫，你发现的头发那么短，是不是代表凶手是寸头？"包一倩问了一个令众人啼笑皆非的问题。

齐佑光摇头回答道："即使是同一个人的头发，也是有短有长。以你举例，你会长一些新的头发，也会断几根头发，新长的和断掉的头发都很短。"

众人讨论的时候，孔笙忽然急匆匆地跑了进来："哥，朱队！"

"我不是让你待在警员宿舍里不要出来吗？"孔末训斥道，非常时期，他不敢有半点马虎。

"你们看这是什么！"孔笙摊开手掌，掌心里是一个比指甲盖还小的黑色东西。

朱晓捏起它看了看，凝声道："微型追踪器！"

"哪里来的？"孔末连忙问。

"在我的包里发现的。我也不知道是谁在什么时候放进去的。"孔笙气喘吁吁。

朱晓警惕万分："检查一下你们的包！"

平时齐佑光总会背一个小包，包里放着急救药物。他翻开包摸索了一番，竟然也翻出了一个一模一样的微型追踪器。

范雨希和孔末平时不背包，于是检查了自己的衣兜，没发现异常。

"我也有！"包一情从包里翻出了微型追踪器，带着哭腔，"我们已经被那个变态盯上了！"

孔笙、齐佑光和包一情的行踪都在神秘猎手的掌控之中，一旦单独行动，后果不堪设想，幸好孔笙及时发现了不易察觉的追踪器。

朱晓立刻收集了三个微型追踪器，走进了技术队。

"朱队，我们解析过安在赵队车上的追踪器了，行踪信息不是直接发送到接收方那里去的，而是被发到一个网站上，任何人只要进入这个网站，都可以查看追踪器的行踪信息。"

"有办法查出谁进入过那个网站吗？"朱晓问。

"有一个可疑用户，但用的是虚拟IP，无法定位。"

朱晓只好把三个微型追踪器也交给技术队的警察："再查查这仨玩

意儿。"

技术队的警察忙活了一个多小时，给了朱晓答复：三个微型追踪器的原理与安在赵彦辉车上的追踪器一模一样。

下午，赵彦辉努力地回忆这个月的行迹，逐一到他停过车的地方调监控探头。然而，有不少他停车的地方处于监控探头的盲区，无法发现有谁靠近过他的车子。他累得满头大汗，在傍晚时分回到了南港支队，叫来了朱晓。

"什么？"赵彦辉吃惊地问，"又发现了三个追踪器？"

"我正在查是怎么回事。"朱晓忙得头晕眼花，疲乏不堪。

赵彦辉想了想，起身把办公室的门关上："包一倩怎么说？"

包一倩主动向朱晓交代了宣尚烨被杀当晚的行踪。案发时，她正一个人在家，不巧的是，她住的小区监控探头坏了，一直没有人修理。

"你真的相信她？"赵彦辉问。

"您怎么又来了？"朱晓不耐烦地说，"难怪范雨希这丫头不肯认您。"

"朱晓，范雨希胡闹也就算了，你是个警察，办案讲证据，不讲人情！"赵彦辉严厉地训斥，"我这是合理怀疑！"

"包一倩的包里也发现了微型追踪器。"朱晓辩解道。

"她完全有可能是为了洗刷嫌疑，才在自己包里也放了一个。"

包一倩、孔笙和齐佑光平时接触的非支队人员不多，尤其孔笙，平时碰面的人更是屈指可数。因此，能神不知鬼不觉地在大家包里放追踪器的更可能是他们这一群人当中的一个。

宣尚烨遇害当晚，包一倩没有不在场证明，又接触过赵彦辉的车子，本就十分可疑，如今，大家的包里又一次发现了追踪器，这就使得她更加令人怀疑了。

"难道你要我把包一倩抓起来，讯问一番？"朱晓急眼了，"我倒是可以这么做，但范雨希要是问起来，我就说是你的主意。"

赵彦辉与范雨希的关系才刚刚有所缓和，听朱晓这么一说，气得满脸通红："你少拿她压我！"

"行了，我向你保证，我的这群人中一个都没问题，否则我就不干这警察了！"朱晓大步走了，他去了一趟停车场，回到自己的办公室时，大家都安静地坐着，气氛压抑。

包一倩立刻站了起来："老朱，怎么样？实在不行，就把我铐起来吧。"

朱晓被赵彦辉叫去办公室时，大家就知道，恐怕包一倩又要被怀疑了。

"你一不违法，二不犯罪的，我铐你干吗？"朱晓搂着包一倩的肩膀，让她坐下，"放心吧，我是你们的头儿，有什么雷，我扛着。"

包一倩感激涕零，却怎么也想不起来这些天究竟碰见过什么奇怪的人。孔笙和齐佑光也一样，根本不知道是谁动过他们的包。

朱晓走到门外，把头往外探，扫了一眼之后，把门关上："记住，从今儿起，关于此案的任何信息不要对支队里的任何人提起。"

齐佑光凝重地问："您是怀疑支队里有内鬼？"

"刚刚我到停车场看过了，监控盲区不少。"朱晓说，"如果安追踪器的人一直靠墙蹲行，可以完美避开监控探头。能进支队停车场的只有支队里的警察、辅警和其他部门的工作人员。"

包一倩紧张得不敢大声说话："有机会同时接触到我、孔笙和齐大夫的也只能是支队里的人。"

目前，唯一的线索只有那根疑似凶手的头发，但是，想要对全支队的人进行DNA比对，工作量巨大，而且可能打草惊蛇，放跑目标。

朱晓见孔末一直沉思着，试探性地问："有什么思路吗？"

"我觉得神秘猎手的目标其实是你。"孔末大胆地推测道。

连恭临城都难以轻易调用神秘猎手，根据目前已知的线索，他第一次作案是在两年半以前，对朱晓谋杀未遂。

"关闻泽说，恭临城要求他一起动手杀了余严春，他拒绝了；恭临城让所有猎手暂停行动躲避风头时，他却对你出手了。"孔末分析着，"你才是他作案的目标。"

"可是我没死成，他没有再对我下手。"朱晓提出疑点。

"他改变了策略。他开车撞你的时候，犹豫了，说明他在要不要杀你的这个决定上本就犹豫不决。你活下来之后，他改变了策略，不再对你动手。"孔末应答道。

"再怎么改变策略，也不可能改变目标啊。"朱晓反驳道，"他现在的目标是卧底和线人。"

"难道你没有发现吗？他的目标全是你的人。"孔末的这句话令朱晓陷入了深思。

朱晓接任副支队长后，组建了一支专门用来调查"暗光案"的队伍。南港市局支队和下辖的刑侦大队都有自己的卧底和线人，有的还在执行任务，身份不明，有的早已经完成任务，受到表彰，其中不乏对公众公开的，赵彦辉便是最好的例子。

然而，无论是铁磊，还是宣尚烨，抑或被安装了追踪器的孔笙、包一倩和齐佑光，全是朱晓的人。

昨天夜里，虽然神秘猎手追踪了赵彦辉，但他对赵彦辉的命没有任何兴趣，而是与范雨希和孔末二人大打出手。要知道，赵彦辉年轻时的卧底任务至今仍被南港警界津津乐道。倘若神秘猎手的目标仅仅是卧底和线人的话，赵彦辉应该首当其冲。

"恭临城死后，神秘猎手看似继续干着暗光的勾当，实际上，他与恭临城干的根本就不是一件事。"孔末说。

神秘猎手之所以无法被恭临城轻易调用，不仅因为他自身强大，不需要完全依附恭临城，也因为他们的目标根本不同：恭临城的目标是所有的卧底和线人以及余严春，而他的目标实际上只有朱晓一个人。

"恭临城自以为利用了一个强大的猎手，但谁又知道，神秘猎手是不是反过来利用恭临城了呢？"

神秘猎手以朱晓为目标，但又只对他重要的人下手，让他深陷比自己被杀害还要痛苦的泥潭中，这说明神秘猎手对他的仇恨绝非一般。

孔末的分析令朱晓的大脑轰鸣作响，喉咙干得像火烧一样，嘶哑不堪："他们真的是因我而死。"

"老朱，你想想，你究竟得罪了谁！"包一倩焦急地问。

朱晓的心情乱糟糟的，几乎失去了思考的能力。他愣愣地站着，双腿像被抽空了力气，忽然间跌坐在地上，任凭包一倩怎么拉也拉不起来。

范雨希和孔笙都从朱晓的脸上读出了前所未有的愧疚，不约而同地叹了一口气。

"老朱！"包一倩气得跳脚，"你一个大男人，最近怎么老是说倒就倒，你要是这么沉沦下去，周旱、宣尚烨和铁磊就算做鬼也会瞧不起你的！"

朱晓听到这三个名字，突然疯疯癫癫地哭了。

包一倩焦急道："完了，完了，老朱彻底完了。"

范雨希把包一倩拉到一边："算了，让他哭一会儿吧。我了解他，再怎么难过和内疚，最后都会打起精神来的。"

于是，大家围着朱晓，看着他抹眼泪、擤鼻涕。

慢慢地，朱晓果真如范雨希所说，消停了下来。

"哭够了吧？"包一倩给朱晓递去了纸巾，"我们像看耍猴一样，看你半天了。"

朱晓呆若木鸡地接过纸巾，还没完全缓过来。

"神秘猎手和你有深仇大恨，所以想让你比死更痛苦，于是，现在专挑与你患难之交的手下动手，让你愧疚，让你难过。"孔笙继续分析，"但是，他在你没有到南港之前，就已经进入猎手榜了。"

关闻泽说过，他在很多年前就以"声音"的身份得知朱晓可能会被调到南港，接手部分线人和卧底。恭临城极有可能是用这条消息换来了与朱晓有不共戴天之仇的神秘猎手的信任。

"他之所以同意与恭临城联手，也是因为你。不杀你，只杀你的线人和卧底，让你更加痛苦的这个计划才是他最原始的打算。但你来到南港的第一天，他被仇恨冲昏了头脑，所以才不顾恭临城的劝阻，对你出手。"孔笙一层一层地剖析神秘猎手的心态。

孔笙揣测，神秘猎手见朱晓没死之后，终于恢复了理智。此后两年，神秘猎手一直没有行动，甚至眼睁睁看着暗光覆灭。

"他在等待时机。他觉得前两年，你和这些线人与卧底的感情不够深，杀了他们不足以让你痛苦。"孔末同情地看向朱晓，"现在，时机到了。"

朱晓的脖子上青筋暴起，猛地捶地："到底是谁！"

"他杀了铁磊和宣尚烨后，为他们包扎、换装和梳妆，不惜冒着暴露的风险把他们转移到床上，还为其盖上被子，或许这与他的经历有关系。"

刑事重案中，凶手的一举一动往往透露出犯罪心理，而这两起案件显然带有强烈的主观色彩。神秘猎手杀死铁磊和宣尚烨后，不仅没有抛尸街头，而且清理了尸体上的血迹，让他们死得十分体面。

范雨希接过孔末的话："他的行为让铁磊和宣尚烨不像是他的仇人，倒像是他的亲人。"

"不错。"孔末赞同道，"这正是我要问的，你是不是曾经击毙过某个犯罪嫌疑人，让犯罪嫌疑人死得很不体面了？"

朱晓绞尽脑汁地苦思冥想后，摇头否认了。

孔末始终觉得神秘猎手"不杀朱晓、只杀线人和卧底"的计划并非凭空而来："在他的那段遭遇里，朱队就是他，死去的铁磊和宣尚烨在他的经历中扮演的是他最亲近的人。"

神秘猎手很可能尝过最亲之人被杀害的痛苦，所以才会想出这样的法子来报复，让朱晓品尝一模一样的痛楚。在他的经历中，他最亲近的人死得十分不体面，所以他才会在作案时，把受害者想象成他脑海中的人，为受害者包扎、换衣服和梳妆，将受害者安置到温暖的床上。

"我真的没有印象。"

"那我就说得具体一点。"孔末缓缓地站了起来，"铁磊和宣尚烨都被割喉致死——那个被你'害死'的人也可能是被割喉的；他们被包扎、换衣服和梳妆——那个人的伤口裸露，鲜血溅满全身，死时蓬头垢面；他们被挪到温暖的大床上——那个人死在了街头或荒郊野外，当时的天气可能很冷。"

朱晓的眼神逐渐失焦，在"腊月挟持案"中惨死的人质仿佛正站在他的面前。

第 29 章
腊月

几年前的腊月二十九晚上，京市的胡同深巷挂起了红灯笼，家家户户飘着炊香，偶尔能听见几声鞭炮响，处处洋溢着即将过年的喜庆。

京市市局刑侦总队里，朱晓顾不上擦汗，端起凉透了的面条吃了两口，骂骂咧咧道："妈的，面都坨了。"

江军恰好从办公室里出来，笑着问："今儿是腊月二十九，小除夕，你就吃这个？"

"老大，有面吃就不错了，我忙里忙外的，好不容易才得空。"朱晓狼吞虎咽地吃了几口，"今儿小除夕，有个'别岁'的风俗，三街六巷人来人往的，那些个三教九流非得干些鸡鸣狗盗的勾当，年年都这样，下到派出所，上到市局和各区分局，报警电话都被打爆了。等明儿除夕，更忙！"

朱晓的话音刚落，大厅里的座机电话又响了。

"这不，又来了。"朱晓埋怨着接起了电话，听了几秒后，猛地站了起来，"我们立刻出警！"

朱晓接到报案，市区发生了一起当街绑架案。

报警人是京市富商戚翁全，被绑架的是其女戚静。案发时，戚翁全正与戚静从一个商场购物归来，在自家别墅群大门外出了事。

戚翁全和戚静住在僻静的别墅群里，他们回家时，一辆面包车急速驶来挡在他们面前，戴着针织头套的两个绑匪从车上下来，推倒上了年纪的戚翁全，留下一句"不准报警"后，将戚静打晕带上了车。

绑匪持枪，别墅群大门处的保安见了枪，全都吓得躲了起来，根本不敢上前搭救，眼睁睁看着面包车扬长而去。

戚翁全和家人再三商量，心急如焚之下，还是决定偷偷报警。

朱晓带队赶到别墅群外，查看了当时的监控录像，两个绑匪都戴着针织头套，只露出一双眼睛，无法识别面容。警方锁定面包车的车牌号，在全市范围内搜寻目标车辆的下落。然而，绑匪驾驶的车辆没有往市区开，各处的电子眼和监控探头很快失去了目标车辆的踪迹。

戚翁全一家哭天喊地，要求警方一定要将戚静救出来。

市局连夜召开部署会议，根据绑匪只绑戚静、不绑戚翁全的犯罪行为，将这起绑架定性为绑架勒索案。朱晓留在戚翁全家，彻夜不眠地等待绑匪一直没有打来的勒索电话。

隔日清晨，伴随着鞭炮齐鸣，戚翁全家里的座机电话终于响了。市局技术组早已经在戚翁全家安置了监听设备和定位设备，在朱晓的眼神示意下，戚翁全接起了电话。

"没有报警吧？"是一道低沉的男音。

戚翁全颤抖着声音，撒谎道："没有报警。我的女儿怎么样了？"

电话里传来了绑匪对戚静拳打脚踢的声音，戚静哭喊着："爸爸，救救我！"

戚翁全全身发软，焦急道："别打她！你要什么，我都给你！"

"准备五百万现金，带着钱，两个小时后到西山赎人。"绑匪交代道，"只能你一个人来，到了西山脚下，会有人接你上山。如果敢报警，我让你的女儿死无全尸！"

绑匪留下话后，匆匆挂断了电话。

"技术组，定位到绑匪的位置了吗？"朱晓紧张地问。

"定位到了，绑匪的信号源不在西山，而是在东山岗。"

"让特警队带上狙击手，准备出警！"朱晓当机立断。

戚翁全却犹豫了："如果你们去，我的女儿就没命了！"

"戚先生，绑匪很狡猾，他们把你的女儿绑到了东山岗，却和你约定在西山交易。很显然，他们没有要放过你女儿的意思，拿到钱后，他们不仅会杀了你的女儿，也会对你动手！"朱晓劝道。

"我不能让我的女儿死！"戚翁全不同意，立即吩咐人去准备赎金了。

朱晓很着急："戚先生，您考虑清楚了，绑匪的身份不明，警方不出动，一旦你们出了事，我们连抓到他们替你们报仇的机会都很渺茫。"

"我不能冒险。"

"你这个老顽固！"朱晓气得骂人，"你听不懂人话吗？如果绑匪真的有诚意交易的话，应该约你在东山岗交易！你不让警方救人，才是冒险！"

戚翁全心乱如麻，犹豫了。

朱晓看了看手表："时间紧迫，您放心，警方一定会把你的女儿救出来。"

戚翁全迟疑后，终于咬牙做了决定："那就拜托你们了！"

两个小时后，朱晓在市局刑侦总队的指挥下，将警力兵分两路，一拨人带着戚翁全去西山，假装进行交易；另一拨人悄悄地来到东山岗，在半山腰埋伏，等待行动指令。

戚翁全下车后，其中一名绑匪如约而至，刚要接手戚翁全拖着的装满现金的行李箱，躲在暗处的警察便蜂拥而至。绑匪奋起反抗，被当场击毙。

趴在东山岗的草丛里的朱晓得到了一名绑匪被击毙的消息后，掏出对讲机，暗道不好："狙击手，找到合适的狙击位置了吗？"

"目标位置居高临下，没有适合狙击的位置。"

戚静被绑到了山坡上一栋荒置多年的旧教学楼上，一旦有人靠近，绑匪就能借助地势，观察得一清二楚。

朱晓原本的打算是先逮捕一名绑匪，再逼迫被逮捕的绑匪与山上的另一名绑匪通话，设计救人。但如今，那名绑匪被击毙，他的计划彻底泡汤。

西山的行动结束后，戚翁全匆匆赶到了东山岗。

"警官，怎么样，我的女儿救出来了吗？"

朱晓神色凝重："还没有。"

忽然，戚翁全的手机响了，在朱晓的示意下，开了免提："老东西，你是不是报警了？"

戚翁全结结巴巴："我没有报警！"

绑匪突然把电话挂断，两分钟后，给戚翁全发了一张附带照片的短信，照片里是一根被砍断的血淋淋的手指。

戚翁全的眼前一黑，险些晕过去。

绑匪一定是见同伙迟迟未归，猜到警方已经出动了。

朱晓及时将戚翁全搀住，这时，旧教学楼上方的广播夹着杂音响了："外面的警察听着，我知道你们已经包围了这里，立刻派一个人带着钱进来，给我把道清了，放我离开！"

戚翁全老泪纵横，看着照片上的手指，慌得像热锅上的蚂蚁："怎么办！都怪你们，我就不该同意让你们出动！"

朱晓掏出对讲机："请求指令！"

几分钟后，对讲机里传来了指令："犯罪嫌疑人挟持人质，情绪已经失控。目标位置居高临下，周围草木丛生，狙击手无法命中。经研究，决定派遣一名警员带着赎金进入目标位置，与绑匪谈判，解救人质。"

"让我上。"

在去京市的火车上，朱晓心情复杂地对范雨希和孔末说了"腊月挟持案"的始末。

"我手臂上的这道疤痕就是和绑匪拼死搏斗时留下的。"朱晓满眼通红，"谈判失败了，最终我还是没有救下戚静。"

"腊月挟持案"以两名绑匪先后被击毙、人质死亡而告终。戚静的父母因承受不住巨大的打击，抑郁而终，原本一家四口的戚家，没了往日的风光，只剩戚静的哥哥戚启文一个人，终日酗酒。

孔末推测出神秘猎手的犯罪动机后，立即联系了京市市局刑侦总队，调查后得知，这几个月，戚启文都待在家里，从未离开过京市。戚启文的嫌疑被排除后，市局刑侦总队又想通过戚启文调查戚静的人际关系，但被拒之门外。

在戚启文看来，警方没有救下他的妹妹，甚至是害死他妹妹和父母的间接凶手，因此内心对警方无比抵触。于是，朱晓决定亲自前往京市接触戚启文。赵彦辉为了保证一行三人的安全，还派了好几名配枪的警察一路护送。

"你是负责'腊月挟持案'的警察，又是直接与绑匪谈判和解救人质的警察。两名绑匪都被击毙了，神秘猎手内心的仇怨无处宣泄，只能归罪于你。对他来说，戚静一定是至亲至爱，戚静的死令他痛彻心扉，所以，他也要让你尝尝同样的痛楚。"孔末道出了神秘猎手的犯罪心理。

朱晓是孤家寡人，神秘猎手一直在等他有至亲和挚爱。他来到南港后，与一群线人和卧底患难与共，多年之后，神秘猎手等到了机会。

朱晓颓然了一路，终于在晚上抵达了京市。他没有耽搁，立刻按照市局刑侦总队给的地址，去了戚启文的家。

这是一个人员鱼龙混杂的老小区，小区门口的小吃摊上围着喝酒划拳的青年，嘴里骂骂咧咧，时不时传来酒瓶破碎的声音。

朱晓愧疚万千："戚静的死对这一家的影响太大了。"

想当初，戚家在京市算得上富贵人家，但"腊月挟持案"发生后，戚静和戚翁全夫妇先后去世，戚启文无心打理生意，沦落到了今天的境地。

范雨希扶着疲劳不堪的朱晓，上了臭气熏天的楼道。戚启文住在小区的六楼，旧楼没有电梯，他们只能一路爬上去。

"到了。"孔末没有犹豫，敲了门，没有人开门。

孔末又敲了足足十分钟，屋里才终于传来些动静。门刚被打开一道缝，熏天的酒气便飘了出来，范雨希下意识地捂住鼻子。

戚启文的手里拎着一个酒瓶，双腮透红，双眼迷离，头发油得发亮，不知多久没有洗澡了，身上散发着一股令人作呕的臭气。

"你是谁啊？"戚启文迷糊地看着孔末，目光瞟到了站在后面的朱晓，立即清醒了不少，想要关门。

孔末用脚抵着门："谈谈。"

戚启文朝着朱晓吐了一口唾沫："我没有话要和杀人凶手谈！"

朱晓低着头，不躲不闪。

"嘴巴放干净点！"孔末呵斥着，强行把门打开，将戚启文推了进去，"朱队，进来吧。"

"你有脸进来吗！"戚启文摇摇晃晃地指着门外的朱晓，"你忘记我的妹妹是怎么死的了吗？你忘记我的父母是怎么死的了吗！"

范雨希实在听不下去了："戚静是绑匪杀的！"

"父亲原本不同意让警方出动，绑匪拿了钱，一定就会放了妹妹！"戚启文痛哭流涕，"都是他，为了立功，为了破案，非要怂恿父亲。"

"你以为绑匪拿了钱，就真的会放人吗？"范雨希怒斥。

戚启文扶着墙，大吼道："至少我的妹妹有一线生机！"

范雨希刚想反驳，就听见"扑通"一声，回头一看，朱晓竟然直直地朝着戚启文跪下了。

"朱晓，你朝这种不明事理的人下跪干什么？"范雨希想拉朱晓起来，可朱晓的双膝像被粘在地上一样，怎么也拉不动。

范雨希了解朱晓，虽然他平时表现得没脸没皮，但从不低声下气，更何况抛掉尊严，跪在别人面前。

"你跪下，我的妹妹就能活过来吗？"戚启文歇斯底里地吼道。

"对不起，我错了。"朱晓的眼眶湿润。

"不，你没有错。"楼道里传来了另一道声音。

江军大步走来，强行把朱晓从地上拽了起来，呵斥道："古话说，男儿膝下有黄金，你怎么能轻易下跪！"

戚启文的脸涨得通红："他是杀人凶手，就算跪死在这里，我也不会原谅他！"

"你张口一个'杀人凶手',闭口一个'杀人凶手',当真以为人民警察可以被你们随便侮辱和欺负吗!"江军大步地跨进了屋子,揪起戚启文的领口,给了他一巴掌,"你给我清醒一点!如果没有朱晓,你的妹妹只会死得更快!当初,他为了救你的妹妹,和歹徒殊死搏斗,差点儿丧命!"

范雨希和孔末都没有想到江军如此有魄力,竟然敢直接动手。

"如果不是他坚持出警,我的妹妹至少有活的可能!"

"不,如果警方不出警,你的妹妹才是毫无生机!"江军冷哼,将戚启文推倒在地上,给他丢了一个手机。

手机里存着一段视频,那是绑匪被击毙后,警方从绑匪车辆的行车记录仪上拷贝下来的录像。画面中,戚静被带下车后,拼死挣扎,不小心将绑匪的头套摘下了。

"戚静看见了绑匪的真面目,你以为绑匪会放过她吗?"江军厉声道。

戚启文攥着手机,全身战栗地痛哭。

"朱晓,你给我记住了!作为人民警察,我们可以保证为了人民群众的安全付出生命,这是职责,但作为人民警察,我们保证不了一定能保护所有人民群众的生命安全,这是现实!戚静的死,你没有任何过错!"江军的一番话将昏头昏脑的朱晓彻底骂醒了。

南港支队里,赵彦辉派出数名警察将孔笙、齐佑光和包一倩保护起来,送到了警员宿舍。

天色很晚了,赵彦辉没有回家休息,加班加点地与手下一起排查全南港击剑运动员和业余击剑手的资料。由于神秘猎手与发生在京市的"腊月挟持案"有关系,因此,南港支队又一次和京市市局刑侦总队联合侦查。

京市的排查范围更大,市局刑侦总队只能先从专业的击剑运动员查起,花了一天,将各级击剑队的运动员名单整理后,发给了南港支队。

"怎么样?"赵彦辉问正在如火如荼查阅资料的警察们。

"赵队,我们花了一天走访了南港各级运动馆和击剑馆,光是南港就有一千多人的资料需要查看,再加上京市发来的资料,足足近两千份资料,查阅起来没那么快。"

赵彦辉看着满桌乱糟糟的文件和电脑屏幕上密密麻麻的文字，头痛地揉着太阳穴："犯罪嫌疑人的身高在一百七十五厘米左右，从身高上先行排除。"

但是，一百七十五厘米左右是十分普遍的身高范围，南港支队花了几个小时筛选后，还剩下八百多个目标。

"赵队，这八百多人里，有一百名南港和京市的专业击剑运动员，他们平时的训练和行程十分固定，又住在运动员宿舍里，作案的可能性很低。"其中一名警察说，"剩下的七百人全是业余击剑手和击剑馆的会员，咱们需要一一找他们确认不在场证明吗？"

"这么多！"赵彦辉眼冒金星，"工作量太大了。"

"估计京市那边非专业运动员目标的数量比南港多得多。"

"联系各级大队、中队和派出所，先对这七八百多人进行走访，询问不在场证明。"赵彦辉没敢把所有希望全放在朱晓身上，他透过窗户，望着已经大亮的天空，"希望朱晓能从戚静的人际关系上锁定目标。"

南港支队立即行动了，赵彦辉忙了一宿，累得焦头烂额，抽空出了支队，进了一家面摊，刚吃上面，就见阿二进了面摊。

"哟，小伙子，这么巧，过来一块儿吃吧。"赵彦辉招手。

阿二径直走到赵彦辉的面前，哈腰道："赵队，我是专程来找您的。"

"找我干什么？"

"希姐让我转交给您一样东西。"

京市的天也亮了，朱晓、范雨希和孔末在戚启文的家里待了一宿。

戚启文的酒醒后，终于配合他们的调查了。

平时戚静深受戚翁全的溺爱，养成了娇生惯养的公主脾气，没什么朋友。

"那年，她悄悄告诉我，她偷偷谈了一个男朋友。"戚启文说。

孔末的心头一怔，这个人很可能是神秘猎手："他是谁？"

"我也不知道。"戚启文叹了口气。

戚静只告诉戚启文，她的男朋友家境不怎么好，与她门不当户不对，因此，他们谈了三年的恋爱，也没敢告诉戚翁全。但当时，她的男朋友向她求婚了，她担心戚翁全反对，所以才找戚启文给她出主意。

戚启文就戚静一个妹妹，对她也是百般呵护，见她愁得茶饭不思，当即表示一定会说服戚翁全接受这段恋情，还让她趁着过年，把男朋友带回家，一起吃年夜饭。

谁也没想到，腊月二十九那天，戚静被绑架了，最终，除夕夜的那顿饭没有吃成。

"她透露过对方的职业吗？"朱晓心急地问。

"没有。"

范雨希思考了片刻，又问："她的手机还在吗？"

戚启文虚弱地起身去找手机了。

"专业运动员的待遇不错，至少不至于让戚静不敢对家里公开恋情。"孔末推测道，"神秘猎手应该是业余的击剑手。"

不久后，戚启文将戚静的手机取来了。

朱晓打开手机，先翻看了电话记录和短信记录，发现都被清空了。他推测，戚静是担心戚翁全偷看她的手机，发现这段不被看好的恋情，因此养成了清空记录的习惯。

"给我。"范雨希抢过手机，打开了安装在手机上的一款公共通信软件，查看戚静生前发的日常动态，发现了线索。

戚静生前几乎每天都会在公众平台上发布生活照，其中多条日常动态都附带地理位置。

"她几乎每隔两三天就会到南三胡同群去。"范雨希点开了地图，"南三胡同群距离她的家很远，她有可能是去找她的男朋友去了。"

他们立即起身，开着车来到了南三胡同群。

这个胡同群位于京市五环外，又偏又破。朱晓向附近的居民打听了一番，果然，在胡同深处有一家击剑馆。

他们走进这家击剑馆时，又矮又胖的馆主立刻笑脸嘻嘻地迎了出来："办卡吗，年卡一千二百。"

孔末向馆内扫了一眼，发现这里的人很少，只有两个穿着击剑服的人正在台上练习。

"警察。"朱晓直接掏出证件，"我要看一下你们这里的会员资料簿。"

馆主把两本资料簿取出来后，朱晓和孔末立刻翻阅。

"向您打听一下，你们这里有过身高一百七十五厘米左右、剑术高超的会员或者教练吗？"范雨希问。

馆主想了想，老实说："我们的会员不多，现在只有一个教练。不过，几年前倒是有一个小伙儿在我这儿打工，剑耍得不错。后来辞职了。"

"是谁，有照片吗？"范雨希连忙问。

"有有有。"馆主说着，将员工资料簿取了出来，翻到其中一页，指着上面的照片，"他叫田一禾。"

范雨希看清田一禾的照片后，惊愕道："阿二！"

第 3 0 章
美梦

朱晓、范雨希和孔末立即乘机赶回了南港。

南港支队出动了十几辆警车，数十名警察持枪包围了恭家大院。警笛声响彻冗长的胡同，附近的居民全部被驱散。

朱晓赶到恭家大院外时，已经是傍晚了，斜阳的温度正好，余晖却十分刺眼。

"朱队，赵队被挟持了。"

朱晓看了看手表："多久了？"

"五个多小时了，生死不明。我们不敢贸然进入。市局下了命令，要我们务必保护好赵队的安全。"

"让我进去吧。"范雨希的思绪万千。

"不行。"朱晓和孔末同时拒绝。

"这是我的院子，被挟持的是我的爸爸，凶手是我的手下。"范雨希指着恭家大院紧闭的大门，"让我进去，他不会伤害我的。"

孔末拉住范雨希的手："死女人，反正我不同意。"

范雨希将手抽了回去，用力吼道："我必须进去！"

这时，院子里传来了阿二的喊声："希姐，你进来吧。"

朱晓高声回应："田一禾，你的目标是我，你别为难别人，把赵彦辉放了，我当你的人质！"

"你们放心吧，我不会伤害范雨希。我要和她谈谈。"阿二的声音传了出来。

朱晓手足无措，不敢冒险。

"死女人，我不想看见你死。"孔末哀求道。

范雨希忽然转身，踮起脚尖，在孔末的嘴唇上啄了一下，趁着他还没有反应过来，将他推开，转身走到门前，推门进去了。

"丫头！"朱晓眼看阻止不了范雨希，只能叫住她，给她丢了一把枪，"活着出来！"

范雨希接过枪，点了点头，关上了身后的院门，朝着厅堂走去。

赵彦辉闭着眼睛躺在地上，一动也不动。阿二的手里攥着一柄击剑手用的重剑，站在赵彦辉的旁边。

"希姐，您放心，我只是喂了他一点迷药。"

范雨希淡然地点了点头，把枪收了起来："我知道。"

"您为什么这么确定我不会伤害他和你？"阿二反问。

"那天晚上，在基地，你突然离开不是因为赵彦辉报了警，也不是因为担心大雨会导致你难以逃脱。"范雨希回想起当时的场景，"是因为我誓死要和孔末在一起。所以你放过了我们，你根本不想杀我。"

阿二无奈地苦笑："跟着您好些年了，您是真的对我好。"

当夜，阿二被赵彦辉抱住大腿难以脱身时，原本可以直接杀了赵彦辉，可他并没有这么做，因为赵彦辉是范雨希的亲生父亲，甚至他原本连孔末也不想杀，因为他知道，孔末死了，范雨希一定会痛不欲生。他到基地去原本只是为了销毁留在基地里的证据罢了。

"阿二，在这恭家大院里，除了当初的恭临城，就数你与我最亲近了，可你却和恭临城一样欺骗了我。"范雨希觉得心灰意冷。她擅长察言观色，却始终看不透身边之人的心。

"对不起。"阿二深吸了一口气，"今儿让您进来就是给您一个交代，向您道歉的。"

当年，阿二得知戚静死后，伤心欲绝，沉沦了整整一年，几度想找朱晓报仇，只可惜市局刑侦总队守护严密，一直没有找到机会，直到恭临城突然找上了他。恭临城告诉他，朱晓未来有可能被调到南港，接手一批线人和卧底，如果想让朱晓也尝一尝他饱受的痛苦，就加入暗光。

"恭临城把我送到了基地里，为我进行了长达一年的实战训练。离开基地后，我来到了南港，以用人的身份留在恭临城的身边，等待着朱晓的到来。"

阿二等待朱晓来港的那段日子可谓度日如年，终于，两年半之前，朱晓果真来南港接任副支队长了。

"那一天，我实在忍不住，想要开车撞死他。但他的命很大，活了下来。"阿二忆起了往事，"这些年，戚静的尸体像是噩梦一样刻在我的脑海里，我总算明白了，我不能让朱晓那么轻易地死去。"

戚静入葬时，阿二偷偷地躲在殡仪馆的角落里看见了尸体，那一幕成了他在每个午夜时分都会记起来的梦魇。

"于是我又等啊等，等啊等，终于等到你们都成了朱晓最重要的人！"阿二不禁掉了两滴眼泪，"我终于让他尝到了我每天都在经历的诛心之痛！"

"阿二，你应该知道，戚静的死不是朱晓的错。"范雨希劝说道。

"所有人都把希望寄托给了朱晓，你能想象，戚静在绝望中，看到朱晓给她带去的希望时是什么心情吗？"阿二抽泣着问，"可是，他又亲手把希望掐灭了。你能想象，戚静看到生存的希望破灭又是什么心情吗？"

"阿二，回头吧！"

"我回不了头了！"阿二肆无忌惮地哭着，"朱晓没有救下戚静就是有错，他和杀了戚静的绑匪一样该死！"

"阿二，朱晓本不是你的仇人，只是你需要一个仇人罢了。"

阿二太爱戚静了，这种爱已经让他不辨是非了，又或者说，他太痛苦了，这种痛苦使他不愿意分清是非。他已经失去了爱人，如若再没有仇人，生活就将变得空洞，没有了任何活下去的理由。

"希姐，你出去吧，让朱晓带着他的线人们进来。"阿二抹干了眼泪，"他们进来后，我就会把赵彦辉放了。但如果逼我，我只能对不起您，对赵彦辉动手了。"

赵彦辉车上的追踪器是阿二奉范雨希的命令跟踪赵彦辉时，偷偷安上去的。但他的确从来没有想过要害赵彦辉，只是想要掌握赵彦辉的行踪，以便有朝一日绑架赵彦辉，引朱晓等人上门罢了。

范雨希从阿二的脸上看出了坚决，于是不再说什么，叹了一口气，出了恭家大院。

二十分钟后，孔笙、包一倩和齐佑光被叫到了恭家大院外。

"原来在我们包里放追踪器的是阿二！"孔笙恍然大悟。

为宣尚烨送行当晚，他们齐聚恭家大院，身上的包全放在内厅了，阿二是在那时候把追踪器放进他们的包里的。

朱晓犹豫不决："让我一个人进去吧。"

"你一个人进去，必死。"孔末毫不留情地说，"你的身手连他一剑都躲不过。"

朱晓拍着腰上的枪："他的剑能有子弹快？"

"他也有枪。"范雨希提醒道。

赵彦辉被绑架了，身上的配枪一定已经被阿二拿在了手里。

朱晓等人去京市的时候，阿二原本有机会逃走，但他没有这么做，而是绑架赵彦辉，主动走进了一旦被包围便再也出不来的恭家大院，目的是做最后的了断。

"这是他的最后一战，他不会手下留情的。"孔末想了想，说，"我陪你进去，其他人留在外面吧。"

"哥，我想陪着你。"

"对，要死一起死，怕什么！"包一倩豪气冲天道。

齐佑光也没有犹豫："朱队，一起进去吧，我们总能帮上一点忙。"

"你们怎么这么没有脑子！"朱晓狠狠地拍了拍包一倩的脑袋，"他的目标是我，但他想杀的是你们！他想让我痛苦一辈子，你们进去就是羊入虎口！"

"老朱，你有更好的法子吗？"包一倩指着恭家大院的大门，"你没听见他怎么警告雨希妹妹的吗，把他逼急了，赵队真的会死的！"

这时，阿二的声音从院落里飘了出来："你们商量好了吗？"

包一倩索性学了范雨希的做法，直接推门进去了，朱晓来不及阻止，只能硬着头皮跟了进去，紧接着，孔笙和齐佑光也跟了进去，范雨希和孔末不敢再迟疑，跟上了众人的步伐。

他们六人一进门，便见阿二手里拿着枪，对准他们："把身上的枪都取下来，丢进那口井里。"

在阿二的警告下，他们把身上所有能藏枪的地方全都翻了出来，将配枪全丢进了井里。朱晓只留下一把小刀揣在手里，阿二没有在意。

"我说话算数，希姐，你把赵彦辉带出去吧。"阿二没有放下手里的枪，"把孔末和孔笙也带出去吧，不要再进来了，算是我对您的报答。"

此时，赵彦辉已经醒了，但药效没有退，一动也不能动。范雨希将他搀起来后，扶出门安置好后，又进了院子。

"希姐，我给您最后一次机会，带孔末和孔笙出去。"阿二劝道。

范雨希牵起孔末和孔笙的手，坚定道："既然我们一起进来了，除非一起出去，否则谁都不会走的。"

阿二不再多说，看向朱晓："你想让谁先死，选吧。"

"选个屁！雨希妹妹这么善良，身边怎么净是些牲畜！"包一倩破口大骂，"有种放下枪，和我们好好打一场！"

包一倩的眼角瞥见了恭家大院外偷偷爬上墙的狙击手。狙击手为了不被阿二发现，选择了院落后方作为射击点，但此时，阿二正站在厅堂里，有房屋作为障碍物保护。想要击毙阿二，包一倩只能痛骂阿二，试图把阿二引出厅堂，来到院落上的空地。

阿二把枪口指向了包一倩，范雨希立即挡在她身前："阿二，现在收手还来得及。"

"我已经杀了两个警察，早就来不及了。"阿二淡定地说，"希姐，我不愿意杀你，你让开！"

"我不让！"范雨希张开双手，死死地将包一倩护在身后。

"我再说一次，让开！"阿二怒吼着，扣动了扳机。

枪响传出了恭家大院，在车上歇息的赵彦辉全身一颤，担忧无比。

弹壳伴随着喷洒的鲜血落在了地上，范雨希的耳膜都要被震破了，猛地扭过头，倒在地上的是齐佑光！

阿二在扣动扳机的一瞬间，挪动了枪口。

"齐大夫！"

"我没事！"齐佑光的膝盖中弹了，他捂着腿，强忍着疼痛为自己止血。他知道，即使今天能侥幸走出恭家大院，将来也会是一个跛子。

"田一禾！"朱晓暴喝，"你杀了我，放他们走！"

"我不会杀了你，我要让你一辈子都活在内疚和痛苦中！"阿二的脖子上青筋凸起，"我要一个一个杀死他们！"

阿二说着，又一次把枪口对准了齐佑光。

"阿二，求求你，不要！"范雨希又扑腾到了齐佑光面前。

阿二又一次扣动扳机，这一次，他击中了包一倩的胸口。包一倩倒地后，抽搐了两下，便晕过去了。

齐佑光咬着牙："朱队，如果不及时送医，她会死！"

孔末握紧拳头，决定赌上一把，于是猛地朝着阿二跑去。阿二对着孔末连开数枪，但悉数被孔末躲过。阿二精通击剑术，但枪法与普通人无异，精准地射中静止的目标尚且不易，根本无法击中四处迅速闪躲的孔末。

终于，孔末来到了阿二的面前，抢过了枪，刚把枪口对准阿二，不料阿二右手持剑，猛地往上一挥，将孔末手里的枪挑起。枪高高飞起，恰好落在了悬梁上。阿二弓着身子往前一刺，孔末连连退后，险些被刺穿胸口。

"外面的人进来！"朱晓见阿二没有枪了，高声喊道。

院子的门被踢开，持枪的警察正要纷纷闯入，没想到阿二突然掏出一个小型的遥控器，高高举起："我看谁敢！"

"停下！"朱晓立即做了撤退的手势，"出去，把人都撤出胡同群！"

朱晓和范雨希这才发现，恭家大院的围墙脚下安装了不知道多少个电子炸弹，阿二手里握着的正是电子遥控器。

"你们撤退，我拖住他！"孔末喊道。

阿二冷笑："除了范雨希，其余人只要往外走一步，我就和你们同归于尽。"

朱晓心急如焚地扫了正在淌血的包一倩一眼，现在，外面的警察进不来，他们又出不去，再这么拖下去，包一倩必死无疑。

齐佑光顾不上膝盖上的伤，立即尝试为包一倩止血。

"可恶！"孔末咒骂一声，动手抢遥控器。

阿二提剑相迎，孔末赤手空拳，稍不注意，被剑身劈中肩膀，闷哼一声，趴在了地上。

"阿二！"范雨希哀求道，"不要！"

阿二提起剑，正要刺向孔末的身体时，听见范雨希的祈求，将孔末狠狠踩住，暂时停下了动作："希姐，我给过你机会了。"

"田一禾，没有救下戚静的是我，我愿意承担责任。告诉我，怎么样才能放过他们。"朱晓挥舞着小刀，指向阿二。

"我早就说过了，我要让你像我一样，永远活在痛苦中，我要让他们死时的样子永远烙印在你的脑海里！"阿二丧心病狂地笑了起来。

朱晓回过头，看向范雨希、看向孔笙，又看向正在全力抢救包一倩的齐佑光和已经生死未卜的包一倩，最后看向趴在地上无法动弹的孔末，笃定地笑道："你的希望恐怕要落空了。"

范雨希和孔笙盯着满脸苦笑的朱晓，同时读出了那抹苦笑的意图，不约而同地喊道："不要！"

朱晓举起小刀坚定地刺向了自己的胸口。他知道，阿二想让他活着，一辈子都记住那些死去的人，但是他死了，阿二的计划就会被终止。

朱晓不得不死，只有他死了，才有可能终结阿二的仇恨，其余无辜的人才有可能活下去。

"不！你不能死！"阿二朝着朱晓飞奔而去。

没有人来得及阻止朱晓，刀子就那样深深地扎进了他的心脏。

当阿二跑出厅堂的那一刻，狙击手扣动了扳机，子弹穿过他的脑袋。他缓缓地倒下了，至死的那一瞬间，仍然睁着双眼，眼神里充满着不甘。

朱晓也倒下了，鲜血映着最后一抹夕阳逐渐散开。恍惚间，他听见了范雨希和孔笙撕心裂肺的哭声，听见了孔末和齐佑光唤他名字的叫声，看见了许多穿着警服的警察把包一情抬上担架的身影。

这是朱晓觉得最安静的时刻，他再也不用穿着警服四处抓贼和查案，再也不用听上级领导聒噪的训斥和群众喋喋不休的胡搅蛮缠了。他觉得好轻松，终于能够轻松地躺下了。

朱晓觉得眼皮很重，想要闭上眼睛，好好歇息，可是天边的斜阳和即将到来的夜幕太美了，他想再看一会儿。

朱晓做了一个很长的美梦。

在梦里，他刚刚穿上警服，握拳宣誓。

在梦里，他救下了"腊月挟持案"里的人质。

在梦里，周旱和宣尚烨没有死，吴点点没有背叛他，他们正与范雨希、孔末、孔笙、包一情和齐佑光站在一起说着他的坏话。

寂寥的病房里，一切都是纯白色的，空气里飘荡着酒精的味道。

床上的男人头上扎着绷带，腿上打着石膏。

伴随着喧闹的声音，男人迷迷糊糊地醒了。

好多人进了病房——

"朱晓，你什么德行，这才到南港第一天吧？"

"还没接任副支队呢，就能被车撞成这样？"

【全文终】

MEMORY
HOUSE